북천십이로

北天十二路

북천십이로 2

허담 新무협 판타지 소설

초판 1쇄 찍은 날 § 2012년 7월 30일
초판 1쇄 펴낸 날 § 2012년 8월 10일

지은이 § 허담
펴낸이 § 서경석

편집부장 § 권태완
편집책임 § 어정원
디자인 § 이혜정

펴낸곳 § 도서출판 청어람
등록번호 § 제1081-1-89호
등록일자 § 1999. 5. 31
어람번호 § 제2-2247호

주소 § 경기도 부천시 원미구 심곡2동 163-2 서경B/D 3F (우) 420—822
전화 § 032-656-4452 팩스 § 032-656-4453
http://www.chungeoram.com
E-mail § chungeorambook@daum.net

ⓒ 허담, 2012

ISBN 978-89-251-2966-2 04810
ISBN 978-89-251-2964-8 (세트)

北天十二路

북천십이로

2

혈사신보

허 담 新무협 판타지 소설

ORIENTAL FANTASY STORY

도서출판 청어람

北天十三路

目次

第一章 독로(獨路)

흑사풍의 무사 사생은 그 우두머리 판무동으로부터 허락도 얻었겠다. 느긋한 자세로 도검을 풀어놓고 선죽주의 주향에 취해 있었다. 그런데 문득 그런 사생의 취기를 깨는 목소리가 들려왔다.

"조장님!"

자신을 부르는 것임을 알아챈 사생이 눈을 치뜨며 물었다.

"무슨 일이냐?"

이미 취기가 올라 얼굴이 붉게 달아오른 사생이다.

"그자들이 다시 돌아옵니다."

"누가 말이냐?"

사생이 귀찮은 듯 되물었다.

"선죽주를 놓고 간 자들 말입니다."

"그들이 왜?"

사생이 비틀거리며 자리에서 일어났다. 그리고는 방책으로 막힌 길 저쪽을 바라봤다. 그러자 과연 두 대의 마차가 먼지를 일으키며 야천룽을 향해 달려오고 있었다.

"뭘 놓고 갔나?"

사생이 고개를 갸웃하고는 수하들을 이끌고 방책 앞으로 나아갔다.

"워워!"

흑사풍의 진영 앞에 당도한 왕춘이 고삐를 당겨 마차를 세웠다.

"무슨 일인가? 뭘 놓고 갔나?"

사생이 벌겋게 달아오른 얼굴로 왕춘을 보며 소리쳤다. 그러자 왕춘이 마차에 탄 채 대답했다.

"두고 간 게 아니라 두고 가야 할 것이 있어 다시 왔습지요."

"뭘 두고 간단 말인가?"

사생이 호기심이 동한 표정으로 물었다. 선죽주를 내놓은 장사치다. 그런 자가 일부러 돌아왔다면 분명 귀중한 물건을 두고 가려 하는 것이 분명했다. 간혹 대막의 패자를 자처하는 흑사풍과 인연을 맺어두려는 장사치들이 미리 손을 써 두는 경우가 종종 있었으니 오늘도 그와 같은 일이라고 생각한 사생이었다.

"그… 대주라시던 대협께서는?"

왕춘이 빠른 눈으로 주변을 살피며 물었다.

"대주님이야 막사에서 그대가 준 선죽주를 마시고 계시지. 그런데 대주님은 왜?"

"저희가 남겨 둘 물건은 무척 귀중한 것이라 반드시 대주님께 드려야 할 것 같아서……."

"흐흐, 우리 같은 아랫사람은 믿지 못하겠다?"

"아이고 어찌 그런… 단지 이 물건은……."

"도대체 무슨 물건인데 그러는가? 내게 말해보게. 대주님의 관심을 끌 만한 것이면 내 대주께서 기별을 넣지."

"직접 가서 뵈었으면 합니다."

왕춘이 제법 단호하게 말했다. 그러자 사생이 살짝 인상을 찡그리다가 곁에 있던 사내에게 눈짓을 했다. 그러자 사내가 훌쩍 몸을 날려 진영 안쪽으로 사라졌다.

"만약 대주님의 눈에 드는 물건이 아니라면 당신은 큰 곤욕을 치를 수도 있어. 그러니 내게 미리 보여주는 것이 어떤가?"

사생이 사람을 보내놓고도 왕춘이 가진 물건에 대한 호기심을 버리지 못하고 물었다. 그러자 왕춘이 고개를 저으며 말했다.

"물론 저도 대협께 이 물건을 보여 드리고 싶습니다만 이 물건은 무척 귀한 것이기도 하면서 또한 무척 위험한 물건이라. 아무래도 대주께서 직접 보시는 것이 좋을 것입니다."

"음, 도대체 무슨 물건인데 그러지? 정말 궁금하군."

사생이 왕춘의 마차에 시선을 두며 중얼거렸다. 그러나 왕춘은 꿈적도 않고 마부석에 앉아 있을 뿐이었다. 그때 판무동에게 기별을 넣으러 갔던 사내가 돌아왔다.

"막사까지 데리고 오라십니다."

"그래? 나오시지 않고?"

사생이 물었다.

"워낙 취기가 오르셔서……."

"음, 선죽주가 명주는 명주인가 보군. 대주께서 술기운을 흩어 버리시지 않고 그 여운을 즐기시다니. 이런 경우는 드문데……. 좋아, 대주께서 막사에서 뵙자고 하시니 물건을 준비하게."

사생이 왕춘을 보며 말했다. 그러자 왕춘이 입을 열었다.

"이 물건은 마차에서 내리기가 힘듭니다. 외람되지만 마차를 몰고 들어갔으면 합니다만……."

"어허, 어찌 진영 안으로 마차를 들인단 말인가? 안 될 말이야!"

사생이 고개를 저으며 소리쳤다.

"그, 그러면 어쩔 수 없습니다. 본래 이 물건은 서역의 대상에게 건네기로 되어 있던 것이지요. 그래서 대막을 건너 서역으로 갈 생각이었는데 오늘 이곳에서 흑사풍의 영웅분들과 인연을 맺게 된 것을 기념으로 제가 막대한 손해를 보고 이렇게 흑사풍에 진상을 하려던 것이었습니다. 서역의 상인에게 물건을 넘기면 당장은 천금의 재산을 얻을 수 있겠으나 흑사풍과 깊은 인연을 맺으면 향후 만금의 재산을 모을 수 있다고 이 젊은 친구가 권유해서 다시 돌아온 것인데……. 그러나 이 물건을 마차에서 내려 가지고 다니기에는 너무 무겁고 또 귀중한 것이라 어쩔 수 없군요. 이대로 돌아갈밖에. 이보게, 아무래도 보물의 주인은 따로 있는가 보군. 돌아가세."

왕춘이 석요송을 보며 말했다. 그러자 석요송이 고개를 끄덕였다.

"알겠습니다. 제가 괜히 어르신을 부추겨 번거롭게 해드렸습니다."

"아, 뭐, 다 우리 두 사람이 향후 천하 대상(大商)이 되기 위한 방책으로 한 이야기니 자네의 잘못이 아니지. 대협, 아무래도 우린 그냥 돌아가야겠습니다. 그럼!"

왕춘이 사생에게 고개를 숙여 보이고는 천천히 말머리를 돌리려는 순간, 사생이 재빨리 소리쳤다.

"잠깐, 잠깐 멈추게."

사생의 외침에 왕춘이 사생을 보며 물었다.

"더 하문하실 일이라도⋯⋯?"

"이대로 그냥 돌아간다면 난 대주께 치도곤을 당할 것이야. 좋네, 마차를 안으로 들이게. 그런데 도대체 무슨 물건인지 이름을 알려줄 수 있지 않나?"

사생의 말에 왕춘이 망설이지 않고 입을 열었다.

"금불상입니다."

"금불상?"

"수천금의 가치를 지니고 있지요. 본래 제가 이렇게 허름한 마차나 끌고 다닐 장사치는 아니지요. 이래 봬도 심양에서 제법 큰 상가를 이끌던 사람입니다. 그런데 이번에 이 물건을 손에 넣느라 가산을 모두 정리했습지요. 부리던 사람들도 모두 내보내고 오직 이 친구 하나만 남았습니다. 그러고도 천금의 빚을 졌습니다요. 해서 이렇게 허름한 마차를 구해 상행에 나설 수밖에 없었습니다. 제 마차에는 불상이, 저 친구 마차에는 좌대가 있는데, 솔직히 말씀드리자면 천금이 아니라 만금에 가까운 물건이지요. 이 불상을 흑사풍에 넘길 때에는 저로서도 큰 약속을 받아야 합니다요."

왕춘의 말에 사생의 취기 오른 눈빛이 번쩍였다.

"금불상이라고?"

"그렇습니다. 제가 듣기로 흑사풍의 대천성께서는 불법에 심취하신 분이라던데……?"

"맞네. 대천성께선 불법에 심취해 계시지. 아 자넨 어쩌면 대단한 거래를 할 수 있을지도 모르겠군. 자, 일단 삼대주님부터 만나세. 방책을 열어라."

왕춘의 명에 흑사풍의 무사들이 재빨리 마차의 앞을 막고 있던 방책의 문을 열었다. 그러자 왕춘이 석요송과 눈빛을 교환하고는 흑사풍의 진영 안으로 마차를 몰았다.

삼십여 채의 단단한 천막이 에워싸고 있는 흑사풍의 진영은 생각보다 단출했다. 곳곳에 불을 때 음식을 만드는 화덕이 있었고, 우측과 좌측에 거대한 막사가 두 채 서 있었다. 진영의 중앙을 가로질러 곧게 뻗은 길이 나 있었는데 이 길이야말로 애초에 야천릉에서 대막으로 들어가 서역으로 이어지는 길이었다. 이 길이 아니면 마차를 몰고 대막으로 들어갈 수 없기에 석요송과 왕춘으로선 반드시 통과해야 하는 길이었고, 그래서 우풍사 모 길이 이 길을 관통하는 것을 석요송의 인검오관으로 정한 것이었다.

"삼대주님의 막사는 저곳이네."

사생이 길 남쪽에 있는 막사를 가리켰다. 다른 막사에 비해 두어 배는 커 보이는 막사 앞에 두 명의 무사가 경비를 서고 있었다. 얼추 취기가 돌아 얼굴이 벌게진 사생이 애써 정신을 바로 차리려는 듯 고개를 한 번 휘젓고는 다시 왕춘에게 말했다.

"이곳에서부터는 마차에서 내려 말을 끌게."

취중에도 제법 다부진 말투다. 삼대주 판무동을 무척 두려워하는 것이 분명했다. 그때 왕춘은 사생의 말을 듣는 듯 마는 듯하며 북서쪽으로 이어진 길을 살피고 있었다. 야천릉의 숲이 이어진 것은 겨우 일백여 장도 되지 않았다. 그 이후부터는 다시 초원이 펼쳐지고 그 초원 위로 붓으로 그린 듯한 한 줄기 길이 나 있을 뿐이었다.

"뭐하는가?"

사생이 자신의 말에 반응이 없는 왕춘을 보며 성을 냈다. 그러자 왕춘이 사생을 보며 말했다.

"대협께선 잠시만 기다려주십시오. 준비할 것이 있어서……."

"여기까지 와서 또 뭘 준비한단 말인가?"

그러자 왕춘이 능청을 떨며 말했다.

"아무래도 큰일을 치르려면 마음의 준비를 해야지요."

"어허, 이 사람 배포가 이리 작아서야 어찌 천하의 대상이 되겠는가? 잘못을 해서 붙잡혀 온 것도 아니고 대주께 큰 선물을 드리러 온 사람이 무슨 마음의 준비를 한단 말인가?"

"그래도 그게 아니지요. 어떤가. 자넨 마음의 준비가 되었는가?"

왕춘이 곁에 있는 석요송을 보며 물었다. 그러자 석요송이 고개를 끄덕였다.

"전 괜찮습니다."

"음, 역시 젊어서 겁이 없군. 그럼 좋네. 가세! 이랴!"

왕춘이 갑자기 말에 채찍을 가했다. 그러자 마차를 끌던 두 마리 말이 동시에 큰 울음을 울고는 쏘아진 화살처럼 앞으로 튀어 나가기 시작했다. 순간 기다렸다는 듯이 석요송도 왕춘의 뒤를 따라 마차를 몰기 시작했다.

두두두!

거친 말발굽 소리와 함께 두 대의 마차가 바람처럼 흑사풍의 진지를 관통했다. 그들의 앞을 막는 흑사풍 무사들은 없었다. 그들은 도대체 지금 무슨 일이 벌어지고 있는지, 삼대주 판무동에게 금불상을 바치러 온 자들이 왜 갑자기 마차를 몰아 진지를 관통하는지 영문을 몰라 어리둥절할 뿐 그들을 막거나 잡아야겠다는 생각을 하는 사람은 미처 없었다.

그래도 그나마 정신을 일찍 차린 것은 사생이었다.

"놈들을 막앗!"

사생의 입에서 날카로운 음성이 흘러나왔다. 그러나 이미 선죽주의 강한 주기에 취해 있는 흑사풍 무사들의 정신과 몸은 굼뜨기 이를 데 없었다.

그중 그나마 성한 정신을 가지고 있던 자들이 도검을 들고 마차를 막으려 했을 때 석요송과 왕춘은 이미 진지의 북쪽 출구에 다다라 있었다.

"서랏!"

북쪽 출구 바로 앞에서 대여섯 명의 흑사풍 무사가 마차의 앞을 막았다. 그러자 왕춘이 석요송을 향해 소리쳤다.

"이제부턴 자네 몫이네."

"마차를 부탁합니다."

어느새 왕춘의 마차와 나란히 달리고 있던 석요송이 말고삐를 왕춘에게 던지고는 훌쩍 신형을 날려 길을 막아서는 흑사풍 무사들 위로 날아들었다.

적들 사이로 뛰어든 석요송의 신형이 그림자를 남기며 바람처럼 움직였다.

퍼펙!

"욱!"

"악!"

단말마의 비명 소리가 터져 나왔다. 동시에 길을 막고 있던 흑사풍 무사들이 비틀거리며 뒤로 물러났다. 개중에는 허공으로 떠올랐다가 이삼 장 뒤로 나동그라지는 자도 있었다.

그렇게 광풍처럼 석요송이 흑사풍 무사들을 사이를 헤집고 다니는 사이 길이 열렸다. 그러자 왕춘이 망설이지 않고 두 대의 마차를 동시에 몰아대기 시작했다. 두 대의 마차를 홀로 모는 것은 초원의 유목민에게도 여간 어려운 일이 아닌데 왕춘은 능숙하게 두 대의 마차 양쪽에 한 발씩을 올리고 마차들을 몰아댔다.

"이럇!"

왕춘의 날카로운 외침과 함께 마차가 속도를 높였다. 그리고 그즈음 적진을 돌파해 길을 연 석요송이 길을 막고 있는 방책을 향해 손을 뻗어냈다. 그러자 그의 손에 기이한 빛이 어른거리더니 하늘거리는 열 개의 지력이 흘러나왔다. 그리고 다음 순간 열 개의 지력이 부드럽게 방책을 감싼다 싶었는데 벼락처럼 강렬한 파열음이 일어났다.

쾅!

석요송의 지력에 휘감긴 방책이 산산조각이 나 사방으로 흩어졌다. 그러자 북서쪽으로 가는 길이 활짝 열렸다.

"핫!"

다시 길을 재촉하는 왕춘의 목소리가 터져 나왔다.

두두두!

말발굽 소리가 지축을 뒤흔들었다. 두 대의 마차는 바람처럼 흑사풍의 진지를 벗어났다. 그때 한순간 마차와의 거리가 멀어졌던 석요송이 앞서 가는 마차를 향해 달리기 시작했다.

일단 내공을 뽑아내 달리기 시작한 석요송의 신형은 금세 한 줄기 연기처럼 뿌옇게 변하더니 순식간에 마차를 따라붙었다. 그리고는 스물거리며 마차를 거슬러 오르더니 순식간에 마부석에 자리를 잡고 앉아 왕춘으로부터 고삐를 넘겨받았다.

그렇게 두 사람이 마차를 몰기 시작하자 마차의 속도는 더욱 빨라졌다. 두 사람은 금세 야천릉의 숲도 지나쳤다. 그리고는 사방이 하늘과 맞닿아 있는 초원으로 진입했다.

"뭐냐?"

얼큰한 취기를 얼굴에 담은 판무동이 자신의 막사에서 모습을 드러냈다. 밖의 소란이 주흥을 깨뜨린 것에 대한 불만도 조금 담긴 표정이었다.

"삼대주님!"

사생이 새파랗게 질린 표정으로 판무동 앞에 허리를 숙였다.

"무슨 일이냐니까?"

"길이… 길이 뚫렸습니다."

순간 판무동의 얼굴에서 순식간에 취기가 사라졌다.

"무슨 소리냐?"

"놈들이… 진을 뚫고 북쪽으로 갔습니다."

"놈들이라니 누구 말이냐?"

판무동이 서늘한 목소리로 물었다.

"그 장사치… 선죽주를 내어준 그 장사치 노인 말입니다."

"그자가?"

판무동이 고개를 갸웃했다. 그리고는 서북쪽으로 시선을 돌렸다. 그러자 아스라이 멀어지고 있는 석요송과 왕춘의 마차가 눈에 들어왔다.

"금문의 문도였나?"

판무동이 심드렁하게 말했다. 길이 뚫렸다는 것에 대한 당황스러움이 전혀 느껴지지 않았다.

"아마도 그런 듯합니다."

"간교한 놈들! 계책을 썼군. 흠… 실망인걸!"

"그게 무슨?"

사생이 여전히 두려운 눈으로 판무동을 보며 물었다.

"듣기로 금문의 행사가 은밀하기는 해도 대범한 면이 있다고 들었다. 그런데 이런 간교한 계책이라니. 허허허! 우려였나? 이

정도 배포라면 이렇게 신중히 그들을 상대할 필요가 없었을지
도 모르는데. 이거 괜히 쓸데없는 일을 만든 것이 아닌지 모르
겠군."

판무동이 진이 뚫린 것이 오히려 잘된 일이라는 듯 얼굴에 미
소를 머금었다.

"어찌할까요?"

사생이 조심스럽게 물었다.

"뭘 어째? 잡아야지."

"알겠습니다."

"날랜 놈들로 열만 준비해. 내가 직접 간다."

"그러실 필요까지야……."

"후후, 아니야. 오랜만에 바람을 좀 쐐야겠어. 핑계가 좋지 않
은가? 하하하!"

판무동이 호탕하게 웃음을 터뜨렸다. 그에게 석요송과 왕춘
을 잡아들이는 일은 크게 문제가 되지 않는 듯 보였다.

"왜 추격을 하지 않을까?"

마차를 세운 후 짐 위에 올라선 왕춘이 손으로 해를 가리며
야천릉 흑사풍의 진지 방향을 살피며 중얼거렸다.

"이미 출발했을 수도 있지요."

"하지만 기척이 없어."

"그들은 마차를 몰고 올 것이 아니니 굳이 이 길을 고집할 이
유가 없지 않습니까?"

"길이 아닌 곳으로 우회한단 말인가?"

"본래 그것이 초원에 사는 자들의 방식 아닌가요?"

"하긴 그렇지. 그리고 보면 우리가 무척 불리하군. 마차 때문에 길을 버리고 초원으로 들어갈 수가 없으니, 결국 따라 잡히겠는걸?"

"그게… 제가 바라던 일이지요."

석요송의 대답에 왕춘이 놀란 표정으로 석요송을 보며 물었다.

"그게 무슨 소린가? 적에게 따라 잡히는 걸 바라다니?"

"애초에 이 길을 뚫고 삼십육진으로 가라고 했을 때는 이렇게 계책을 써서 길을 열고 가란 의미가 아니었을 겁니다. 처음부터 적을 모두 꺾어내고 가길 바랐던 것이지요. 아마도 그게 금문이 제게 원한 관문이었을 겁니다."

"그렇다고 그들이 원하는 방식으로 싸울 필요는 없지 않은가?"

"이번만큼은 그들이 원하는 대로 싸워야 할 때지요. 적어도 서로가 합의한 관문이니까."

"그런데 왜 내 계책을 받아들였는가?"

"그들 모두를 벤다는 것은 어리석은 일이더군요."

"벨 자신이 있었다는 말이군."

"일의 성패야 상관없이 물러설 생각은 없었지요. 그런데 강호에 초출하자마자 수십 명의 사람을 벤 혈마가 되고 싶지는 않더군요. 이렇게 도주를 하고 나면 아마도 약한 자들은 뒤에 두고 강한 자들만이 추격해오지 않겠습니까?"

"그렇겠지. 제대로 된 자들만 상대하겠다?"

"전 피가 싫습니다."

"흐흐, 금문에서 원하는 건 그게 아닌 것 같은데?"

"그럴까요?"

"이런 시험을 치르게 한다는 건 살객을 원함이야."

"그렇겠지요."

석요송이 순순히 고개를 끄덕였다. 그러자 왕춘이 은근한 목소리로 말했다.

"어떤가. 지금이라도 이 시험인지 뭔지 포기하고 금문을 버리는 것이. 내 지켜보니 자네는 절대 남의 아래에 있을 사람이 아니야. 난 지금껏 강호를 종횡하며 자네와 같은 무공을 지닌 자를 몇 보지 못했네. 그리고 그들은 하나같이 강호에서 패자의 소리를 듣는 인물들이었단 말이지."

왕춘의 말에 석요송이 미소를 지으며 물었다.

"제가 금문을 떠나면 어르신은 어쩌실 겁니까? 그분은 찾지 않으실 건가요?"

"음, 그, 그렇구만. 내 미처 그 생각을 못했네. 하지만 뭐 난 나대로 다시 방법을 찾아보지."

왕춘의 말에 석요송이 고개를 저었다.

"이대로 떠나기에는 그와 한 약속의 무게가 너무 무겁군요."

"그러니?"

"청도의 도주 말입니다."

"이크, 정말 그와의 약조 때문에 금문에 들었단 말인가? 너무 거물이군."

"더군다나 많은 사람의 목숨이 달려 있는 약속이지요."

"이거 생각보다 쉽지 않군."

왕춘이 고개를 저었다. 그런데 그때 문득 남쪽 초원으로부터 은은한 말발굽 소리가 들려왔다.

"오는군요."

"보자……."

왕춘이 훌쩍 마차에서 뛰어 내리더니 귀를 땅에 대었다. 그리고는 잠시 후 고개를 끄덕이며 일어섰다.

"자네 예상이 맞는군. 십여 필 정도밖에 안 되네."

"다행이군요."

"그래도 조심해야 할 걸세. 십여 명이라면 필시 판무동도 왔을 거야."

"그에 대해 아십니까?"

"대막에 인연이 있는 사람이라면 그를 모르는 사람이 없지. 봐서 알겠지만, 그자는 굉장한 외공의 고수야. 웬만한 내가고수들조차도 감히 그에게는 대적을 하지 못한다는 말이 있지. 그러나 또 누군가는 의심을 하기도 해. 그자가 내력을 숨기고 외공만을 앞세워 사람들을 현혹한다고."

"그렇다면 덩치에 어울리지 않게 간교할 수도 있다는 말이군요."

이미 판무동을 일면식한 석요송이었다. 그때의 판무동은 머리를 쓰는 자로 보이지는 않았다. 그런데 그것이 의도된 모습이라면 오히려 심기가 무척 깊은 인물일 수도 있었다.

"그래도 역시 그가 외공의 고수라는 쪽이 우세한 형편일세."

"오늘 겪어보면 알겠군요."

"어쨌든 조심하게."

"어르신께선 괜찮으시겠습니까? 자리를 피하셔도 됩니다."

"하하, 내가 그리 겁 많은 사람으로 보이나?"

"그래서 드린 말씀은 아닙니다. 번거로운 것을 싫어하실 것 같아서 드린 말씀이지요."

"후후, 그런 면이 없지는 않지. 하지만 난 무인이야. 싸움 구경을 피할 사람이 아니란 말이지. 그것도 절정고수의 격돌을 말이야."

왕춘이 말을 하는 사이 말발굽 소리가 한층 가까워졌다. 두 사람이 시선을 돌리니 십여 필의 말을 탄 사내가 멀리 남쪽을 우회해 두 사람의 앞쪽으로 올라서고 있었다. 연후 그들은 급히 말을 돌려 두 사람이 있는 곳으로 되돌아 내려오기 시작했다.

"과연 그가 왔군."

왕춘이 고개를 끄덕이며 중얼거렸다. 말을 달려 내려오는 자들중 가장 앞쪽에 거대한 체구의 판무동이 보였다.

"워워!"

급히 말을 세우는 소리가 들렸다. 석요송과 왕춘 앞에 열 필의 말이 멈춰 섰다. 말 위에는 흑사풍의 무사들임을 나타내는 검은 두건을 쓴 자들이 올라 있었는데 그 가운데 거대한 풍채에 거친 수염을 가진 판무동이 서 있었다.

"대주께서 여기까진 어인 일이신지요?"

흑사풍 무사들이 길을 막자 왕춘이 능글맞은 목소리로 물었다. 그러자 판무동이 그런 왕춘을 잠시 바라보다 입을 열었다.

"역시 보통 인사가 아니었군. 통성명이나 합시다."

판무동의 호탕한 음성이 왕춘이 빙그레 미소를 지었다.

"비루한 장사치 이름은 알아서 뭣하시려고 그러시오?"

왕춘의 말투가 변했다.

"감히 대막의 패자인 흑사풍을 농간한 사람이 어떤 인물인지 궁금한 것은 당연한 일 아니오?"

"농간이라니 섭섭하구려. 난 그 귀한 선죽주를 내어 주었구만……."

왕춘이 정말 서운한 표정으로 말했다.

"술을 고맙게 마셨소. 하지만 그 술값으로 수개월간 준비한 흑사풍의 행사를 망칠 수는 없소. 금문에서 나왔소?"

당금 무림에서 흑사풍의 봉쇄를 뚫고 대막으로 향할 곳은 오직 금문밖에 없다고 생각하는 모양이었다.

"뭐, 관계가 아주 없지는 않소."

왕춘이 묘한 대답을 했다.

"관계가 없지 않다면… 금문의 사람은 아니되 관련한 일을 하고 있다는 말이군. 마차를 끌고 우리 흑사풍의 진영을 관통한 것을 보면 고립된 금문의 진채에 식량을 운송하는 일을 맡은 것이고. 단 두 사람으로 이런 일을 청부받으려면 필시 강호에 제법 이름난 고수여야 할 터인데……?"

다시 판무동이 왕춘의 정체를 궁금해 했다. 그러자 왕춘이 불쑥 물었다.

"길을 막을 거요?"

"당연한 일!"

"본진은 북쪽인데……."

"알고 있소. 그쪽 역시 길을 열지는 못할 거요. 우리 흑사풍의 주력이 그곳으로 이동했으니. 결국, 금문 삼십육진은 전멸하게 될 거요. 스스로 진채를 포기하고 물러나 향후 금문에서 다시는 대막에 사람을 들여보내지 않겠다는 약조를 하지 않는 이상!"

"그러니까 결국 금문이 대막에 세력을 심으려는 것을 막으려고 벌인 일이라는 거구려. 그런데 이 일은 흑사풍 한 곳에서 벌인 일은 아니겠구려?"

"왜 그리 생각하시오?"

"아무리 흑사풍이 대막의 패자를 자처한다 해도 대막에는 강력한 문파들이 여럿 존재하지 않소? 그런데 금문의 대막 진출을 흑사풍 홀로 막아선다는 것은 이상한 일 아니오? 그리고 솔직히… 과연 흑사풍이 금문을 단독으로 막아낼 수 있겠소? 당대에 들어 금문의 저력은 천하일패를 노릴 만하오. 그런 금문을 흑사풍이 홀로 상대하려 한다는 건 누구도 믿지 못할 일이오. 그리고… 이번 일이 흑사풍의 뜻대로 진행된다 해도 금문이 이를 빌미로 주력을 대막으로 밀어 넣을 수도 있는데 그때 과연 흑사풍 홀로 금문의 주력을 상대할 수 있겠소?"

왕춘의 말에 판무동이 아무런 대답없이 왕춘을 응시하고만 있었다. 흑사풍을 무시하고자 하는 말이 아니라는 것을 판무동 자신도 잘 알고 있기 때문이었다.

"이런 일을 실행에 옮기기 위해서는 대막의 패자를 자처하는 여러 문파들의 동의가 있었을 거요. 그리고 당연히 약속도 받아냈겠지. 이 일로 금문이 대막으로 고수들을 파견하면 대막의 문파들이 함께 대응하기로… 아니오?"

"후후, 정말 노련한 사람이구려. 그대의 말은 너무도 정확해서 한 치도 빼거나 보탤 것이 없구려."

그러자 왕춘이 다시 말했다.

"그러나 그대들은 한 가지 사실을 잘못 판단하고 있소."

"무엇을 말이오?"

"과연 대막의 다른 패자들이 금문이 흑사풍을 공격할 때 흑사풍에 힘을 보탤 거라고 생각하시오?"

"이미 약조가 되어 있는 일이오."

판무동이 단호하게 말했다.

"후후, 강호의 약속이란 한 줌 티끌만도 못한 법이오. 아마 다른 쪽 생각은 이런 걸 거요. 기왕에 금문의 대막 진출이 못마땅하던 차에 흑사풍이 나서서 금문을 상대하겠다니 그야말로 기다리던 바가 아니겠소? 그러니 적당히 장단을 맞춰주었을 것이고… 나중에 금문과 흑사풍이 전면전을 벌이면 역시나 굿이나 보고 떡이나 먹자는 심산일 거요."

왕춘의 말에 판무동의 표정이 몇 번 변하더니 이내 얼굴을 굳히며 말했다.

"물론 그대의 말이 사실일 수도 있소. 하지만 그렇다고 해서 우리 흑사풍이 이 일을 행하지 않을 이유는 없소. 더군다나 우리가 이번에 금문을 대막에서 몰아내면 강호의 모든 세력이 우리 흑사풍이 대막의 패자임을 인정하게 될 거요."

"금문을 감당할 수 있다는 말이오?"

"대막은 넓소. 금문이 정예를 이 초원에 보낸다 해도 그들을 상대할 수 있는 방법은 수십 가지가 넘지. 대막에선 그 누구도 우리 흑사풍을 상대할 수 없소. 그러니 그대에게 길을 열어줄 수 없소. 나와 같이 야천룡으로 돌아가야겠소. 가서 그대에 대해, 그리고 그대와 금문에 대해 좀 더 자세히 들어야겠소. 마차를 돌리시오!"

판무동이 단호한 어조로 말했다. 그러자 왕춘이 고개를 저으며 말했다.

"난 이 일의 무모함을 일깨워 흑사풍이 삼십육진의 봉쇄를 풀길 원해서 한 말인데, 듣지 않겠다면 어쩔 수 없는 일이지. 그리고, 마차를 돌리고 말고는 사실 내가 결정할 수 있는 문제가 아니오."

왕춘의 말에 판무동이 의혹 어린 시선으로 물었다.

"그대가 아니면 누가 진퇴를 결정한단 말이오?"

판무동의 물음에 왕춘이 대답없이 시선을 돌려 석요송을 바라봤다. 그러자 판무동의 눈에 언뜻 놀라는 기색이 떠오르더니 다시 왕춘에게 물었다.

"설마 그 젊은이가 그대의 주인이라도 된다는 거요?"

"주인은 아니지만, 이 일은 그의 일이오. 난 그저 길잡이일 뿐이고."

"그대와 같은 자가 길잡이라면 그 젊은이는 대단한 신분을 지닌 사람이겠군. 좋아, 그대는 누구인가?"

판무동이 석요송에게 물었다. 그러자 석요송이 대답 대신 판무동을 보며 말했다.

"길을 열어주시오."

"먼저 정체를 밝혀라."

"이미 듣지 않았소? 금문의 일을 돕고 있다고."

"청부업자냐?"

"비슷하다고 할 수 있소."

"이름은?"

"그건 말해주기 싫소."

"그래? 말하기 싫다면 어쩔 수 없지. 하지만 그만 돌아가야겠다. 이 길은 열리지 않는 길이다."

판무동이 냉정하게 말했다. 숫자로 보거나 강호의 명성으로 보자면 당장 수하들을 휘몰아 석요송과 왕춘을 공격할 수 있었지만 판무동은 왠지 두 사람을 상대로 검을 드는 것을 망설이고 있었다. 석요송은 그런 판무동의 행동에서 예상대로 이 거칠어 보이는 자가 사실은 무척 심기가 깊은 자라는 것을 알아챘다.

"유감이구려. 난 반드시 이 길을 열어야 하는 사람이니……."

"감히 흑사풍을 홀로 상대하겠다는 거냐?"

"맡은 일을 해내지 못하면 나도 무척 곤란해져서 말이오."

석요송이 훌쩍 마차 위에서 뛰어내렸다. 그리고는 흑사풍의 고수들을 향해 다가가기 시작했다.

"설마 혼자 우리 모두를 상대하겠다는 건가?"

판무동이 노기를 흘리며 말했다. 누가 뭐래도 흑사풍은 대막 무림의 강자다. 그들은 세인들이 말하는 북천십이문에 속하는 세력이니 감히 석요송과 같은 젊은 무인이 홀로 상대할 수 없는 인물들인 것이다.

"난 반드시 길을 열어야 하오."

석요송이 계속해서 흑사풍의 고수들을 향해 다가서며 말했다. 그러자 판무동의 눈가에 한순간 날카로운 살기가 돌더니 뒤를 돌아보며 외쳤다.

"죽고자 하는 자이니 사정 두지 말고 쳐라!"

판무동의 명이 떨어지자 흑사풍의 고수들 중 가장 앞쪽에 있던 두 고수가 비호처럼 말 위에서 날아올라 석요송을 향해 닥쳐들었다. 그들은 허공에 떠오르는 순간 이미 도를 빼 들었고 구름 한 점 없는 하늘에서 내리쬐는 태양 빛이 도면에 반사되어 요기롭게 번뜩였다.

파팟!

두 명의 흑사풍 무사가 거의 동시에 석요송을 향해 도를 떨쳐냈다. 그러자 날카로운 파공음과 함께 두 개의 도가 석요송의 좌우 어깨로 떨어져 내렸다.

순간 석요송이 한 차례 어깨를 흔들거렸다. 그러자 그의 몸이 교묘하게 사선을 그리더니 도와 도 사이를 연기처럼 비집고 나갔다. 석요송이 신묘한 신법으로 두 사람의 공격을 피해내자 두 흑사풍 고수가 당혹해하면서도 재빨리 석요송 곁을 스치고 지나갔다.

순간 석요송의 몸이 왼쪽으로 기울어지나 싶더니 번개처럼 한 팔을 들어 올려 자신을 스쳐 가는 흑사풍 무사의 옆구리를 팔꿈치로 가격했다.

퍽!

"컥!"

둔탁한 타격음과 함께 석요송의 팔꿈치에 가격당한 흑사풍 무사가 허공을 날아 땅 위에 나뒹굴었다. 순간 다른 한 명의 흑사풍 고수가 동료의 비명 소리에 크게 놀라며 엉겁결에 횡으로 도를 휘둘렀다.

웅!

부지불식간에 휘두른 도였지만 수십 년 동안 강호를 종횡한 자의 날카로움이 본능적으로 드러났다. 산이라도 벨 듯한 기세의 도풍이 석요송의 옆구리를 파고들었다. 그러자 석요송이 한 손으로 막는 듯한 시늉을 하다가 도가 손에 닿으려는 순간 미끄러지듯 우측으로 이동했다.

웅!

허공을 벤 도가 애꿎게 파공음을 만들어냈다. 그러자 흑사풍의 무사가 재빨리 도를 거둔 후 재차 석요송을 공격하려 했다. 순간 석요송의 신형이 좌우로 흔들리며 어지러운 그림자를 만들어내더니 번개처럼 흑사풍의 무사에게 달려들어 도를 든 손을 손날로 내려쳤다.

"악!"

흑사풍 무사의 손에 들려 있던 도가 허공으로 날아갔다. 동시에 그의 입에서 고통스런 신음 소리가 터져 나왔다. 도를 들고 있던 그의 손이 잘린 나뭇가지처럼 그의 팔목에서 덜렁이고 있었다.

그렇게 두 명의 흑사풍 사내를 적수공권으로 물리친 석요송이 다섯 걸음 뒤로 물러난 후 판무동을 보며 말했다.

"길을 열어주시오."

"놀랍구나. 내 평생 이토록 신묘한 보법은 보지 못했다. 비록 손을 쓰는 힘도 강하긴 하지만 결국은 이 모든 것이 보법에 의해 이뤄진 승부였어. 보법의 이름이 뭐냐?"

"듣자하니 귀령보라 하더이다."

"귀령보! 과연 네가 보여준 보법에 걸맞는 이름이다. 마치 유령이 움직이는 것 같았어."

"길을 열어주시겠소?"

"미안하지만 그건 불가하다. 네 실력이 보기 드물게 출중한 것은 인정하지만 난 흑사풍의 삼대주 판무동이다. 이 판무동이 일개 젊은이에게 굴복했다는 소문이 강호에 퍼진다면 난 얼굴을 들고 다닐 수 없을 거야. 더불어, 이번 행사는 우리 흑사풍에 무척 중요한 의미를 지니고 있기에 널 이대로 보내줄 수가 없구나."

"그럼 어쩔 수 없구려. 내 스스로 길을 여는 수밖에!"

석요송이 별일 아니라는 듯한 표정으로 말했다.

"감당할 수 있겠느냐?"

"그리 어려워 보이지는 않는구려."

"흐하핫! 정말 대단한 배포군. 강호에 나와 너와 같은 호기를 지닌 자를 본 적이 없느니… 좋아. 날 꺾으면 길을 열어주마!"

탁!

판무동이 말 위에서 훌쩍 몸을 날렸다. 그러자 거대한 그의 신형이 새처럼 가볍게 허공을 날아 석요송 앞에 내려섰다.

"난 외공을 수련했지."

석요송 앞을 막아선 판무동이 천천히 소매를 걷으며 말했다.

그러자 소매 안쪽에서 쇠처럼 단단해 보이는 구릿빛 팔뚝이 모습을 드러냈다. 그러나 석요송은 판무동의 팔이 아니라 그의 발을 보고 있었다. 그의 발은 땅속으로 손가락 두어 마디 깊이로 들어가 있었다. 그런데 그건 내가 고수가 내력을 흘려낸 흔적이었다. 그러니 판무동은 외공만 수련한 고수가 아니었다.

그런 석요송의 심사를 아는지 모르지 판무동이 다시 입을 열었다.

"너의 보법이 그토록 뛰어나니 나와 한 판의 박투를 겨룰 수 있을 것 같구나. 자, 겨뤄보자!"

판무동이 무릎을 약간 굽힌 채 석요송을 향해 다가왔다. 그러자 그의 발이 지난 자리를 따라 또렷한 발자국이 이어졌다. 역시 내가 고수의 흔적이다.

웅!

한순간 판무동이 일 권을 내질렀다. 그러자 그의 주먹 주변으로 공기가 소용돌이치면서 강력한 파공음을 만들어냈다.

팟!

판무동의 주먹이 석요송의 턱 아래를 스치고 지나갔다. 석요송은 가볍게 고개를 젖히는 것으로 판무동의 일 권을 피해냈다. 그러자 연이어 판무동이 다리를 들어 올려 무릎으로 석요송의 옆구리를 가격하려 했다. 순간 석요송이 재빨리 뒤로 물러나며 한 다리를 들어 발바닥으로 자신을 향해 다가오는 판무동의 무릎을 밟는 듯한 동작을 취했다. 그러자 판무동이 재빨리 무릎을 회수하더니 이번에는 수도(手刀)를 만들어 번개처럼 석요송의 심장을 찔렀다. 비록 손으로 만든 칼이었지만 그 날카로움이 진짜 칼에 못지않았다. 석요송이 판무동의 수도를 피하려는 듯한 걸음 뒤로 물러나는가 싶더니 재빨리 한 손을 들어 판무동의 손을 휘어 감았다.

타탁!

눈 깜짝할 사이에 두 사람의 손이 십여 번 격돌했다. 두 사람 사이의 거리가 채 반장이 되지 않았는데도 두 사람은 그 누구도 상대의 몸에 손을 대지 못했다.

그렇게 십여 번 손속을 교환한 두 사람이 누가 먼저랄 것도 없이 서로에게서 떨어졌다. 언뜻 보면 평수를 이룬 일합으로 볼 수 있지만 두 사람의 표정은 서로 달랐다. 석요송은 담담한 얼굴을 하고 있는 반면 판무동의 얼굴은 붉게 달아올라 있었다.

"놀랍구나. 지금껏 강호에서 나와 박투로 맞선 자가 없었거늘!"

판무동이 입으로는 감탄사를 흘리면서도 눈으로는 석요송을 잡아먹을 듯 노려보며 말했다. 호탕하던 그의 모습은 간 곳이 없고, 그 자리를 야생의 늑대와 같은 음산함이 대신하고 있었다. 이것이 흑사풍 삼대주 판무동의 본 모습이었던 것이다.

"이번엔 조심해야 할 게다. 난 지금껏 도를 쓴 적이 채 열 번이 되지 않지. 다들 내 박투를 이겨내지 못했으니까. 그러나 오늘은 도를 써야겠구나. 지금껏 내 도가 뽑힌 이후 살아남은 사람은 단 한 사람도 없었다. 그러니 조심해야 할 거야."

입으로는 여전히 호협함을 잃지 않는 판무동의 목소리다. 그러나 그의 눈에 깃든 살기는 살귀에 가까웠다. 석요송은 그제야 왜 사람들이 대막의 흑사풍을 그리 두려워하는지 깨달았다. 이들은 본성에는 지금 판무동이 보이는 것과 같은 살성이 깃들어 있었던 것이다.

석요송이 천천히 허리춤에 매달린 투박한 검을 빼 들었다. 길이는 겨우 반장 정도, 날도 제대로 서지 않아 검과 몽둥이 사이를 구분하기 힘든 검, 그가 토하곡으로부터 가지고 온 바로 그 검이었다.

"묘한 검이구나."

판무동이 석요송이 꺼내 든 검을 살피며 말했다. 그의 표정에는 상대의 투박한 검에 대한 비웃음보다는 오히려 그런 검을 빼드는 석요송에 대한 경계심이 묻어났다.

"제대로 된 검이 되려면 좀 더 시간이 필요한 놈이오."

석요송이 검을 들어 보이며 말했다.

"그럼에도 불구하고 무척 위험해 보이는군."

"아마… 위험할 거요. 그리고 오늘 이 검이 강호에 알려질 거요. 검의 날카로움 때문이 아니라 흑사풍 삼대주를 꺾은 검으로 말이오."

"하하하. 부디 그리되기를 바란다."

판무동이 짐짓 호탕한 웃음을 터뜨리며 신중하게 석요송을 향해 청룡도를 겨누었다.

第二章 흑사풍의 아홉 개별

쿵!

천둥 치는 소리가 광활한 초원에 울려 퍼졌다. 아마 십여 리 밖에서 여행하는 여행자라도 필시 이 소리를 들었을 것이다. 석 요송과 판무동이 제각기 십여 걸음 뒤로 물러났다. 판무동이 놀 란 기색이 역력하다.

더 이상 뒤로 물러나지 않기 위해 힘껏 박아 넣은 판무동의 도(刀)가 부르르 몸을 떨었다. 그의 눈동자도 떨렸고, 그의 시선 도 떨렸다. 그의 입은 아무 말을 하지 못했다. 그의 예상과는 달 리 그의 청룡도는 이 젊은 고수의 검을 밀어내지 못했다. 사람 들에게 숨기고 있던 자신의 내력을 끌어내고도 손해를 본 것이 분명했다.

물론 이 괴상한 젊은 고수도 그와 같은 거리를 물러났다. 그러나 그는 청룡도에 의지해 신형을 지탱한 반면, 상대는 흔들림 없는 모습으로 판무동을 응시하고 있었다.

"끙!"

판무동이 마치 애초부터 땅속에 박혀 있던 도를 뽑아내듯 힘 겹게 청룡도를 들어 올렸다. 그러자 그의 두 다리가 산이라도 짊어진 것처럼 부들거렸다.

그러나 그도 잠시 진기가 돌자 그의 몸이 다시 단단한 바위로 변했다. 두 다리는 천년거목처럼 단단해 보였고, 도(刀)를 든 팔 에는 힘줄이 치솟았다.

탁!

한순간 판무동이 강하게 땅을 찼다. 그러자 그의 무거운 몸이 새털처럼 가볍게 허공으로 날아오르더니 단번에 석요송을 향해 날아들었다. 그의 몸과 청룡도가 함께 활처럼 휘어졌다. 어스름 한 기운이 그의 도에 서렸다. 내가의 절정고수들만이 보여줄 수 있는 도기다.

석요송은 성난 호랑이처럼 날아드는 판무동을 보며 검을 들 어 올렸다. 단전에서 꿈틀거리던 진기가 그의 팔을 통해 검으로 이어졌다. 그러자 그의 검에도 푸르스름한 기운이 서렸다. 그리 고 다음 순간 그가 검을 채찍처럼 휘둘렀다.

슈우욱!

석요송의 검을 떠난 청색 기운이 채찍처럼 휘어지며 날아오 는 판무동을 휘어 감았다.

"핫!"

순간 판무동이 거친 기합성을 흘려내며 매섭게 도를 휘둘렸다.

차앙!

판무동의 도기가 석요송이 만들어낸 검기를 잘라내려 했다. 그러자 석요송의 검기가 살아 있는 생명처럼 꿈틀거리더니 순식간에 판무동의 도를 감싸듯 휘감았다.

지잉!

판무동의 도에서 거친 마찰음이 일어났다.

쩡!

한순간 쇠 부러지는 소리가 나더니 판무동의 도신 삼분지 일이 뚝 부러졌다.

"엇!"

판무동 본인은 물론 두 사람의 싸움을 지켜보고 있던 흑사풍 고수들 입에서 다급성이 터져 나왔다. 판무동이 누구던가. 그는 대막의 패자를 자처하는 흑사풍의 삼대주다. 강호에서 그를 상대할 자를 찾는 것이 쉽지 않으니 그의 손에 들린 병장기를 분지를 수 있는 사람은 더더욱 만나기 힘든 일이다. 그런데 오늘 새파랗게 젊은 청년이 그의 두꺼운 청룡도를 분지른 것이다.

팟!

석요송이 도가 잘려 당황하는 판무동을 향해 재차 검을 뻗어냈다. 그러자 그의 검 끝에 맺혀 있던 푸른 기운이 가는 실처럼 변하는가 싶더니 한순간 사람들 눈에서 자취를 감췄다.

"억!"

그런데 바로 그 순간 판무동의 입에서 비명 소리가 터져 나왔다. 사람들이 판무동의 비명에 놀라 시선을 돌렸을 때는 이미 그의 몸이 실 끊어진 연처럼 허공을 맥없이 날아가고 있었는데, 그의 어깨 어림에서 한줄기 핏줄기가 허공으로 뿜어져 나오고 있었다.

"쿵!"

판무동이 신형이 거칠게 땅에 나뒹굴었다.

"우욱!"

판무동이 신음성을 흘려내며 무릎으로 몸을 지탱했다. 그리고는 재빨리 피가 솟구치는 오른쪽 어깨의 혈도를 막아 지혈을 했다. 석요송은 승기를 잡았으나 더 이상 판무동을 몰아세우지 않았다. 그걸 이상하다 여겼을까. 판무동이 급히 지혈을 한 후 창백한 얼굴로 고개를 들어 석요송을 보며 물었다.

"왜 끝을 보지 않는 거냐?"

의문과 노기가 함께 묻어나는 목소리다.

"내 목적은 당신의 목을 베는 것이 아니라 길을 여는 거요. 길을 여는데 굳이 당신의 목을 벨 필요가 있겠소?"

"패했으니 순순히 길을 열라는 말인가?"

"오직 그대의 판단에 달렸소."

"나에게는 아직 뛰어난 수하들이 있다."

"그럼 그들에게 날 막으라 하시오."

석요송이 덤덤한 표정으로 말했다. 그러자 판무동의 얼굴에 갈등의 빛이 떠올랐다. 그는 외부에 드러난 것과는 달리 노련하고 음흉한 고수다. 이미 석요송의 무공을 자신의 몸으로 겪어 보았기에 그의 수하들이 석요송의 막을 수 없다는 것을 알고 있었다.

"길을 열어줘라!"

판무동이 결심이 서자 수하들을 돌아보며 명을 내렸다.

"대주!"

사생이 투기를 드러내며 외쳤다.

"너희들이 상대할 자가 아니다."

"그러나……!"

"명을 따르라."

판무동의 냉엄한 목소리가 사생이 고개를 숙여 보이고는 고개를 돌려 그의 동료들에게 눈짓을 했다. 그러자 흑사풍의 무사들이 말을 몰아 대막으로 향하는 길에서 벗어났다.

"가거라!"

수하들이 길을 열자 판무동이 석요송을 보며 말했다.

"가시지요."

석요송이 왕춘을 보며 말하자 왕춘이 기다렸다는 듯이 마차를 몰고 앞으로 나갔다. 석요송 역시 훌쩍 마차 위에 날아올라 왕춘의 뒤를 따르기 시작했다. 그때 갑자기 판무동이 석요송을 불러 세웠다.

"잠깐!"

판무동의 외침에 석요송이 마차를 세우고 판무동을 바라봤다.

"그 검술… 뭐라 하는 검법이냐?"

판무동은 자신을 패퇴시킨 석요송의 검술의 정체가 궁금한 모양이었다.

"가르쳐 준 사람들이 말하길 천광검이라 했소."

"천광검이라……. 그래, 정말 천광이란 이름이 어울리는 검법이야. 그런 다시 묻자. 이름은?"

판무동의 질문에 석요송이 물끄러미 그를 바라보다 이번에는 거절하지 않고 짧게 대답했다.

"석요송."

석요송이 대답하고는 말을 몰아 이미 한참 앞서가고 있는 왕춘을 따라붙었다. 그러자 그런 석요송의 뒷모습을 보며 판무동이 중얼거렸다.

"석요송이라. 강호에 무서운 자가 출현했어. 아직 약관의 나이로 보이는데… 금문이 창룡을 얻은 것인가!"

판무동이 나직하게 탄식했다. 그때 사생이 재빨리 다가서며 물었다.

"대주, 상처는……?"

"괜찮다. 깊지 않아."

"그런데 저자들은 이대로 보내실 것인지?"

"음, 우리가 감당할 수 없다."

"하면 이대로 금문 삼십육진에 대한 봉쇄를 푸는 것입니까?"

"그래서는 안 되지. 그리되면 우리 흑사풍의 체면이 뭐가 되겠나?"

"그럼 어찌……?"

"전서구를 가지고 있지?"

"물론입니다."

"전서를 띄운다. 성신(星神) 어른들께서 나서서야 할 것 같다."

"하지만 그분들은 지금 진중에 없지 않습니까?"

"아니 그분들은 가까이 계시다. 단지 사람들이 이목을 피하고 계실 뿐⋯⋯."

"그, 그렇습니까? 다행이군요. 성신 어른들께서 나서신다면야⋯⋯."

사생의 표정이 밝아졌다. 그러자 판무동이 툴툴거렸다.

"젠장, 어쨌든 이번 일로 내 체면이 크게 깎이게 생겼군. 어디서 저런 괴물 같은 녀석이 나타나서는⋯⋯!"

*   *   *

세 노인이 바다처럼 푸른 초원 위에서 삼십여 마리의 양 떼를 몰며 움직이고 있었다. 세 필의 말도 있었지만, 그들은 노구에도 불구하고 두 다리로 땅을 걷고 있었는데 두런두런 이야기를 나누다가 간혹 기분 좋은 웃음을 터뜨리기도 했다. 누가 보아도 초원에서 늙어온 유목민 노인들이 분명해 보였다.

노인들은 태양이 그들의 머리 바로 위까지 도달하자 양 떼를 세우고 햇빛을 가릴 천막을 친 후 그 아래 앉아서 마유주를 나눠 마시기 시작했다.

술잔이 돌수록 기분 좋은 웃음은 더욱 자주 흘러나왔다. 간혹 육포를 안주와 요기 삼아 입에 넣고는 몇 개 남지 않은 이빨로 아주 오랫동안 씹기도 했다.

그런데 어느 순간 그들 머리 위에 한 마리 새가 나타났다. 새는 세 사람의 머리 위에서 몇 번을 회전하더니 노인 중 한 명이 자리에서 일어나 손을 들어 올리며 입으로 소리를 내자 이내 노인의 손 위에 내려앉았다.

새를 손에 앉힌 노인이 다리에서 작은 전통을 풀더니 그 안에서 종이 쪼가리를 꺼내 읽었다. 그러더니 한순간 얼굴을 굳혔다.

"무슨 일인가?"

여전히 앉은 채로 마유주를 마시고 있던 두 명의 노인 중 하나가 물었다.

"일이 생겼네."

"일? 어디?"

"남로가 뚫렸다는군."

순간 앉아 있던 두 노인의 표정이 일변했다.

"북로가 아니라 남로? 그게 정말인가?"

다른 노인이 묻자 새를 들고 있던 노인이 전서를 질문을 던진 노인에게 건넸다.

"음, 정말이군. 이건 삼대주가 보낸 전서야."

"허허, 기사로세. 감히 누가 삼대주를 겪었을까? 삼대주는 무공도 무공이지만 그 심기는 십이대주 중 가장 깊은 사람인데⋯⋯."

맞은편 노인이 물었다.

"석요송이라는 자인데⋯ 이제 약관이라는군."

"약관?"

"그렇다네."

"이거 갈수록 재미있어 지는군. 약관의 젊은이를 삼대주가 막지 못했다? 금문에 신룡이 탄생한 것인가?"

"청도주라면 능히 그런 인재를 배출할 수 있지."

"가만있자. 청도주가 올해로 몇이지?"

"능히 백이십 세는 되었을 걸세."

"죽을 때가 되었으니 후사를 낸 것인가?"

"그의 후계자라면 청도의 소도주가 있지 않나? 비록 나이 어린 여인이나 그 재주가 청도주를 능가한다고 하지."

"그래도 치마 두른 여자야."

새를 들고 있던 노인이 차갑게 말했다.

"흐흐흐, 갈생 자네는 아직도 여인에 대한 편견을 버리지 못했는가?"

"편견이 아니라 여인은 여인일 뿐이라는 거지."

"후후, 여인 중에 천하를 차지한 사람도 있어. 당의 무후가 그러하지 않았던가?"

"수천 년 역사에서 겨우 몇십여 년 일 뿐이네."

갈생이라 불린 노인은 전혀 양보할 기색이 없어 보였다.

"후후, 갈생 자네도 참… 아무튼 청도주도 자네와 같은 생각을 했을 수도 있긴 하지. 자신의 손녀가 재주는 비범하나 여인으로서의 한계가 있다고 생각했을 수 있단 말일세. 해서 젊은 놈 몇 키워 손녀 곁을 지키게 할 수도 있지."

"그도 아니면 금문의 다른 종파에서 나온 자일수도 있고……"

다른 노인이 말했다.

"그도 가능성이 없는 말은 아니네."

노인 갈생이 고개를 끄덕였다.

"이거 정말 궁금하군. 얼른 만나보세."

노인들이 너나 할 것 없이 자리를 털고 일어났다. 그리고는 서둘러 천막을 걷은 후 훌쩍 말에 올라 양 떼를 남쪽으로 몰기 시작했다.

"이상한 일이군."

왕춘이 손을 들어 눈에 그늘을 만들며 말했다.

"뭐가 말입니까?"

"양 떼를 모는 자들이라니. 이상하지 않은가?"

"이곳은 초원 아닙니까? 으레 유목민들이 있게 마련이지요."

석요송의 대답에 왕춘이 고개를 저으며 말했다.

"보통 때라면 그렇지. 그러나 지금은 아니야. 삼십육진을 중심으로 사방 백여리를 흑사풍이 봉쇄하고 있네. 봉쇄의 이유는 하나야. 삼십육진을 고립시켜 고사시키려는 것이지. 그런데 그 안에 양이나 말을 기르는 유목민이 있다면 어찌 되겠나?"

왕춘의 말에 석요송이 고개를 끄덕였다.

"듣고 보니 어르신 말씀이 맞습니다. 부족한 물자를 유목민에게 얻어내면 삼십육진을 고립시킨 의미가 없지요. 그렇다면……?"

석요송이 시선을 돌려 천천히 북쪽에서 남쪽으로 내려오고 있는 양 떼를 응시했다. 양의 숫자는 그리 많아 보이지 않았다. 겨우 삼십여 마리, 그 정도라면 이 광활한 대초원에서 살아가는 유목민이라 부르기도 어려운 숫자였다.

"양의 숫자도 많지 않고… 마차도 없어. 보통 유목민이라면 모전천막을 가지고 이동하기 때문에 마차가 있어야 하는데."

왕춘이 다시 말했다.

"결국, 흑사풍의 사람들이란 말이군요."

"그렇지. 길을 봉쇄했더라도 이 넓은 땅 어디서 무슨 일이 일어날 지 모르니 사람을 풀어 삼십육진 주변을 살피고 있는 모양이야."

"그런데 그렇다면 또 이상하군요."

"뭐가 말인가?"

"삼십육진 주변을 순찰하라는 명을 받고 나온 자들치고는 나이가 너무 많아 보지 않습니까?"

이제 양 떼를 몰고 내려오는 자들은 그 모습을 살필 수 있는 거리까지 다가와 있었다. 세 명의 노인, 허름한 옷차림의 노인들이 말 위에 올라 길 위에 서 있는 석요송과 왕춘을 호기심 어린 표정으로 바라보고 있었다.

"그렇군. 순찰을 돌기에는 나이가 너무 많아. 그렇다면 다른 의도를 가진 자들이란 말인데. 정말 저들이 흑사풍의 사람들이 맞는다면 필시 대단한 고수들일 거야. 조심해야겠네."

왕춘의 말이 끝날 즈음 세 노인이 두 사람으로부터 십여 장 거리까지 다가왔다.

"남쪽에서 왔소?"

세 명의 노인 중 한 명이 불쑥 물었다. 인사치레도 없이 던지는 질문이 무척 무례해 보였지만 또한 목소리에 위엄이 있어 함부로 반발하기도 어려웠다.

"양 떼를 치시오?"

왕춘 역시 숨은 기인, 노인의 기세에 그 역시 마찬가지로 덤덤히 질문을 던졌다.

"양을 치는 건 소일거리고……."

노인이 대답했다.

"남쪽에서 오는 길 맞소."

상대의 대답을 듣고서야 왕춘도 노인의 질문에 대해 대답을 했다.

"이상하군. 남쪽 길은 흑사풍의 고수들이 막고 있는데 어찌 통과하셨소?"

노인이 다시 물었다.

"조금 소란이 있기는 했지만, 하늘 아래 만들어진 길이 어찌 흑사풍만의 것이겠소. 사정을 잘 설명하니 길을 열어주더구려."

왕춘이 능글맞게 대답했다. 그러자 노인이 다른 노인들을 돌아보며 말했다.

"맞는 것 같군. 노소 두 사람인 것도 그렇고."

그의 말을 들은 두 노인도 고개를 끄덕이고는 훌쩍 말에서 뛰어내렸다. 세 노인 모두 마른땅에 내려섰음에도 먼지 한 올 일으키지 않았다. 신법의 경지 나이만큼이나 깊음을 드러내는 움직이었다.

석요송은 세 노인의 움직임을 유심히 살피고 있었다. 그리고 이 노인들이 앞서 그가 상대했던 판무동과는 또 다른 경지의 인물들임을 알아챘다.

"정말 조심해야겠어요."

석요송이 나직하게 말했다. 그러자 왕춘이 히죽 미소를 지으며 말했다.

"자네 일이니 자네가 조심해야지."

"그렇군요."

석요송이 가볍게 미소를 짓고는 훌쩍 마차에서 날아올라 세 노인 앞에 내려섰다. 그러자 세 노인 중 앞서 입을 열었던 자가 석요송을 보며 말했다.

"오라. 그대가 삼대주를 꺾었다는 청년이로군. 이름이 뭐랬더라?"

"당신들은 흑사풍 사람들이오?"

석요송도 마주 질문을 던졌다. 존장에 대한 예의는 찾아볼 수 없다. 그러나 노인이 순순히 석요송의 질문에 대답했다.

"맞네. 우린 흑사풍의 사람들이네. 흑사풍에는 아홉 명의 늙어 죽지 못하는 귀신이 살고 있네. 사람들은 그런 우릴 흑사풍의 아홉 명의 성신(星神), 구성(九星)이라 부르지. 들어봤나?"

노인의 말에 석요송이 시선을 왕춘에게로 돌렸다. 그러자 왕춘이 놀란 표정으로 말했다.

"구성은 흑사풍의 실질적인 주인이네. 요송, 자네가 오늘 제대로 된 상대를 만났군. 쉽지 않겠어. 구성이 한 명도 아니고 세 명씩이나 나타나다니. 휴, 나도 나서지 않을 수 없구나."

왕춘이 훌쩍 자리를 박차고 날아오르더니 한순간 바람을 일으키며 석요송 곁에 내려섰다.

"그렇게 대단한 자들인가요?"

석요송이 왕춘의 정색한 모습을 보며 말했다.

"오늘날 흑사풍이 북천십이문의 한 자리를 차지하게 된 것은 모두 이들 구성 덕분이지. 이들은 흑사풍의 시작과 끝이네. 음… 이들이 나섰다는 것은 이번 삼십육진을 봉쇄하는 일이 생각보다 흑사풍에 무척 중요한 일이라는 것인데… 기이하군. 겨우 작은 진지 하나를 두고 흑사풍 전체가 움직이다니……?"

왕춘의 말은 노인들도 모두 듣고 있었다. 그들의 시선이 어느새 석요송을 벗어나 왕춘에게로 향해 있었다.

"노인장은 무림의 사정에 무척 밝은가 보오?"

흑사풍의 노고수가 왕춘을 보며 물었다.

"이 나이가 되도록 강호의 칼 밥을 먹고 살았으니 귀를 막아도 들리는 소문을 아니 들을 수 없더구려."

"하하하, 하긴 그렇구려. 늙으면 듣지 말아야 할 것도 왜 그리 잘 들리는지… 그런데 노인과 이 청년은 금문에서 나왔소?"

"이미 우리 소식을 들어 알고 있는 것 같은데……?"

"전서구에 몇 글자나 쓸 수 있겠소. 금문의 사람들이오?"

"뭐, 그렇다고 할 수 있소."

"금문의 삼십육진으로 가는 길이고?"

"맞소."

"흐음… 그대와 이 청년의 이름은 뭐요?"

노인이 이미 전서를 통해 알고 있는 석요송의 이름을 물었다.

"난 왕춘이라 하오. 이 친구는 석요송, 아마 들어보지 못한 이름일 거요. 그런데 그런 당신들은 어떤 이름을 가지고 있소?"

왕춘이 묻자 노인이 잠시 두 사람의 이름이 기억에 있는지를 생각하는 듯하더니 이내 고개를 저으며 말했다.

"모두 기억에 없는 이름이군. 역시 금문의 숨은 고수가 많아. 우리 흑사풍의 눈과 귀가 많이 어두워졌군. 뭐, 어쨌든 통성명은 해야겠지. 날 갈생이라 하오. 이 사람은 몽극 노사, 그리고 이쪽은 여씨 성에 만자 우자를 쓰는 분이오. 들어봤소?"

노인 갈생의 말에 왕춘의 얼굴이 더욱 차갑게 변했다.

"갈생, 몽극, 여만우··· 흐흐 정말 구성이군. 정말 구성이 나왔어. 내 생전에 당신들 셋을 한번에 보게 될 줄이야. 이런 영광이 없소."

"음, 우리를 알고 있다면 오늘 이곳을 지나갈 수 없다는 것도 알겠구려."

갈생의 말에 왕춘이 순순히 고개를 끄덕였다.

"물론 나 혼자였다면 지금 즉시 마차를 돌려 줄행랑을 쳤을 것이오. 그러나 오늘의 행사는 내가 주관하는 것이 아니라서⋯⋯."

"설마 이 청년을 믿고 우릴 상대하겠다는 거요?" "

"맞소."

왕춘이 짧게 대답했다. 그러자 갈생의 얼굴에 불쾌한 표정이 깃들어졌다.

"이보게들. 우리가 오래 살기는 살았나 보이. 오늘날 우리 구성이 이렇게 무시를 당하게 될 줄 누가 알았단 말인가?"

갈생이 몽극과 여만우를 보며 탄식을 흘렸다. 그러자 왕춘이 음침한 미소를 흘리며 말했다.

"흑사풍 삼대주가 십초지적이 되지 못했소. 그렇다면 당신들 삼 인을 상대할 자격은 충분하지 않소?"

순간 갈생 등 삼 인의 표정이 일변했다. 그들이 얼굴에 불신의 표정이 떠올렸다.

　"지금 판대주가 십초지적이 안되었다고 했소?"

　"그렇소."

　"설마 그 말을 우리더러 믿으라는 거요?"

　"그가 전서에 그런 말을 쓰지 않은 모양이구려. 흐흐, 스스로 창피한 줄은 아는 모양이군."

　왕춘의 말투에서 갈생은 왕춘이 거짓말을 하고 있는 것이 아니라는 것을 알아챘다. 순간 그의 시선이 자연스럽게 석요송에게로 향했다. 석요송은 두 사람의 대화가 이어지는 동안 태산같이 무거운 모습으로 자리를 지키고 서 있었다. 그의 표정은 무척 덤덤해서 강호절정의 고수들인 흑사풍 구성의 삼 인을 상대해야 한다는 두려움 같은 것은 찾아볼 수 없었다. 그런 석요송의 모습에 갈생이 새삼스레 감탄하며 입을 열었다.

　"석요송이라고 했던가?"

　갈생의 질문에 석요송이 무겁게 고개를 끄덕였다.

　"정말 판대주를 십 초 안에 꺾었나?"

　"그가 방심했소."

　석요송이 짧게 대답했다.

　"물론 그랬겠지. 그러나 아무리 방심했다고 해도 그를 십 초 안에 꺾었다면 그야말로 경악할 일이지. 음… 아무래도 난 믿을 수가 없어. 직접 그대의 무공을 견식해야겠다."

　갈생이 석요송을 향해 두어 걸음 앞으로 나섰다. 그러자 석요송도 기다렸다는 듯이 갈생을 향해 걸음을 옮겼다.

"조심해. 그는 흑사풍의 구성이네."

석요송의 뒤에서 왕춘이 나직하게 말했다. 그런 왕춘의 당부에 대답하는 대신 석요송은 좀 더 빨리 갈생을 향해 다가갔다. 그러자 잠시 멈춰 섰던 갈생 역시 석요송을 향해 속도를 내기 시작했다. 동시에 그의 두 손이 가슴 어림으로 올라갔다.

팟!

갈생이 대호가 날카로운 발톱으로 사냥감을 후려치듯 오른손을 휘둘렀다. 그러자 쇠꼬챙이처럼 구부러져 있는 그의 손가락 끝에서 검은 기운이 일어나 석요송을 덮쳤다.

갈생이 만들어낸 검은 기운은 다섯 갈래로 갈라지면 날카롭게 공기를 찢었다. 석요송이 재빨리 신형을 왼쪽으로 이동시키며 한 바퀴 몸을 회전했다.

칙!

갈생의 조공이 만들어낸 진기 줄기가 석요송의 옷자락을 찢으며 지나갔다. 순간 석요송도 왼손을 들어 갈생을 향해 털어댔다. 그러자 실 같은 가는 진기의 줄기가 일어나더니 한순간에 갈생의 전신을 옭아맸다.

"헛!"

노련한 고수인 갈생의 입에서 다급성이 흘러나왔다. 석요송의 유뢰지는 부드러운 듯하면서도 그 안에 벽력의 힘이 깃들어 있어서 유뢰지를 상대하는 자는 일단 유뢰지가 몸에 이르면 당황할 수밖에 없었다.

갈생이 어지럽게 두 손을 흔들었다. 그러자 그의 손길을 따라 검은 진기들이 꼬리를 물고 일어나며 자신의 몸을 감쌌다.

따따땅!

석요송의 유뢰지가 갈생이 만든 진기의 막에 부딪히며 날카로운 충돌음을 일으켰다. 그런데 다섯 줄기의 유뢰지 중 한 줄기가 갈생이 만든 진기의 벽을 뚫고 들어가더니 번개처럼 갈생의 옆구리를 훔치고 달아났다. 순간 갈생의 옷자락이 훤히 뚫리며 맨살이 드러났다. 나이답지 않게 단단한 그의 옆구리 근육에 길게 혈선이 만들어졌다.

투투툭!

옆구리에 부상을 입은 갈생이 두 발을 번개처럼 교차하며 뒤로 물러났다. 순식간에 석요송과 갈생의 거리가 십여 장으로 벌어졌다. 석요송은 그런 갈생을 향해 다시 다가서기 시작했다. 적의 약세를 보았으면 성급히 달려들 만도 한데 석요송의 움직임은 태산처럼 무거워 오히려 보는 사람이 답답할 정도였다.

"이게 대체 무슨 지법이냐?"

다가오는 석요송을 보며 갈생이 물었다.

"유뢰지."

석요송이 대답했다.

"유뢰지? 역시 못 들어본 무공이야. 강호에 이런 괴이한 지법이 있는 줄 몰랐군."

비록 옆구리에 부상을 입기는 했으나 갈생은 아직 제법 여유가 있어 보였다. 이 부상이 자신의 방심에서 비롯된 것이라고 생각하는 모양이었다.

"괜찮나?"

문득 갈생의 뒤에서 다른 구성인 몽극이 물었다. 여차하면 이 싸움에 끼어들 생각인 표정이었다.

"아직은 괜찮네."

"중한 일이네. 체면을 차릴 때가 아니야."

"걱정 말게. 한 수 더 보고… 위태하면 그때 오게."

"그러지."

몽극이 순순히 갈생의 말을 받아들였다. 갈생 정도의 고수가 자신의 체면을 생각해 대사를 망칠 일은 없다고 생각하는 모양이었다.

"난 혈묵수라는 수공(手功)을 주로 쓰네. 이제부터 그 혈묵수를 쓸 생각이네. 혈묵수는 한 번 펼쳐지면 반드시 피를 봐야 하는 무공, 조심하게."

갈생이 다가오는 석요송을 보며 말했다. 그러자 석요송이 덤덤하게 대답했다.

"이미 피는 보지 않았소?"

"그렇군. 상대를 걱정할 때가 아니었군. 그럼!"

갈생이 가볍게 고개를 끄덕인 후 번개처럼 석요송을 향해 달려들었다.

우웅!

동시에 그의 두 손이 보이지 않는 속도로 움직였다. 그의 손이 지나간 자리에 남은 검은 그림자만이 손의 존재를 알 수 있게 했다. 갈생의 손이 만든 검은 그림자들은 한 번 만들어지면 좀체 사라지지 않았다. 그 기운들은 길게 이어진 끈처럼 갈생의 주변에 자리 잡더니 한순간 석요송을 향해 덮쳐왔다.

석요송은 십여 줄기의 갈래로 갈라져 다가오는 검은 진기의 띠를 보며 좌우로 두 발을 움직였다. 그러자 그의 신형이 순식간에 그 자리에서 사라졌다.

"놀라운 신법이다."

갈생이 석요송을 공격하면서도 자신의 공세를 피해내는 석요송의 귀령보에 감탄사를 흘려냈다. 그러나 사실 그에게는 그럴 만한 여유가 있지 않았다.

파팟!

어느새 갈생의 공세에서 벗어난 석요송이 우측면에서 갈생을 향해 두 손을 흔들었다. 그러자 그의 손을 벗어난 열 개의 지력이 갈생을 향해 파고들었다. 순간 갈생이 재빨리 두 손을 휘저었다. 순간 그의 몸을 감싸고 있던 진기의 띠들이 석요송의 지력들을 휘어 감았다.

지지직!

달군 쇠를 물에 담근 듯한 소리가 일어났다. 석요송의 지력이 갈생이 만든 진기의 띠와 뒤섞여 만들어내는 소리였다. 두 개의 힘이 잠시 팽팽한 균형을 이뤘다. 그러나 그도 잠시, 한순간 갈생이 만든 검은 띠들이 중간중간에서 잘려나가기 시작했다.

"무섭구나!"

자신이 만든 진기의 띠를 잘라내는 석요송의 지력을 보며 갈생이 두려움이 섞인 목소리로 중얼거렸다. 그 와중에도 석요송의 지력은 계속해서 갈생을 향해 파고들고 있었다. 갈생이 연이어 손을 움직여 진기의 띠를 만들어냈지만, 서서히 그의 신형은 석요송의 지력에 노출되고 있었다. 이대로 가다가는 석요송이 만들어내는 열 개의 지력이 동시에 갈생의 몸을 꿰뚫어 그를 즉사하게 만들 지경이었다.

갈생이 위급한 지경에 처한 것은 그의 나머지 두 노인도 알고
있었다.

"아무래도 나서야겠어. 끌!"

흑사풍의 실질적인 주인이라는 구성 중 한 명인 여만우가 혀
를 차며 말했다.

"그러게 말이네. 이 나이가 되어서 한 명의 적을 상대로 협공
을 해야 될 줄은 몰랐군."

몽극이 대답했다.

"이게 다 그 잘난 청도주 때문 아닌가?"

"그래서… 이번 일이 중요했던 것인데."

"그러게 말일세. 그러니 이곳에서 길이 뚫리면 안 되네. 꼭
그 물건 때문이 아니더라도 이번에 청도주에게서 양보를 받아
내지 못하면 그 늙은이가 죽기 전에 반드시 이 초원을 도모할
걸세. 그가 천하를 도모하려 한다면 필시 이 대막을 먼저 손에
넣으려 할 것이니 역시 그가 아예 이곳에는 눈독을 들이지 못하
게 만드는 것이 상책이지. 가세."

여만우가 허리춤에서 한 자루 도를 꺼내 들며 말했다. 그러자
몽극 역시 시퍼런 검 날이 살아 숨 쉬는 검을 뽑아 들었다.

"망할 늙은이야. 저런 괴물을 만들어 내다니……."

"하지만 실수한 거지. 그 괴물이 오늘 우리 손에 죽을 테니
까."

여만우의 눈에 한 줄기 살기가 감돌았다. 연후 두 사람은 누

가 먼저랄 것도 없이 석요송과 갈생을 향해 다가가기 시작했다. 그러자 그들의 움직임을 살피고 있던 왕춘이 훌쩍 몸을 날려 두 사람 중 여만우의 앞을 막아섰다.

"뭐요?"

"그대들도 친구를 위해 나섰으니 나도 역시 나서야지 않겠소?"

"죽음을 자초하는군."

"가끔은 죽음을 감수하고 해야 할 일도 있는 법이오."

"저 청년이 그대에게 그리 중한 사람이오?"

"지금까지는 아니지만, 앞으로는 그리될 것 같소."

"무슨 소리요?"

"서로 신세타령이나 하고 있기에는 시간이 너무 없지 않소?"

왕춘의 말에 여만우가 슬쩍 시선을 돌려 석요송과 갈생의 싸움을 살폈다. 어느새 갈생이 만들어내는 진기의 띠들은 모두 사라져 이제 갈생의 몸은 거의 석요송의 지력에 노출되고 있었다.

"몽극, 난 아무래도 이자를 상대해야 할 것 같군."

여만우의 말에 몽극이 고개를 끄덕였다.

"그리하게. 설마 둘이 하나를 못 당할까!"

몽극이 시원하게 대답을 하고는 훌쩍 몸을 날려 석요송을 향해 날아갔다. 왕춘은 몽극이 석요송을 향해 움직이는 것까지는 막지 않았다. 아니 막을 수가 없었다. 기실 그로서는 여만우 한 사람을 상대하는 것만으로도 만만치가 않았던 것이다.

"노인장이 제법 강호에서 잔뼈가 굵은 것은 알겠소. 하지만… 가끔은 도저히 감당하지 못할 사람도 있는 법이오."

여만우가 도를 들어 왕춘을 겨누며 말했다. 그러자 왕춘이 슬쩍 두어 걸음 뒤로 물러나며 대답했다.

"그래도 지금껏 이 험한 강호에서 목숨을 부지한 데에는 그만한 이유가 있지 않겠소?"

"하긴, 재주가 있으니 살아남았겠지. 어디 그 재주 한 번 봅시다."

여만우가 순식간에 몸을 낮추며 왕춘을 향해 매섭게 도를 휘둘렀다. 그러자 그의 도에서 시퍼런 도기가 흘러나와 활처럼 휘어지더니 무서운 힘으로 왕춘의 허리를 잘라갔다.

순간 왕춘이 등 뒤 옷 속에서 쇠사슬로 연결된 두 자루의 낫을 꺼내 들었다. 그리고는 자신을 베어오는 도기를 향해 벼락처럼 오른쪽 손에 들린 낫을 휘둘렀다.

쩡!

왕춘의 낫이 강렬한 파열음과 함께 여만우의 도기를 잘라냈다.

"웃!"

자신의 도기를 막아내는 왕춘의 무공에 놀랐는지 여만우가 훌쩍 뒤로 물러났다. 그러자 왕춘이 기다리지 않고 여만우를 향해 날았다.

웅!

왕춘의 손에 들린 두 개의 낫이 동시에 그의 손에서 벗어났다. 그렇다고 낫들이 왕춘의 통제를 완전히 벗어난 것은 아니었다. 왕춘은 두 개의 낫을 연결한 쇠줄 가운데를 잡고 두 개의 낫을 조정하고 있었다.

웅웅웅!

쇠줄에 달린 낫들이 바람개비처럼 회전하며 매서운 파공음을
만들어 냈다. 그러자 그 기세에 밀린 여만우가 다시 훌쩍 뒤로
물러났다. 그러다 마치 뒤로 물러난 것이 분하다는 듯 재빨리
도를 머리 위로 치켜들더니 왕춘을 향해 일도를 내리그었다. 그
러자 여만우의 도가 벼락처럼 왕춘을 향해 도기를 떨쳐냈다.

쿠앙!

여만우의 도기가 왕춘의 두 낫 사이를 파고들며 강렬한 파공
음이 일으켰다.

"음!"

이번에는 왕춘이 나직한 신음성을 흘리며 뒤로 물러났다. 그
의 손에는 두 개의 낫을 이었던 쇠줄이 들려 있었는데 그 가운
데가 잘려 이제는 낫들을 이을 수 없는 지경이 되어 있었다.

"과연 흑사풍의 구성담군."

왕춘이 나직하게 감탄의 소리를 흘렸다. 그러자 여만우도 입
을 열었다.

"금문에서 어떤 직책을 맡고 있소?"

"흐흐, 그저 말단 무사요."

"설마, 그럴 리가 있소? 그 실력에!"

여만우가 고개를 저으며 말했다.

"허언이 아니오. 난 금문과 그리 인연이 깊지는 못하오."

왕춘의 대답에 여만우가 눈을 가늘게 뜨고는 왕춘을 살피며
말했다.

"정말 그대가 금문에서 말단 무사로 지내고 있다면 그대와

금문의 관계는 그대의 말처럼 깊지 않다고 봐야겠지. 스스로의 무공을 숨기고 있는 것은 진정한 금문의 사람이 아니라는 말이니까."

"역시 흑사풍 구성의 눈매가 매섭구려. 맞소. 난 그저 잠시 금문에 몸을 의탁해 밥을 빌어먹고 있을 뿐 금문의 문도라고 하기는 어렵소."

"그런 사람이 왜 이렇게 위험한 일을 맡은 거요? 이 길이 죽음의 길이란 건 그대 정도의 노련함이라면 쉽게 알았을 터인데?"

"그야 당연히 죽지 않을 자신이 있으니까."

"우리 흑사풍을 경시하는 것이오?"

"아, 그런 말이 아니라 내가 워낙 생로를 찾는 데는 재주가 있어서 말이오. 에… 뭐, 최악의 경우 마차를 버리고 초원으로 도주하면 죽지는 않을 자신이 있었소. 그리고 무엇보다도 저 친구가 호기심을 자극했고."

왕춘이 시선을 석요송에게로 돌렸다. 그러자 여만우 역시 두 명의 흑사풍 구성과 치열한 싸움을 벌이고 있는 석요송을 바라봤다.

석요송과 흑사풍 두 노고수의 싸움은 살벌하기 이를 데 없었다. 특히 뒤늦게 싸움에 뛰어든 몽극의 검법은 살기가 충만해서 그 일 초 일 초에 석요송의 생명을 위협하는 살초들이 내포되어 있었다.

그러나 석요송 또한 결코 만만치가 않았다. 석요송은 귀령보를 펼쳐 갈생과 몽극의 공격을 피해내면서 간간이 두 사람을 유뢰지로 공격해 둘을 당황하게 만들었다.

석요송의 지력이 미치는 범위는 대략 십여 장, 석요송은 두 사람의 합공으로 짧은 간격에서의 싸움이 불리해지자 귀령보로 거리를 만들고 유뢰지를 펼쳐 두 사람을 공격함으로써 상대의 협공을 극복해 나가고 있었던 것이다.

덕분에 싸움의 승패는 여전히 점칠 수 없는 상황이었다. 얼핏 보면 갈생과 몽극 두 사람이 공세를 취하고 있는 듯 싶었지만, 여전히 석요송 역시 승리를 노릴 기회가 남아 있었다.

"이대로는 안 되겠네."

문득 갈생이 입을 열었다.

"맞아. 거리를 주면 안 될 것 같으이."

몽극이 대답했다.

"내가 움직이지."

갈생이 훌쩍 신형을 날렸다. 그러자 몽극의 신형이 석요송을 중심으로 크게 원을 그리더니 석요송의 뒤에서 걸음을 멈췄다. 앞뒤에서 협공을 해 석요송의 보법이 힘을 쓰지 못하게 하려는 의도인 듯 보였다.

석요송은 갈생의 움직임을 놓치지 않으면서도 앞에 서 있는 몽극의 검을 주시하고 있었다. 갈생이 석요송의 후방을 막자 몽극이 기다렸다는 듯이 석요송을 향해 육박하며 검을 휘둘렀다.

파파팟!

저릿한 검기를 일으키며 몽극의 검이 석요송의 사혈을 노리고 닥쳐들었다. 순간 석요송이 유뢰지를 펼치며 뒤로 물러났다.

여전히 몽극과의 거리를 좁히지 않으려는 의도처럼 보였다. 그러자 기다렸다는 듯이 석요송의 뒤쪽에 자리 잡고 있던 갈생이 뒤로 물러나는 석요송을 향해 두 손을 휘둘렀다. 그러자 그의 손에서 일어난 검은 장력이 석요송의 등을 향해 밀려들어 갔다.

앞뒤에서 공격을 받게 된 석요송이 순식간에 위험에 빠진 듯이 보였다. 갈생과 몽극 두 노고수의 무공은 절정에 올라 있어 독 안에 든 쥐에게 생로를 열어줄 것 같지 않았다. 그런데 한순간 위기에 처한 듯 보이던 석요송이 번개처럼 검을 빼 들었다.

第三章 하늘빛(天光) 검

　검기는 하늘빛을 담고 있었다. 마른하늘에서 내리꽂히는 한 줄기 번개처럼 그렇게 눈부신 검기가 갈생을 향해 떨어져 내렸다. 워낙 빠른 일 초였기에 갈생은 미처 그 빛을 피하지 못하고 한 팔을 내주었다.

　삭!

　소름 끼치는 소리와 함께 갈생의 팔이 잘려나갔다. 당장은 피도 나오지 않았다. 고통도 느끼지 못하는지 갈생은 자신의 팔이 잘려나가는 그 순간에도 다른 한 손으로는 여전히 석요송을 공격하고 있었다.

　그러나 맞은편에서 석요송을 향해 검을 떨쳐내고 있던 몽극은 갈생의 팔이 순식간에 잘려나가는 것을 두 눈으로 목도하고 있었다. 경악과 분노가 그의 얼굴을 물들였다.

"놈!"

몽극이 노성을 터뜨리며 더욱 강렬하게 검을 떨쳤다.

웅!

검기가 사선으로 떨어져 내려 석요송의 몸을 잘라갔다. 그런데 몽극의 검이 막 석요송의 등을 가르려는 찰나 석요송의 신형이 흐릿해지더니 그의 모습이 그 자리에서 사라졌다.

퍽!

허공을 가른 몽극의 검기가 대지를 파고들어 깊숙한 흔적을 만들었다. 몽극은 자신의 공격이 빗나가자 석요송이 있던 자리를 그대로 지나쳐 맞은편 갈생의 곁에 내려섰다. 그리고는 재빨리 신형을 돌려 석요송의 반격에 대비했다.

그러나 석요송은 몽극의 예상과 달리 더 이상 공세를 취하지 않았다. 그는 어느새 십여 장 거리로 벗어나 두 사람을 바라보고 있었다.

"이놈……!"

그때 즈음 갈생이 자신에게 일어난 일을 깨닫고 있었다. 잘린 팔에서 느껴지는 통증과 드디어 분수처럼 쏟아져 나오는 피가 그가 당한 부상의 위험을 말해주고 있었다. 그리고 자신에게 일어난 일을 명확하게 깨달으면 깨달을수록 석요송에 대한 분노도 깊어지는 듯 보였다. 갈생이 석요송을 향해 노기를 드러내자 몽극이 갈생을 제지하며 말했다.

"몸을 살피는 것이 우선일세."

"이쯤, 괜찮아!"

갈생이 고집스럽게 말했다.

"이보게."

몽극이 정색을 한 표정으로 갈생을 불렀다. 그러자 그제야 갈생이 애써 노기를 진정시키며 뒤로 물러났다. 그리고는 재빨리 혈도를 짚어 잘린 팔을 지혈하더니 입고 있던 옷을 찢어 잘린 팔을 둘둘 감았다.

"손속이 독하군."

갈생이 상처를 치료하는 동안 몽극이 석요송을 보며 말했다.

"내 검이 독하다한들 어찌 사막 한가운데 사람들을 고립시켜 놓고 아사시키려는 당신들만 하겠소. 그리고 내 듣기로 흑사풍은 천하에서 가장 거칠고 잔혹한 집단이라고 하던데 그에 비하면 나야 살기 위해 검을 쓴 것뿐이니 어찌 독하다 할 수 있겠소."

석요송의 대답에 몽극이 당장 대꾸를 하지 못하고 그저 석요송을 노려볼 뿐이었다. 석요송의 말처럼 흑사풍의 악명은 모든 여행자를 두려움에 떨게 만들지 않던가. 몽극이 침묵하자 석요송이 다시 입을 열었다.

"그의 상처는 이 자리에서 치료할 수 없을 듯한데 길을 열어 주심이 어떻겠소?"

"널 이대로 보낼 수는 없다."

몽극이 다부진 얼굴로 대답했다.

"다음번에는 팔이 아니라 목이 될 거요."

석요송이 투박한 검을 들어 올리며 말했다. 그러자 몽극의 얼굴에 두려운 빛이 서렸다. 그가 본 석요송의 검법은 수십 년 강호행에 단 번도 견식한 적이 없는 검공이었다. 몽극 생전에 그렇게 빠르고 강렬한 검법을 본 적이 없었다.

"그 검법의 정체가 뭐냐?"

"천광검이라 하더이다."

"천광검……! 과연 그리 불릴 만하다."

몽극이 고개를 끄덕였다.

"계속 길을 막겠다면 천광검의 진정한 무서움을 알게 될 것이오."

석요송이 경고했다. 그러자 몽극이 잠시 고민을 하는 듯하다 고개를 들어 여전히 왕춘과 대치하며 이쪽의 사정을 살피고 있는 여만우에게 물었다.

"어찌할까? 승패를 가늠하기 어렵군."

말은 그리했지만 이미 몽극은 자신들이 석요송을 감당할 수 없다는 것을 깨닫고 있었다. 그리고 그건 노련한 고수 여만우도 마찬가지였다.

"일단 길을 열어주지, 사람이 상했으니!"

여만우가 대답했다.

"난 괜찮아!"

문득 상처를 치유하고 있던 갈생이 거칠게 소리쳤다. 그러자 여만우가 고개를 저으며 말했다.

"자네 심정은 알겠지만 일을 어렵게 만들지 말게. 몽극, 길을 열어주세."

여만우의 말에 몽극이 고개를 끄덕였다.

"그리하세. 그게 좋을 것 같군."

몽극이 동의하자 여만우가 왕춘을 보며 말했다.

"길을 열어주겠소. 당신의 괴상한 젊은 친구를 데리고 어서 떠나시구려."

여만우가 말하자 왕춘이 조금 어리둥절한 표정을 짓다가 석요송을 바라봤다. 그러자 석요송이 훌쩍 신형을 날려 마차 위에 올라앉았다. 석요송의 움직임에 왕춘도 여만우를 놓아두고 자신의 마차로 뛰어올랐다.

"이럇!"

미처 왕춘이 자리를 잡기도 전에 석요송이 마차를 몰고 앞으로 달려나갔다. 그러자 그 기세에 놀라 북쪽으로 이어진 길을 막고 있던 양 떼들이 사방으로 흩어졌다.

"핫!"

뒤이어 왕춘 역시 바람처럼 마차를 몰아 석요송의 뒤를 따랐다.

"이게 무슨 짓인가? 어찌 그들을 그냥 보내? 대사를 망칠 셈인가?"

석요송과 왕춘이 떠나자 부상을 치료하고 있던 갈생이 일어서며 호통을 쳤다. 그러자 여만우가 침착하게 말했다.

"우리만으로 그들을 막을 수는 없었네. 그 젊은 놈은 괴물 같은 무공을 지니고 있었고, 그 늙은 자 역시 만만치 않았네."

"그렇다고 그들을 이대로 보내면 어쩌자는 말인가?"

"그들을 순순히 보내주겠다는 말이 아니네. 단지 무공으로 상대하기 어려우면 우리 흑사풍의 방식으로 상대하면 된다는 말이지."

"우리 방식이라니……?"

"초원에 들어선 이상 그들이 아무리 사나워도 그저 두 마리의 늘대일 뿐이지. 늘대사냥이야 한두 번 해본 것이 아니지 않은가?"

"그러나 그들을 따라잡을 수 있을까?"

"사막과 초원에서 흑사풍의 빠름을 따를 자는 천하에 없네. 그들이 금문의 삼십육진에 도달하기 전에 잡을 수 있을 거야. 그래도 서둘기는 해야겠지. 길을 뚫었다고 방심하고 속도를 늦추면 다행이지만 보기보다 영악한 자들이니……!"

두두두!

두 대의 마차가 먼지를 일으키며 초원을 가로질러 난 길을 달리고 있었다. 비록 길이라고는 하지만 그저 풀만 자라지 않고 돌투성이의 길을 달리는 것인지라 마차는 위태롭기 그지없었다. 언제라도 바퀴가 박살 나 전복되고 말 것처럼 마차는 위태로웠다.

"왜 이리 서두르는 겐가?"

어느새 석요송과 어깨를 나란히 하고 마차를 몰고 있는 왕춘이 소리쳤다. 그러자 석요송이 고삐를 당겨 마차의 속도를 줄였다. 그리고는 고개를 돌려 후미를 살폈다.

"따라오는 자들은 없어. 더 이상 서둘 필요가 없네."

왕춘이 말했다. 그러자 석요송이 고개를 저으며 말했다.

"이대로 우릴 심십육진까지 보내주지는 않을 겁니다."

"추격을 할 거라고?"

"그들은 이번 일을 무척 중요하게 생각하고 있었지요. 그럼에도 불구하고 길을 너무 쉽게 열어주었어요. 그건 곧 다른 방책을 강구하겠다는 말이지요."

"음, 듣고 보니 정말 그렇군. 가만있자… 그래. 분명 추격에 나서겠군. 그리고 만약 따라잡힌다면 무척 곤란해지겠어. 이번만큼은 자신들이 유리한 방식으로 싸우려 할 테니까."

"그렇겠지요."

"서두르세. 놈들이 떼거리로 몰려와 원거리에서 화살로 공격이라도 한다면 뚫고 나가기가 쉽지 않을 걸세. 어찌 우리가 빠져갈 수 있어도 이 짐들은 놓고 가야 할 거야. 그래서야 애써 이곳까지 온 보람이 없는 것이지."

"삼십육진까지는 얼마나 남았습니까?"

"아직 삼사일은 더 가야 하네."

"정말 서둘러야겠군요."

석요송이 대답을 하고는 금세라도 적이 뒤에서 쫓아올 것처럼 마차를 몰기 시작했다.

*　　　*　　　*

지평선 끝에 몇 개의 점이 나타났다. 그 점들이 시간이 지나면서 점점 합쳐지기 시작하더니 급기야 거대한 무리의 말 떼가 나타났다.

두두두!

천지를 뒤흔드는 소리가 일어나며 초원의 하늘 위로 먼지가 솟아올랐다. 갑작스레 초원에 등장한 말 떼들 사이에 중간중간 사람의 모습이 보였다. 말이 사람의 숫자에 비해 세배는 많아 보였지만 사람의 숫자도 적은 것은 아니었다.

그런데 그렇게 인마가 합쳐진 무리가 질풍처럼 초원을 질주하다가 어느 순간 거짓말처럼 움직임을 멈췄다. 그야말로 귀신 같은 기마술이었다. 갑작스레 움직임을 멈춘 인마의 무리 앞에 작은 양 떼를 모는 노인 셋이 나타났다.

"왔는가?"

노인들은 앞서 석요송과 왕춘의 길을 막아섰던 흑사풍의 구성 갈생과 그의 동료들이었다.

"성신님들을 뵈옵니다."

인마를 몰고 온 무리 중 산처럼 거대한 모습의 사내가 훌쩍 말 위에서 내려선 후 갈생 앞에 허리를 숙여 보였다. 야천룡에서 석요송을 상대하던 판무동이다.

"생각보다 늦었군."

갈생의 말에 판무동이 조심스럽게 대답했다.

"북쪽의 소식이 오지 않아 조금 늦었습니다."

"그래. 북로도 있었지. 그래 그쪽은 어찌 되었다던가?"

"다행에 일대주께서 지원을 나가신 덕에 길이 뚫리지는 않았다고 합니다."

"다행이군. 남북로가 함께 뚫렸다면 손 쓸 방도가 없었을 텐데."

"그런데 이상한 일이 있습니다."

"뭐가 말인가?"

갈생이 되물었다.

"북로를 침범한 금문의 고수들이 근 삼십여 명에 이른다고 합니다. 그런데 왜 남로는 단 두 명만이 나타난 것일까요?"

"음… 듣고 보니 이상하군. 북로와 남로 양쪽을 도모하고자 했다면 사람도 둘로 나눴어야 할 터인데……."

갈생이 고개를 갸웃했다. 그러자 판무동이 재빨리 입을 열었다.

"해서 야천룡에 절반의 형제들을 남겨두고 왔습니다."

"무슨 의민가?"

"앞서 길을 뚫은 자들 외에 그 뒤를 따르는 자들이 있을지도 모른다 생각하여……."

"하하하, 역시 삼대주는 용의주도하군. 그 몸집에 누가 이런 심기를 지녔으리라 생각할꼬."

갈생의 말에 판무동이 거대한 몸집에 어울리지 않게 공손히 머리를 조아렸다.

"어쨌든 후방을 단단히 한 것은 잘한 일이야. 금문은 당금 무림천하에서 가장 강력한 힘을 지니고 있다고 해도 과언이 아니네. 그 모든 것이 청도주에 의해 이뤄진 일인데 이 삼십육진은 청도주가 직접 개척하도록 명을 내린 곳이거든. 그러니… 반드시 삼십육진의 생로를 열려 할 게야. 후발대가 없으리란 보장이 없지."

"그럴수록 앞서 간 자들을 빨리 잡아야지 않겠나?"

갈생과 판무동의 대화를 듣고 있던 몽극이 입을 열었다.

"그래야지. 삼십육진에 양식이 전해지면 결국 금문의 본대가

올 때까지 버텨낼 테니까. 가세!'

갈생의 말에 판무동이 고개를 숙여 보이더니 이내 자신의 말을 향해 걸음을 옮기며 소리쳤다.

"놈들을 추격한다. 밤낮을 가리지 않고 달릴 터이니 모두 단단히 각오하도록!'

"넷, 대주!'

우렁한 대답이 초원을 울렸다. 그리고 잠시 후 초원은 다시 인마의 이동 소리로 소란스러워지기 시작했다. 흑사풍이 자랑하는 기병들이 구름을 만들며 초원을 질주하기 시작한 것이다.

투툭투툭!

말이 더 이상 달릴 수 없다는 듯 굽으로 마른땅을 찼다. 입에서 단내가 나오고 있었다.

"좀 쉬었다 가야겠군."

왕춘이 말했다. 살아 있는 생명은 쉬지 않고 달릴 수 없다. 말들은 한계에 도달해 있었다. 그나마 왕춘이 삼십육진을 떠날 때 좋은 말로 골라 마차를 끌게 한 것이 도움이 되고 있었지만, 명마라도 사흘 동안 줄기차게 달리고 나서야 쓰러지지 않을 도리가 없었다.

"이제 사막이군요."

어느새 석요송과 왕춘은 초원과 사막의 경계에 서 있었다.

"그러니 더욱 쉬어 가야 하네."

"물이 충분해서 다행이군요."

"아껴야 해. 삼십육진에 물이 없을 가능성이 많아."

"근처에 샘이 있다고 하지 않았나요?"

"그곳을 흑사풍이 점거하고 있다면 삼십육진에서 물을 구하는 것은 불가능하지, 비도 오지 않는 사막이니. 만약 물이 없다면 우리가 야천릉에서 길어가는 물이 삼십육진의 사람들에게 생명수나 다름없네."

"알겠습니다. 그럼 아껴야죠. 하지만 물을 아끼는 것보다 삼십육진 근처의 샘을 차지하는 것이 더 현명한 방법 아닐까요?"

"물론 그렇긴 하지만 삼십육진의 사람들에게 싸울 힘이 남아 있을까?"

"샘을 지키는 흑사풍의 무리가 많지 않다면 가능할 수도 있겠지요."

"어쨌든 그건 나중의 일이고 당장은 물을 아끼세. 그리고 반 시진 정도 쉬세나. 밤길을 도와 달리면 이제 삼십육진까지는 하룻길이네."

"거의 다 왔군요."

"진에 도달할 때까지 추격이 없어야 하는데……."

왕춘이 걱정스러운 표정으로 고개를 돌려 그들이 지나온 초원길을 돌아봤다. 여전히 지평선까지 사람의 그림자는 보이지 않았다.

"쉬세."

왕춘이 마차에서 뛰어 내리더니 재빨리 천막을 치고는 그 아래 드러누워 잠을 청했다. 지난밤 쉬지 않고 달려서인지 졸

음이 쏟아지는 모양이었다. 석요송은 그런 왕춘의 곁에 앉아 가부좌를 틀고 앉았다. 몸의 피로를 쫓는 데는 잠도 좋지만, 운기도 괜찮았다. 그리고 둘이 함께 잠이 들 수는 없는 상황이었다.

석요송은 대정심공의 깊은 경지 속에서 몸이 피로를 몰아내고 새로운 생기를 일으키는 것을 느끼고 있었다. 대정심공은 진기를 쌓는 것은 몰라도 심신을 정갈히 하는 데에는 천하제일의 신공이라고 할 수 있었다.

몸의 기운이 청정해지자 이번에는 구변환공을 일으켰다. 그러자 진기들이 구변환공의 구결에 따라 혈맥을 타고 흐르며 잔근육들의 경직을 풀기 시작했다. 긴장과 오랜 여행으로 딱딱하게 굳었던 몸이 구변환공에 의해 부드럽게 변해갔다. 석요송의 몸은 그렇게 새롭게 생기를 찾아가고 있었다.

석요송의 곁에서는 왕춘이 시간 가는 줄 모르고 코를 골고 있었다. 며칠 밤을 새워 달린 몸의 피곤은 사실 신공보다도 단잠으로 회복하는 것이 더 나은 방법일 터였다.

석요송은 대지의 고요함 속에서 조용히 눈을 감고 있었다. 더 이상 대정심공이든 구변환공이든 운기를 하지는 않았다. 그저 천지간의 고요 속에서 심신을 휴식하고 있을 뿐이었다. 그런데 어느 순간 그의 청정이 깨졌다.

'오는가?'

땅에 대고 있는 엉덩이를 통해 지축의 떨림을 느꼈다.

"제길, 결국 오는군."

깊이 잠든 줄 알았던 왕춘도 이미 땅의 울림을 느낀 모양이었다.

"아직 보이지는 않는군요."

석요송이 자리에서 일어나 후방을 바라보며 말했다.

"좌우로 나뉘어 올 걸세. 본시 양익을 세워 화살로 공격하고 상대가 지치기를 기다려 중군을 몰아 도검으로 승부를 내는 것이 오랑캐들의 전통적인 수법이지."

왕춘이 말했다.

"사막으로 들어갈까요?"

석요송이 묻자 왕춘이 고개를 끄덕였다.

"그리하세. 사막이라면 저들의 기동력도 떨어질 거야. 어차피 가야 할 길이기도 하고. 이놈들아. 마지막이다. 힘을 좀 내다오!"

왕춘이 마른풀을 뜯고 있는 말들의 목덜미를 어루만졌다. 그러자 말들이 다시 힘든 길을 떠나야 한다는 걸 알아챘는지 투레질을 하며 헛바람을 흘려냈다.

"도착하면 푹 쉬게 해주마. 가세!"

왕춘이 석요송에게 말을 건네고는 훌쩍 마차 위로 올랐다. 그리고는 그들이 쉬던 천막을 걷지도 않은 채 사막으로 마차를 몰았다.

본시 사막이라 하면 모래가 언덕을 이루는 광경을 연상하게 되지만 석요송과 왕춘이 들어선 사막은 조금 달랐다. 물론 사방에 풀과 나무가 없는 것은 마찬가지였지만 모래가 아닌 메마른

땅과 돌들로 이루어진 사막이었던 것이다.

바닥은 단단해서 마차가 달릴 만했고, 가끔 바위와 언덕이 만드는 그늘도 존재했다. 덕분에 두 사람은 속도를 늦추지 않고 삼십육진을 향해 나아갈 수 있었다.

그러나 흑사풍의 추격 역시 만만치가 않았다. 시간이 지날수록 사방에서 들리는 말발굽 소리가 강렬해졌다. 그럴수록 두 사람은 마차를 세차게 몰아댔지만 결국 언젠가는 흑사풍의 고수들과 조우할 수밖에 없는 상황이었다. 단지 두 사람으로선 최대한 그 시간이 늦추어지기를 바랄 뿐이었다.

그렇게 사막에서 펼쳐지는 추격전이 지루하게 이어지는 동안 낮이 밤으로 바뀌었다. 따가운 태양이 자취를 감추자 이젠 매서운 추위가 찾아들었다. 그러나 사막을 질주하는 사람과 말들은 추위를 느낄 여력이 없었다.

두두두!

어둠 속에서 이젠 귓가 바로 옆에서 들리는 듯한 말발굽 소리가 일어났다.

"오른쪽이네."

왕춘이 급하게 소리쳤다. 석요송이 시선을 돌려보니 과연 달빛 아래 한 무리의 사람과 말이 그들의 오른쪽으로 추월해 나아갔다.

"곧 화살을 쏘아댈 거야."

왕춘이 걱정스러운 표정으로 소리쳤다.

"마차를 맡아주세요."

"어떻게 하려고?"

"이대로 화살 공격을 받으면 말들이 상하게 될 겁니다. 그럼 모든 게 수포로 돌아가지요."

"그렇다고 날아오는 화살을 어찌 막누?"

"시도는 해봐야죠."

석요송은 말을 끝내는 동시에 마차를 왕춘의 마차와 나란히 한 후 고삐를 왕춘에게 건넸다. 그러자 왕춘이 마차 사이에서 양다리를 벌려 양쪽 마차에 발 하나씩을 걸친 후 한번에 두 대의 마차를 몰기 시작했다.

그사이 석요송은 훌쩍 신형을 날려 마차에 실린 짐들 위에 올라섰다. 마차 위에 서서 보니 추격자들의 모습이 좀 더 가깝게 다가왔다. 한 사람당 서너 마리의 말을 몰며 추격하고 있는 흑사풍 무리들의 속도는 그야말로 바람과 같았다.

"말을 갈아타며 달리니 빠를 수밖에 없군."

석요송이 질풍처럼 달리고 있는 흑사풍 무리를 보며 나직하게 중얼거렸다. 그런데 그 순간 갑자기 흑사풍 무리가 일제히 괴성을 지르기 시작했다.

"끼요오!"

소름 끼치는 괴성이 순식간에 천지를 뒤덮었다. 그러자 왕춘이 소리쳤다.

"공격을 시작한다는 신호네. 상대에게 두려움을 주기 위해 저런 소리를 질러대지."

왕춘의 경고가 끝나자마자 흑사풍의 무리가 달리는 말 위에서 화살을 꺼내 석요송과 왕춘을 향해 쏘아대기 시작했다.

퍼퍼퍽!

하늘을 가득 메우며 날아온 화살들이 마차 주변에 꽂혔다. 그러나 다행히 아직은 거리가 있어 마차에 꽂히는 화살은 없었다. 석요송은 마차 위에 우뚝 선 채 북쪽에서 날아드는 화살비를 지켜보고 있었다.

달리는 말 위에서 화살을 쏘는 것은 여간 어려운 것이 아니지만 흑사풍의 무사들은 능숙하게 그 일을 해내고 있었다. 그리고 떨어지는 화살과 마차의 거리가 점점 가까워지기 시작했다.

팡!

한순간 석요송의 손이 가볍게 움직이자 마차로 날아들던 화살 하나가 석요송이 펼친 유뢰지의 지력에 맞아 튕겨져 나갔다. 그리고 그때부터 석요송과 화살의 긴 싸움이 시작됐다.

우산을 쓰고 있는 것처럼 쏟아져 내리는 화살 비 아래서 두 대의 마차가 단 한 대의 화살도 허용하지 않고 사막을 달리고 있었다. 석요송은 유뢰지를 극한으로 펼쳐 닥쳐드는 화살들을 모두 막아내고 있었다. 덕분에 왕춘은 화살 공격에 신경 쓰지 않고 전속력으로 마차를 몰 수 있었다.

어느 때부터인지는 모르지만, 오른쪽이 아니라 왼쪽 측면에서도 화살이 날아들기 시작했지만 그 역시 두 사람이 탄 마차를 멈추게 하지는 못했다.

화살을 쏘기 시작한 이후에도 적들의 속도도 조금은 느려져 양익에서 추격하는 흑사풍 무리와 두 사람이 탄 마차는 일정한 거리를 유지하고 있었다.

석요송과 왕춘은 그렇게 근 두어 시진을 도주했다. 그러자 어느새 새벽이 다가오기 시작했다. 달빛은 사라지고 그 자리를 성근 별빛이 차지했다.

사막의 밤은 세상 그 어느 곳보다도 아름다웠지만 그 아래에서 펼쳐지는 추격전은 살벌하기 이를 데 없었다.

그런데 어느 순간부터 날아오는 화살의 숫자가 줄기 시작했다. 아마도 추격자들이 지닌 화살이 모두 소모되어 가는 듯싶었다. 덕분에 마차 위에서 화살을 막아내고 있던 석요송에게도 여유가 생겼다.

"괜찮나?"

화살 공격이 뜸해진 것은 왕춘도 알고 있었다. 왕춘 역시 여유를 찾고 석요송의 안위를 물었다.

"괜찮습니다."

석요송의 생생한 목소리가 왕춘의 귀에 들려왔다.

"흐흐흐, 아마 오늘의 일은 일대기사로 강호의 역사에 남을 걸세. 흑사풍의 화살 공격을 지력으로 막아내다니. 단 두 사람이 흑사풍의 추격을 이겨낸 일도 지금까지는 없었을 걸세."

"안심할 때가 아닌 것 같습니다."

"무슨 소린가?"

"저들이 직접 우리를 막으려는 것 같아요."

석요송의 말에 왕춘이 재빨리 시선을 돌려 좌우를 살폈다. 그러자 과연 화살 공격을 포기한 흑사풍의 무리가 속도를 높여 두 사람이 탄 마차를 추월하려 하고 있었다.

"젠장, 앞에서 길을 막아 사방을 포위할 모양이야."

"얼마나 남았지요?"

"거의 다 오긴 했어. 곧 진채가 보일 걸세."

"달리는 일 말고는 할 일이 없군요."

"그렇지. 그나저나 일단 깃발을 세우게."

"깃발이요?"

"그래. 내 마차 앞쪽에 보면 금문을 상징하는 깃발이 하나 있을 걸세. 깃발을 보면 진채에서 삼십육진의 무사들이 마중을 나올 걸세."

"알겠습니다."

석요송이 대답을 하고는 훌쩍 신형을 날려 건너편 왕춘의 마차로 이동한 후 마차 안쪽에서 왕춘이 말한 깃발을 찾기 시작했다. 그러자 마부석의 뒤편에 장대에 매단 금색 깃발이 모습이 보였다.

석요송이 재빨리 깃발을 꺼내 마부석 뒤에 세웠다. 깃발이 순식간에 바람을 받아 활짝 펴졌다. 순간 깃발에 금색으로 수놓은 금(金)자가 번쩍이며 모습을 드러냈다.

"핫!"

깃발을 세우자 왕춘의 말 모는 속도가 더욱 빨라졌다. 말들도 자신들을 추월하려는 자들이 있다는 것을 아는지, 그리고 이 일정이 거의 끝나가고 있다는 것을 본능적으로 깨달았는지 마지막 힘을 쏟아내기 시작했다.

두두두!

거대한 구름이 하나로 합쳐지듯 두 무리로 나뉘었던 흑사풍

의 무리가 석요송과 왕춘이 달려가는 길 앞쪽에서 서서히 모여
들어 길을 막았다.

"젠장!"

왕춘의 입에서 욕설이 흘러나왔다. 일단 하나로 섞여든 흑사
풍 무리를 뚫고 지나가는 것은 불가능해 보였다. 얼핏 보아도
말의 숫자만 이백여 필, 사람의 숫자도 오십은 능히 넘어 보였
다. 말을 이용해 진을 치고 그 안에 사람이 숨어 있으니 마차를
몰아 적진을 뚫고 나가는 것은 스스로 죽음을 자초하는 일이었
다.

"어쩌지?"

점점 가까워지는 적들을 보며 왕춘이 물었다. 그러자 석요송
이 훌쩍 신형을 날아 올려 마차 앞쪽으로 뛰어나가며 소리쳤다.

"제가 길을 열지요."

순간 왕춘이 황당한 표정을 지으며 소리쳤다.

"아니, 뭘 어떻게 하려고?"

그러나 왕춘의 질문에 대한 대답은 들려오지 않았다. 일단 마
차 앞쪽으로 뛰어내린 석요송이 바람 같은 속도로 마차를 앞질
러 적진을 향해 돌진하기 시작했던 것이다.

"너무 위험해……!"

마차를 멈추지 않으면서도 왕춘이 어두운 낯빛으로 중얼거렸
다.

인마가 뒤섞여 사막 위의 길을 촘촘히 막아선 흑사풍 무리를
향해 석요송이 무서운 속도로 돌진했다. 누가 보아도 계란으로

바위 치는 격이나 마찬가지인 돌진이었다. 이미 단단하게 진영이 구축된 흑사풍 무리에는 비집고 들어갈 틈조차 보이지 않았다.

"쏴라!"

석요송이 이십여 장 안쪽으로 다가들자 흑사풍 무리 속에서 날카로운 목소리가 터져 나왔다. 그러자 석요송을 향해 수십 대의 화살이 비 오듯 쏟아졌다. 순간 석요송이 재빨리 검을 휘둘렀다. 그러자 그의 검에서 흘러나온 검기가 살아 있는 생물처럼 구불거리더니 이내 그를 향해 닥쳐들던 화살들을 휘감아 한쪽으로 흘려보냈다.

천광검의 세 초식 단(斷), 섬(閃), 환(環) 중 환의 초식이 펼쳐진 것이다. 첫 번째 화살들을 막아내고도 여전히 화살이 날아들었지만 석요송이 만들어낸 천광검 환의 초식은 그의 몸을 휘감는 듯한 검기를 만들어내 흑사풍의 화살 공격을 모두 무위로 돌아가게 만들었다.

그러는 사이 양측의 거리는 다시 좁혀져 이제 석요송과 흑사풍 무사들의 거리는 십여 장 안쪽으로 좁혀 들었다. 그러자 석요송이 달리는 속도를 더욱 높였다. 그의 몸이 뿌연 흑영을 남긴 채 흑사풍 무리들 속으로 뛰어들었다.

"단(斷)!"

석요송의 입에서 한마디 외침이 터져 나왔다. 그러자 머리 위로 치켜든 그의 검이 사오 장 길이의 검기를 만들어내는가 싶더니 벼락처럼 하늘에서 땅으로 떨어져 내렸다.

콰아앙!

"악!"

"크악!"

검기가 떨어져 내린 흑사풍 무리 속에서 말과 사람의 비명 소리가 격하게 터져 나왔다. 그리고 거짓말처럼 길이 열렸다. 사람과 말이 모두 놀라 석요송이 향하는 앞쪽이 물결 갈리듯 갈라지며 길이 생겨났던 것이다.

쐐애액!

석요송의 초식이 변했다. 천광검 단(斷)의 초식으로 문을 연 석요송이 환(環)의 초식으로 변초를 했다. 그러자 그의 주위에 검기의 기운이 빛의 띠처럼 생겨났다. 그 검기가 스쳐 지나가는 곳에서는 어김없이 말과 사람의 비명 소리가 들려왔다.

"히히힝!"

그리고 급기야 말들이 동요하기 시작했다. 채찍과 박차로 자신들을 조정하는 사람들보다 당장 동료의 목을 자르고 다리를 베어버리는 야차 같은 인간의 존재가 더 두려운 말들이었다.

말들이 겁에 질린 울음소리를 토해내며 사방으로 흩어지기 시작했다.

"말들을 진정시켜!"

"놈은 겨우 하나닷!"

사방에서 흑사풍의 무사들의 외침이 터져 나왔지만 아무리 말을 잘 다루는 흑사풍의 무사들이라 해도 일단 겁에 질려 사방으로 흩어지는 말들을 바로 세울 수가 없었다.

그뿐이 아니었다. 흑사풍의 무리는 한 사람당 서너 마리의 말들을 몰아왔기에 사람보다 말의 수가 훨씬 많았다. 그런데 그 말들이 통제를 벗어나자 오히려 그 숫자가 그들의 행동을 방해하기 시작했다. 덕분에 석요송이 길을 만들기가 훨씬 수월해졌다.

"하핫! 이랴!"

석요송이 만든 길로 왕춘이 마차를 몰고 돌진했다. 썰물처럼 열린 길을 따라 두 대의 마차가 질풍처럼 달려들었다. 그 앞에서는 여전히 검기에 휘감긴 석요송이 빠른 속도로 북쪽을 향해 길을 뚫고 있었는데 그의 전율적인 검공에 그나마 정신이 제대로 박혀 있는 흑사풍의 무사들조차도 감히 앞을 막아설 엄두를 내지 못했다.

앞을 막는 사람이 없자 길은 순식간에 뚫렸다. 한순간 석요송의 앞이 환히 열리며 서북쪽으로 이어진 길이 다시 모습을 드러냈다. 그리고 새벽 기운이 어린 메마른 사막 저쪽에 아스라이 하나의 진채가 눈에 들어왔다. 드디어 삼십육진이 보이기 시작한 것이다.

"타게!"

어느새 등 뒤까지 다가온 왕춘이 소리쳤다. 그러자 석요송이 훌쩍 몸을 날려 마차 위에 올라섰다.

"가자 이놈들아! 마지막이다. 힘을 내다오!"

석요송이 마차에 오르자 왕춘이 힘껏 채찍질을 해댔다. 그러자 말들이 마지막 힘을 쏟아내며 삼십육진을 향해 달리기 시작했다.

석요송등이 적진을 뚫고 나간 바로 직후 문득 다시 어지러운 말발굽 소리가 들리더니 석요송에 의해 난장판이 된 흑사풍의 무리 앞에 새로운 사람들이 나타났다. 좌우 양익을 앞서 보내고 뒤에서 추격을 해오던 갈생 일행이었다.

"어찌 된 일이냐?"

갈생이 북쪽으로 도주하는 석요송 등을 보며 물었다. 그러자 무사 중 한 명이 앞으로 나서며 부복했다.

"그자가 홀로 길을 뚫었습니다."

"그자라니? 누구 말이냐?"

"그 젊은 놈 말입니다."

"그 한 놈에게 길을 내주고 말았단 말이냐? 죽음으로 길을 막으라 했을 터인데!"

갈생이 노성을 토해냈다.

"말들이 겁에 질려 사방으로 날뛰는 바람에 그만……."

"이런 멍청한 놈들! 비켜라. 반드시 놈들을 잡아야 한다. 가세!"

갈생이 말을 몰아 앞으로 나아가며 소리쳤다. 그러자 그 뒤를 따라 흑사풍의 수뇌들이 일제히 말을 몰아 석요송을 추격하기 시작했다.

두두두!

다시 뒤쪽에서 말발굽 소리가 들렸다.

"다시 쫓아오는데?"

길을 연 후 이제 추격은 없을 거라 생각했던 왕춘이 놀란 얼굴로 소리쳤다.

"달려야죠. 진채가 바로 앞인데……."

"그렇긴 한데… 제길 너무 빨라. 바람같이 따라오고 있어. 아무래도 마차를 끌고 따돌리기에는……."

"그렇다고 마차를 버릴 수도 없지요."

"물론 그렇지."

왕춘이 대답했다. 그러는 사이 두 대의 마차가 바람처럼 작은 언덕을 넘어섰다. 그러자 어느새 금문의 삼십육진이 한층 더 가깝게 보였다. 그러나 그만큼 두 사람을 추격하는 자들 역시 가까워져 있었다.

핑!

퍼퍽!

후방으로부터 몇 대의 화살이 날아와 마차의 뒤쪽에 꽂혔다.

"먼저 가세요!"

화살 공격까지 받자 석요송이 소리쳤다.

"어쩌게?"

"제가 저들을 막지요."

"죽으려고 환장했나? 혼자 저들을 막겠다니."

"이대로 함께 도주하다가는 둘 다 잡혀요."

"그렇다고 어떻게 자네 혼자 두고 가나?"

"저 혼자라면 언제든 몸을 뺄 수가 있어요. 잠깐 시간을 벌고 따라가지요."

석요송이 말을 하자마자 왕춘의 대답을 듣지도 않고 고삐를

왕춘에게 던지고는 훌쩍 신형을 날려 마차의 뒤편으로 내려섰
다. 그리고는 한 손에 검을 빼 들고 날아오는 화살들을 쳐내기
시작했다.

"젠장, 나도 모르겠다. 조금만 버티고 있으라고. 내가 사람들
을 데리고 올 테니!"

왕춘도 이제는 어쩔 수 없다는 듯 다시 두 대의 마차를 동시
에 몰면서 삼십육진을 향해 질주하기 시작했다.

터턱!

석요송이 번개처럼 날아오는 화살 몇 개를 맨손으로 낚아챘
다. 그리고는 그 화살들을 자신의 발아래 꽂아 두었다. 순식간
에 그의 발아래 수십 개의 화살이 꽂혔다.

두두두!

매서운 말발굽 소리와 함께 갈생 등이 이끄는 흑사풍의 무리
가 파도처럼 석요송을 향해 밀려왔다. 석요송은 자신의 몸을 향
해 날아오는 화살들을 낚아채며 석상처럼 서서 그들의 오는 것
을 응시하고 있었다.

그리고 급기야 흑사풍이 기마대가 이십여 장 안쪽으로 들어
섰을 때, 갑자기 손을 앞으로 뻗어 발아래 꽂아 두었던 화살들
을 뽑아내 달려오는 흑사풍 무리를 향해 던지기 시작했다.

퍼퍽!

"악!!"

갑작스러운 비명 소리와 함께 몇 마리의 말과 사람이 함께 고
꾸라졌다. 그러자 뒤따르던 말들의 발이 엉키며 흑사풍 무리가

더 이상 전진하지 못하고 우왕좌왕하기 시작했다.

"정신들 차려라! 놈은 겨우 하나다. 성한 자들은 날 따라라!"

갈생이 호통을 터뜨리며 앞으로 달려나가기 시작했다. 그러
자 혼란한 와중에도 정신을 차리고 있던 몇몇이 갈생의 뒤를 따
라 말을 달렸다.

팡!

"억!"

다시 한 대의 화살이 날아와 갈생의 뒤에서 달리고 있던 흑사
풍 무사 한 명을 땅 위에 나뒹굴게 만들었다. 그럼에도 불구하
고 흑사풍 무사들은 전진을 멈추지 않았다.

석요송은 발아래 꽂힌 화살들을 모두 뽑아내 번개처럼 달려
오는 적들을 향해 던져냈다. 그러자 십여 대의 화살이 한꺼번에
쏟아져 내려 다시 인마를 상하게 만들었다.

"놈!"

한순간 갈생이 노성을 터뜨렸다. 그러나 그는 석요송을 향해
함부로 달려들지 못했다. 몸이 성할 때도 상대하지 못한 석요송
이다. 하물며 한 팔을 못 쓰게 된 그가 석요송을 상대하는 것은
무리가 있었다. 대신 그의 동료들이 석요송을 향해 날아갔다.
그 선두에는 몽극이 있었는데 그 뒤를 따라 여만우와 판무동 그
리고 십여 명의 흑사풍 고수가 석요송을 덮쳤다.

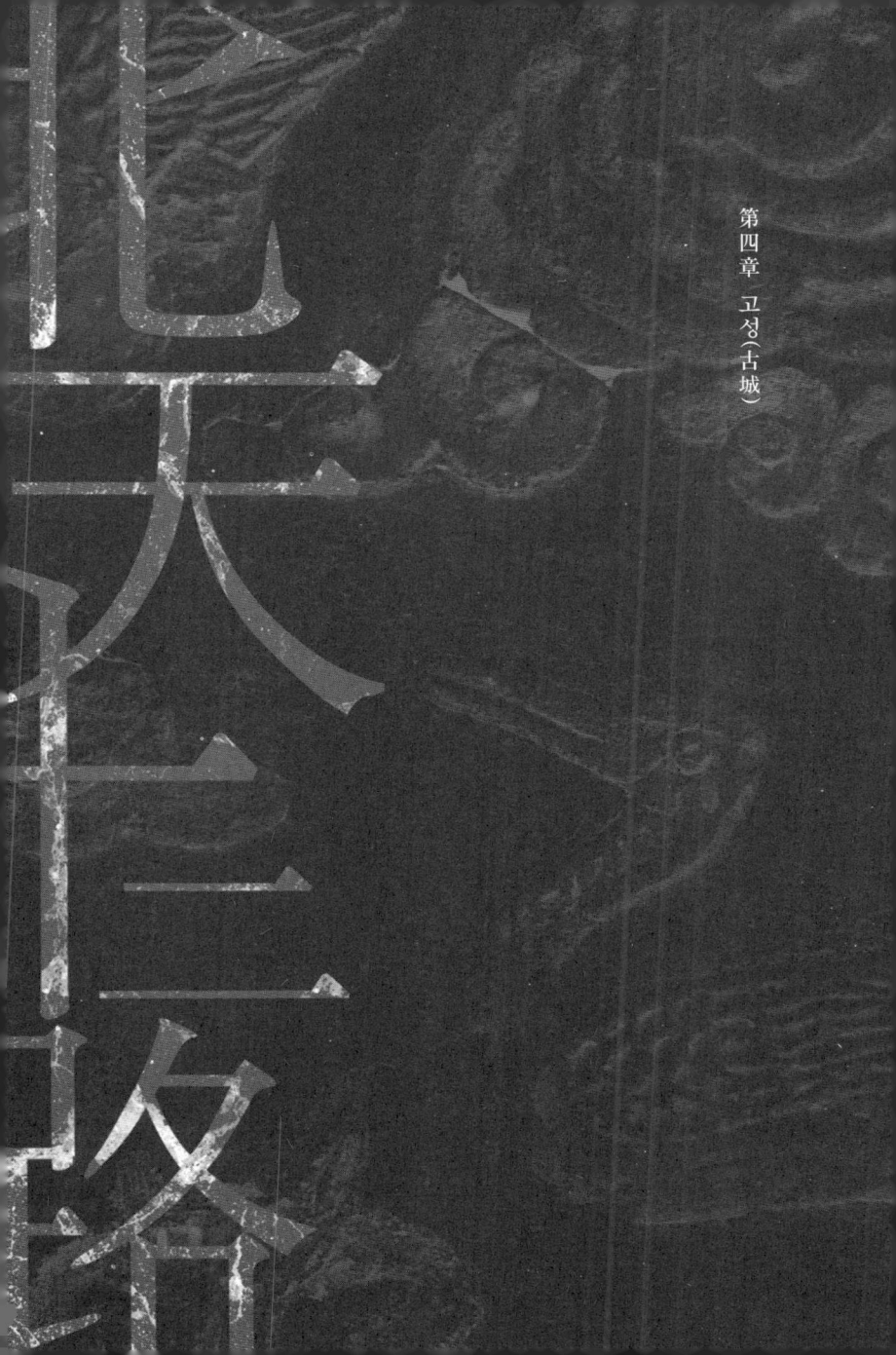

第四章　고성(古城)

　석요송의 손이 어지럽게 흔들렸다. 그러자 그의 손에서 벗어난 지력들이 어지럽게 허공을 헤집으며 달려드는 적들을 향해 뻗어 나갔다. 비록 열 갈래로 갈라진 지력이지만 그 한 줄기 한 줄기에는 일류고수의 검초에 버금가는 힘이 실려 있어 몽극 등은 감히 석요송의 지력을 경시하지 못하고 급히 걸음을 멈췄다. 그리고는 병장기를 들어 올려 석요송의 지력을 막았다.

　따땅!

　매서운 충돌음이 허공으로 퍼져 나갔다. 그러자 그 순간을 이용해 석요송이 적들이 다가온 만큼 뒤로 물러났다.

　"도주를 하겠다는 것이냐?"

　석요송이 물러나자 몽극이 노성을 발하며 재차 석요송을 향해 달려들었다. 순간 이번에는 석요송의 검이 움직였다. 그러자 그의 검 끝에 투명한 기운이 일렁이는가 싶었는데 갑자기 몽극이 대경하며 검을 휘둘렀다.

"헉!"

몽극의 입에서 다급한 목소리가 터져 나왔다.

삭!

찰나의 순간 몽극의 옆구리를 실처럼 가는 기운이 스치고 지나갔다. 천광검의 초식 중 섬의 초식의 펼쳐진 것이다.

투툭!

석요송의 검기에 옆구리를 상한 몽극이 자신도 모르게 주춤거리며 뒤로 물러났다.

"쫓지 마시오. 다시 쫓으면 결국 사문(死門)을 열게 될 것이오."

석요송이 한마디 경고를 남기고 훌쩍 몸을 날려 삼십육진을 향해 달리기 시작했다. 그의 보법은 워낙 신묘하고 빨라서 순식간에 사람들의 시야에서 벗어났다.

"젠장!"

몽극이 한순간 두려움을 느낀 자신에게 실망했는지 손을 들어 상한 옆구리를 누르며 욕설을 해댔다.

"어찌했으면 좋겠나?"

갑작스레 일어난 일에 여만우가 혼란스런 표정으로 물었다.

"이대로 놈을 놓아줄 수는 없지."

"하면?"

"추격하지."

"그러하나 놈의 무공이 이리 강하니……."

"일단 놈을 따라잡아서 그땐 다시 화살을 쓰고 암기를 뿌리면 놈도 어쩔 수 없을 것이네."

"알겠네. 모두 다시 추격한다!"

여만우가 석요송의 무공에 기세가 죽은 흑사풍의 고수들을 향해 소리쳤다. 그런데 그때 문득 뒤에 있던 갈생이 급히 다가서며 소리쳤다.

"추격을 중지하게."

"그게 무슨 소린가?"

몽극이 여전히 노기가 사라지지 않은 표정으로 갈생을 돌아보며 물었다. 그러자 갈생이 손을 들어 금문의 삼십육진을 가리키며 말했다.

"놈들이 진을 나섰네."

갈생의 말에 몽극의 시선을 돌려보니 과연 멀리 보이는 금문의 삼십육진에서 십여 명의 인마가 모습을 드러내더니 이내 석요송이 달라가고 있는 길을 거슬러 질주해 내려오고 있었다.

"젠장, 늦었군."

몽극이 다시 욕설을 흘려냈다.

"이젠 어쩌지? 숫자는 많지 않은 것 같은데……."

여만우가 곤혹스런 표정으로 중얼거렸다.

"별수없네. 일단 물러나세. 숫자는 적어도 화살을 쓸 수도 있고, 성중에 더 많은 자들이 도사리고 있으니 지금으로선 봉쇄를 더 단단히 하는 수밖에. 대천성께선 오시면 무슨 방법이 있을 걸세."

갈생이 말했다. 그러자 여만우가 고개를 끄덕였다.

"하긴 놈의 무공은 오직 대천성만이 감당할 수 있을 것 같으이……."

여만우의 말에 몽극이 걱정스러운 표정으로 말했다.

"하지만 그러다가 금문의 본진이 당도하면 어찌하나? 전면전은 너무 피해가 커. 승리한다는 보장도 없고. 자칫 흑사풍이 궤멸할 수도 있네."

"그 역시 대천성께서 결정하시겠지."

갈생이 말했다. 그러자 몽극이 한숨을 쉬며 말했다.

"휴우, 정말 세상 일이란 게 마음 같지가 않군. 어디서 저런 괴물 같은 놈이 나타나서는……."

몽극의 눈에 어느새 달리는 속도를 줄이고 천천히 길을 걷고 있는 석요송의 모습이 들어왔다.

"무사한가?"

삼십육진의 무리 가장 선두에는 왕춘이 서 있었다. 왕춘이 재빨리 눈으로 석요송의 몸을 살피며 물었다. 그러자 석요송이 담담하게 대답했다.

"걱정 마십시오. 멀쩡합니다."

"아, 자네 정말… 음……."

왕춘은 흑사풍의 고수들을 홀로 제지하고 돌아온 석요송의 무공에 새삼스레 감탄한 표정을 지으며 고개를 저었다. 살아생전 이런 젊은 고수를 경험한 적이 없었던 것이다.

"왜 그러십니까?"

"아닐세. 자네 무공에 다시 한 번 놀라고 있을 뿐이네. 아마 그 유명한 북천십이문의 우두머리들조차 감히 자네 나이대에는 이런 무공을 지니지 못했을 것이네."

북천십이문이라면 흑사풍을 포함해 황하 이북에서 절정의 세력을 떨치고 있는 열두 무문(武門)을 가리키는 말이다. 그런데 그때 왕춘의 뒤에 서 있던 초로의 고수가 앞으로 나서며 입을 열었다.

"이 소협이 당신이 말한 그요?"

초로인의 말에 왕춘이 황급히 고개를 끄덕이며 대답했다.

"그렇습니다. 이 친구가 바로 이번에 삼십육진에 보급품을 전하는 임무를 맡은 사람입니다."

왕춘의 대답에 초로의 노인이 시선을 돌려 석요송을 바라봤다. 석요송 역시 그런 노인에게 시선을 주었다. 노인은 무척 곤궁한 모습을 하고 있었다. 얼굴 가죽은 뼈에 붙어 있었고, 입고 있는 옷은 몇 날 며칠 빨래를 하지 못했는지 때에 쩔들어 있었다. 그러나 그럼에도 불구하고 그의 눈에서 서릿발 같은 청광이 흘러나오고 있었다.

"난 삼십육진을 맡고 있는 모걸루라고 하네. 자네가 석요송인가?"

"그렇습니다."

"음, 생각보다 젊군. 우풍사 어른께 전서를 받기는 했네만 설마하니 이렇게 젊은 줄은 몰랐네. 반갑네. 어서 오게."

모걸루는 말에서 내리지 않은 채로 석요송에게 인사를 건넸다. 그러자 석요송이 왕춘이 끌고 온 다른 말에 훌쩍 날아오르며 입을 열었다.

"일단 진으로 들어가지요. 저들이 다시 어떤 일을 벌일지 모르니."

석요송의 말에 모걸루가 고개를 끄덕이며 말했다.

"그러세. 모두 들어간다. 사방의 경계를 소홀히 하지 마라."

모걸루의 말에 십여 명의 금문 무사들이 일제히 대답을 하고는 말머리를 돌려 온 길을 되돌아가기 시작했다.

"전혀 굶주린 사람들 같지가 않군요."

모걸루의 명에 따라 일사불란하게 움직이는 삼십육진의 고수들을 보며 석요송이 말했다. 그러자 왕춘이 고개를 끄덕이며 대답했다.

"애초에 이 삼십육진에 파견된 사람들은 금문에서도 고르고 고른 사람들이었다네. 단지 무공만 뛰어난 사람을 뽑은 것이 아니라. 강호에서 생사의 싸움터를 누빈 경험이 있는 자들을 뽑았지. 그만큼 이곳이 위험한 곳이라는 말이기도 하고 또 중요한 곳이기도 하단 말이지. 어쨌든 그래서 이들은 굶주림에 지친 모습을 보일 사람들이 아니네. 그러나 뭐, 사실 지금쯤은 속으로는 무척 힘겨워하고 있을 것이네. 자네가 구명의 은인인 셈이지."

"북로로 온 사람들은 길을 뚫지 못한 모양이군요."

"흐흐흐, 그런 것 같네. 진에 보이지 않더군."

"물건들은 모두 무사한가요?"

"물론이지. 여기까지 와서 문제가 생길 리가 있나?"

왕춘이 대답했다.

"다행이군요."

석요송이 만족한 표정으로 고개를 끄덕였다. 그리고는 고개를 들어 가까워지는 삼십육진을 바라봤다. 아주 오래된 작은 성(城)이 점점 가까이 다가왔다.

*　　　*　　　*

위태롭게 서 있는 누대 아래로 역시 위태로워 보이는 낡은 성이 내려다 보였다. 그 시작이 언제인지 모를 고성의 역사를 낡은 성벽의 흙과 돌들이 몸으로 말해주고 있었지만, 인간의 눈으로 그 안에 쓰인 숨은 세월의 역사를 읽을 수는 없는 일이었다.

"애초에 이곳에 아무것도 없었던 것은 아니네. 다시 말해 금문이 아무것도 없던 곳에 삼십육진을 세운 것은 아니라는 말이지. 이 고성은 사람이 알지 못하던 시절의 과거부터 존재해 왔다고 하더군."

"오래된 것치고는 그 뿌리가 단단하더군요."

왕춘의 말에 석요송이 대답했다.

"그렇지? 처음 이 성을 만든 사람들이 대단한 기술을 지니고 있었음이 분명해. 이상한 일이지. 본래 이 지역은 유목민의 땅인데 유목민들은 성을 짓지 않거든? 그런데 그렇게 오래전에 이런 성을 지은 자들이 있었다니……."

"어쩌면 우리가 모르는 의미를 지닌 성일 수도 있겠군요."

"그게 무슨 소린가?"

"아무리 생각해도 이상해서 말입니다."

"뭐가 말인가?"

"흑사풍의 행보 말입니다."

석요송의 말에 왕춘이 왜 갑자기 뜬금없이 흑사풍 얘기가 나오냐는 듯 석요송을 바라보며 반문했다.

"흑사풍? 그들이 왜?"

"그들은 왜 갑자기 이 삼십육진을 고립시킨 걸까요?"

"그거야 이미 저들이 그 의도를 드러내지 않았나? 이틀 전 전서에 저들이 금문에 협상을 제의했다고 하지 않았나? 대막 진출을 멈추면 삼십육진에 대한 봉쇄를 풀겠다고 말이야. 결국, 저들은 이 땅에 금문이 들어오는 것을 원하지 않은 것이지. 그래서 이 일을 일으킨 것이고."

"정말 그 이유가 전부일까요?"

"다른 이유가 있다고 생각하는 건가?"

"만약 그런 이유라면 제 생각에 대막에 있는 문파들… 묵철가나 북해빙궁 역시 이 일에 깊이 관여해야 하지 않았을까요? 아무리 흑사풍이 거친 자들이라고 해도 홀로 금문을 상대하는 것이 얼마나 위험한 일인지 모르지 않았을 겁니다. 더군다나 들어보니 흑사풍의 우두머리인 대천성 금아불은 강호천하에서도 손꼽히는 지자(智者)라더군요. 그런 자가 금문과 전면전을 벌일지도 모르는 일을 단독으로 시작했다는 것은 아무래도 다른 이유가 있는 것 같군요."

"글쎄. 다른 문파의 동의는 받았다고 하는 것 같던데… 어쨌든 그럼 자네가 생각하는 다른 이유는 뭔가?"

"그걸 모르겠습니다. 아무리 생각해도……."

석요송이 고개를 저으며 대답했다. 그러자 왕춘이 어깨를 으쓱거리며 말했다.

"뭐, 다른 이유가 있다손 쳐도 우리가 상관할 일은 아니지. 자넨 우풍사가 준 임무를 완성했고, 나 또한 이번 일로 금부에 이름을 올릴 수 있게 되었으니 아쉬울 것이 없지 않은가?"

"그렇기는 하지요."

대답을 그리하면서도 석요송의 눈에서는 의구심이 사라지지 않았다. 그가 다시 오래된 성 아래로 시선을 돌렸다. 삼십육진의 고수들이 분주히 성내를 오가며 성벽 곳곳을 살피고 또 혹시 모를 적의 침입에 대비해 무너진 성벽들을 보수하고 있었다.

석요송과 왕춘이 삼십육진에 든 지 삼 일이 지났다. 그러나 정세는 그들이 삼십육진에 들 때와 변한 것이 없었다. 성 밖 먼 곳에는 흑사풍의 무리가 어른거렸고, 우풍사 모길을 포함한 금문의 구원대 모습은 여전히 보이지 않았다. 그나마 하늘을 통해 전해지는 전서에는 그저 조금만 더 버티라는 소식이 전부였다.

"이거 언제까지 이러고 있어야 하는 건지……."

문득 마른 건량으로 요기를 하던 왕춘이 걱정스러운 표정으로 말했다. 사위는 어느새 석양으로 물들고 있었다. 사막의 석양은 짧고 붉어서 핏빛 바다에 들어앉아 있는 듯한 모습이었다.

"너무 걱정 마시오. 지금쯤 홍안령에 삼혈에서 나온 고수들이 당도했을 거요. 다행히… 그대와 석… 소협이 식량과 물을 가져왔으니 우린 충분이 이곳을 지켜낼 수 있을 것이오."

삼십육진의 대주 모걸루가 말했다. 그는 왕춘은 제법 편하게 대했으나 석요송에 대해서는 언제부터인가 무척 신중한 태도를 취하고 있었다. 그건 곧 모걸루가 석요송이 청도주 금온이 길러낸 인검의 후보자란 사실을 전서를 통해 들었다는 의미일 수도 있었고, 혹은 석요송의 진정한 신분을 알지 못한다고 해도 적어도 석요송이 금문에서 무척 중요한 신분을 지니고 있다는 것을 짐작하고 있기 때문일 터였다. 그래서 삼십육진의 대주라는 신분을 가지고는 그도 처음 석요송이 도착했을 때처럼 함부로 석요송을 대하지 못하고 있었던 것이다.

"하지만 물이 없지 않습니까?"

왕춘이 물었다. 석요송과 단둘이 있을 때는 몰라도 다른 금문의 문도들과 섞여 있을 때의 왕춘은 그저 길눈 밝은 삼십오진의 말단 무사일 뿐이었다.

"그게 제일 문제긴 하오. 십여 리 떨어진 곳에 있는 샘을 저들이 장악하고 있으니… 두 사람이 가져온 물로는 닷새를 버티기 어려울 거요. 그럼 우린 다시 말의 피를 마시면 견뎌야 할지도 모르겠소."

모걸루의 대답에 왕춘의 고개를 갸웃하며 물었다.

"본래 성이란 곳을 지을 때는 가장 먼저 수원(水原)을 확보해야 하는 법인데 어찌 물이 없는 곳에 성을 지었을까요?"

"음, 애초부터 물이 없었던 곳은 아니오. 성 북쪽으로 가보면 과거 우물이었던 곳이 있소. 아마 이 성이 처음 지어질 때는 물이 나오는 샘이 있었을 거요. 그것이 세월이 흐르면서 우물이 마른 것 아니겠소?"

"그렇군요. 그런데 삼십육진은 그럼 왜 이곳에 자리를 잡은 것인지요? 역시 그때도 물이 문제가 되었을 텐데……?"

"이 황량한 사막에서 이런 성채를 구한다는 것은 무척 어려운 일이오. 물론 물이 없기는 하지만 가까운 곳에 샘이 있었으니 이삼일에 한 번 물을 길어오면 큰 문제는 없을 거라 생각했소. 그런데 그게 이렇게 우리의 발목을 잡는구려."

모걸루가 혀를 찼다. 그러자 지금껏 침묵을 지키고 있던 석요송이 문득 입을 열었다.

"우물은 완전히 말랐습니까?"

"그… 그렇소. 우리도 물이 나올까 살펴보았지만 물이 나올 가능성은 없는 곳이오."

석요송을 대하는 말투도 변한 모걸루다.

"제가 한 번 살펴봐도 되겠습니까?"

"뭐 마른 우물 살피는 거야 무슨 상관이 있겠소?"

모걸루가 떨떠름한 표정을 대답했다. 그로서는 자신들이 이미 확인한 우물을 석요송이 다시 살피겠다는 것을 자신들에 대한 불신으로 받아들인 모양이었다. 그러거나 말거나 석요송은 다시 입을 닫았다. 이미 날이 어두워지고 있으니 우물을 살피는 일은 내일로 미뤄야 할 터였다.

석요송이 입을 닫자 장내에 어색한 기운이 잠시 감돌았다. 그러나 그도 잠시 갑자기 성의 망루에서 경계를 서던 무사의 다급한 목소리가 들려왔다.

"사람이 오고 있습니다."

순간 장내의 사람들이 모두 자리에서 일어났다. 그리고는 누가 먼저랄 것도 없이 성벽으로 몸을 날렸다.

두두두!

검은 깃발을 든 사내 한 명이 말을 몰아 고성을 향해 달려오고 있었다. 이미 노을도 거의 그 자취를 감췄기에 그의 존재는 그 모습보다 오히려 달려오는 말발굽 소리로 더 명확히 드러나고 있었다.

"흑사풍의 깃발입니다."

삼십육진의 부대주 선우조가 눈을 가늘게 뜨고 달려오는 자를 살피며 말했다. 그러자 모걸루가 입을 열었다.

"무슨 일일까? 뭔가 할 말이 있다는 의미인데……."

모걸루의 말이 채 끝나기도 전에 말을 달려온 흑사풍의 무사가 성벽에서 십여 장 떨어진 곳에 말을 세웠다. 그리고 소리 높여 입을 열었다.

"난 흑사풍 대천성님의 명을 받고 온 사자요. 이곳의 삼십육진의 대주를 만나고 싶소!"

사내의 외침에 모걸루가 성벽의 난간으로 나서며 소리쳤다.

"내가 이곳의 책임자요. 무슨 일이오?"

"그대가 모걸루, 모 노사시오?"

"그렇소. 내가 모걸루요. 흑사풍의 대천성께서 무슨 말을 전하러 당신을 보냈소?"

"대천성께서 서찰을 보내셨소. 보시고 내일까지 답을 달라 하시었소."

"서찰?"

"그렇소."

흑사풍의 무사가 활을 꺼내 미리 준비해 두었던 화살을 시위에 걸었다. 그리고는 거침없이 성을 향해 화살을 쏘아 보냈다. 화살은 공기를 뚫고 날아와 모걸루 바로 옆에 꽂혔다. 모걸루가 화살을 뽑아보니 화살에 한 장의 서찰이 매달려 있었다. 모걸루가 서둘러 서찰을 떼어내 눈앞에 펼쳤다.

"무슨 말이 쓰여 있습니까?"

왕춘이 호기심을 이기지 못하고 물었다. 그러자 모걸루가 살짝 눈살을 찌푸리더니 왕춘의 물음에 답을 하지 않고 흑사풍의 전령을 향해 소리쳤다.

"서찰을 잘 받아보았소. 그러나 이 요구에 대한 답을 내일까지는 드릴 수 없소."

"하면 언제까지 가능하겠소?"

"삼 일 후 다시 오시오."

"삼 일… 알겠소. 대천성께 그리 전하리다!"

흑사풍의 사내가 대답을 하고는 이내 말머리를 돌려 성에서 멀어졌다.

"뭘 요구했습니까?"

이번에는 부대주 선우조가 물었다. 그러자 모걸루가 서찰을 선우조에게 건네며 말했다.

"이곳을 떠난다면 길을 열어주겠다는군."

"그러니까 성을 내놓고 물러가라는 거군요."

"그렇지."

"애초부터 우리 목숨에는 욕심이 없었다는 말이군요. 결국, 금문의 대막진출을 막겠다는 뜻에서 벌인 일이군요."

"그렇다고 봐야지."

"어찌하시겠습니까?"

"내가 결정할 문제가 아니네. 우풍사께 전서를 보내게. 서둘러 답을 달라고 하고!"

"알겠습니다. 대주!"

선우조가 모걸루에게 머리를 조아린 후 서둘러 자리를 벗어났다. 그러자 왕춘이 은근한 어조로 말했다.

"우풍사께서 물러나는 것을 허락하실까요?"

"글쎄. 모르겠소. 그러나 쉽지는 않을 거요. 삼십육진을 개척하기 위해 본 문은 무척 많은 노력을 기울였으니까. 더군다나 흥안령에 삼혈에서 나온 고수들이 집결했다면 일전을 결해도 패하지는 않을 것이오. 문제는… 저들이 구원군의 진로를 막고 그사이 우리를 공격해오는 것인데……. 그 경우에는 우리 목숨을 보장받기 어려울 거요."

"그, 그렇군요."

왕춘이 짐짓 겁을 먹은 표정으로 고개를 끄덕였다. 그러자 모걸루가 주변을 돌아보며 소리쳤다.

"언제 적들이 들이닥칠지 모르니 경계를 더욱 철저히 하라."

"알겠습니다, 대주!"

삼십육진의 무사들이 우렁찬 목소리로 답을 했다.

"이상한 일이군요."

문득 석요송이 입을 열었다. 그러자 별빛 부서져 내리는 성루에서 막막한 밤의 사막을 보고 있던 왕춘이 물었다.

"뭐가 말인가?"

"그들이 한 요구 말입니다."

"성을 비우라는 것 말인가?"

"그렇습니다."

"그게 뭐가 이상한가?"

"그들이… 지나치게 이 성에 집착한다는 생각이 드는군요."

"그야 이곳이 금문이 대막에 처음으로 세운 거점이니까 그러하겠지."

"과연 그럴까요?"

"무슨 다른 생각이 있는 건가?"

"그들도 삼십육진의 진퇴를 결정하는 것은 대주가 아니라 금문의 수뇌들이라는 걸 모르지 않을 겁니다. 그러니 협상을 하려면 당연히 후방의 우풍사 어른과 했어야겠지요. 그런데 서찰을 이리로 보냈다는 것이……."

"음, 듣고 보니 그렇긴 하군. 확실히 이상한 면이 있어. 자네 말대로라면 결국 그들에게 이 성 자체가 중요하단 말인데, 왜일까?"

왕춘이 고개를 갸웃거리며 주변을 둘러보았다. 그러나 어둠에 싸인 고성은 아무리 보아도 어떤 가치도 없어 보였다.

"제길 이 성에 무슨 보물이라도 숨겨놓은 건가?"

왕춘이 답답한지 허튼소리를 흘렸다.

"여기군요."

석요송이 푸석한 흙의 힘으로 지탱되고 있는 우물가 돌담 위에 손을 얹고 고개를 숙였다. 사막의 우물은 깊다. 수십 장 깊이를 가진 우물도 존재한다. 폐쇄된 우물 역시 그 끝이 눈에 보이지 않았다.

"마른 건 확실한 것 같군. 물기가 느껴지지 않아."

왕춘이 손을 들어 우물 위를 휘저으며 말했다. 본시 무림 고수란 아주 작은 물기도 느낄 수 있다. 만약 우물 안에 약간의 수분이라도 존재한다면 그 기운이 뜨거운 사막의 열기를 타고 위로 올라올 것이고 그 존재를 왕춘 같은 노련한 고수가 놓칠 리없었다.

"그래도 모르죠."

석요송이 돌담 위에서 돌덩어리 하나를 꺼내 들더니 툭 하고 우물 아래로 던졌다.

쿵!

돌을 우물로 던져 넣은 지 한참이 지나서야 우물 바닥으로부터 묵직한 소리가 들려왔다.

"역시 물은 없는 것 같지?"

"하지만 소리가 조금 이상하군요."

"소리가 이상하다고?"

"마른땅에 떨어지는 소리는 아닌 것 같습니다."

"그런가? 어디!"

이번에는 왕춘이 제법 큰 돌을 우물 안으로 집어던졌다. 그리고는 머리를 앞으로 기울여 아래에서 들려오는 소리에 귀를 기울였다. 잠시 후 퉁 하는 소리가 원형 우물을 진동시키며 올라왔다.

"난 이상한 점을 느끼지 못하겠는데?"

왕춘이 고개를 갸웃하며 석요송을 바라봤다.

"이번엔 다른 곳에 떨어진 것 같군요."

석요송이 대답을 하고는 이번에는 세 개의 돌을 연이어 우물 안으로 던져 넣었다. 그러자 왕춘이 다시 우물 아래에서 들려오는 소리를 듣기 위해 귀를 기울였다.

투투툭!

잠시 후 우물 아래에서 들려온 소리를 듣고 있던 왕춘의 표정이 살짝 변했다.

"다르군."

"그렇지요?"

"그래. 분명 돌이나 이런 것에 부딪힌 것이 아닌데 세 개의 소리가 각기 달라. 이거… 아래 물기가 있나? 우물이 너무 깊어 수분이 이곳까지 전해지지 않는 것일까?"

"살펴볼 필요가 있지 않을까요?"

"음, 물이 꼭 필요하다면 그렇겠지. 하지만… 어제 우풍사에게 전서를 보냈으니 그 답을 들은 후에 조사해도 늦지 않을 것같네. 괜히 고생할 필요없지 않은가? 혹시 성을 비우라는 명이라도 온다면 뭐 물이 필요없지 않겠나?"

"그렇군요. 그래도 일단 준비는 해두는 것이 좋겠군요."

"준비라야 뭐, 긴 줄 하나면 되지."

왕춘이 어깨를 으쓱거리며 말했다.

"우물을 조사한다고 했소?"

모걸루가 의아한 표정으로 물었다.

"그렇습니다. 당장은 아니고, 혹 이곳을 사수하라는 명이 온다면 그때는 우물을 조사해볼 필요가 있을 것 같습니다."

"물이 있을 수도 있단 말이오?"

"꼭 그런 것은 아니지만, 눈으로 확인할 필요는 있을 것 같더군요."

왕춘이 대답했다.

"뭐, 군이 조사를 하겠다면 말리지는 않겠소. 하지만 내가 생각하기에는 쓸데없는 고생을 하는 것 같구려."

"특별히 할 일도 없으니……."

"알겠소. 내일이면 진퇴에 대한 연락이 올 테니 이곳을 지키라는 명이 오면 그때 조사해 보도록 하시구려."

"알겠습니다. 그리하지요."

왕춘이 굽실거리며 대답했다. 그렇게 왕춘이 모걸루로부터 우물을 조사하는 것에 대한 허락을 얻어내는 동안 석요송은 그들과 십여 장 떨어진 곳에서 침묵을 지키고 있었다. 그런데 미처 왕춘과 모걸루의 이야기가 끝을 맺기도 전에 석요송이 그 자리에서 조용히 사라졌다.

한 사내가 어둠 속에서 사방을 두리번거리더니 한순간 밤하늘을 향해 작고 가는 화살을 쏘아 올렸다. 화살은 아무런 소리도 없이 어두운 밤하늘 저쪽으로 날아갔다. 화살을 쏘아낸 사내가 재빨리 활에서 시위를 풀었다. 그러자 굽었던 활이 펴지면서 활이 아니라 긴 쇠막대기로 변했다. 사내는 지팡이처럼 그 쇠막대를 짚고 일어나더니 조심스레 사방을 살펴본 후 급히 어둠 속으로 사라졌다.

　"낮에 보았던 그자가 분명하군."

　어둠속에서 석요송이 나직하게 중얼거렸다. 어둠 속에서 모습을 드러낸 석요송이 천천히 걸음을 옮겨 사내가 화살을 쏘아낸 곳으로 다가섰다. 그리고는 면밀히 주변을 살폈다. 그러나 그곳에서는 어떤 흔적도 찾을 수 없었다. 석요송이 이번에는 눈을 들어 멀리 화살이 날아간 사막을 살폈다. 그러자 그의 눈에 아스라이 먼 곳에서 하나의 검은 물체가 고성 쪽으로 다가왔다가 사라지는 것이 보였다.

　"역시 흑사풍과 끈이 닿아 있는 자가 있었어. 그렇다면… 정말 이 성이 보통 성이 아니라는 말인데. 특히 우물을 살펴겠다는 말에 이렇게 다급히 움직이는 것을 보면 그 우물에 뭔가가 있다는 의미겠지. 그럼 우리가 우물을 조사하면 성이 위험해 질 수도 있단 말인가?"

　석요송이 심각한 표정으로 중얼거렸다.

　"불퇴의 명이 내려졌다."

삼십육진의 대주 모걸루의 입에서 무거운 음성이 흘러나왔다. 그러자 삼십육진의 무사들 얼굴에 두 가지 감정이 떠올랐다. 하나는 이곳에서 더 견뎌야 한다는 두려움, 그리고 또 하나는 강호인 특유의 오기 같은 것이었다.

"이미 홍안령에 모인 본문의 정예들이 이곳을 향해 출발했다고 하니 적어도 열흘만 버티면 형제들을 만날 수 있을 것이다. 그러니 힘들더라도 참고 견디자."

"옛, 대주!"

삼십육진의 무사들일 일제히 고개를 숙여 보였다. 그러자 모걸루가 고개를 끄덕이고는 다시 입을 열었다.

"요구가 받아들여지지 않은 것을 알면 저들이 어떤 일을 벌일지 모르니 경계를 한층 강화하도록!"

"옛, 대주!"

"그리고… 왕 노형은 우물을 조사하는 일을 해주시오."

이제 물이 급한 것은 모걸루와 삼십육진의 무사들이었다.

"그, 그리하지요. 언제, 오늘 할까?"

왕춘이 석요송을 보며 물었다. 그러자 석요송이 기다렸다는 듯이 대답했다.

"생각해보니 우물을 조사할 필요는 없을 것 같습니다."

"그게 무슨 소린가?"

왕춘이 의아한 표정으로 물었다.

"사실 우물을 조사해도 물이 나올 확률은 거의 없지요. 그러니 우물을 조사하기보다는 샘으로 가 물을 길어오는 쪽이 나을 것 같습니다."

"샘이 저들의 손에 장악되어 있다는 것을 몰라서 하는 말인가?"

왕춘이 석요송의 행동을 이해할 수 없다는 듯 물었다. 어젯밤까지만 해도 우물을 조사하자고 고집을 피웠던 사람은 석요송이었다. 그런데 하루아침에 우물 살피는 것을 포기하고 흑사풍이 지키고 있는 샘에서 물을 길어오자고 하니 왕춘으로서는 기가 막힐 일이 아닐 수 없었다.

"수원(水原)에 흑사풍의 무리가 얼마나 있습니까?"

석요송이 갑자기 모걸루에게 물었다. 그러자 모걸루가 대답했다.

"적어도 이십여 명은 있을 것이오. 물론 그자들이 공격을 받으면 당장 근처에 있는 흑사풍 무리들이 달려올 테니 그곳에서 물을 길어 이곳으로 돌아오는 일은 거의 불가능한 일이오."

모걸루가 고개를 저으며 말했다. 그러자 석요송이 덤덤한 목소리로 말했다.

"제가 다녀오지요."

"혼자 말이오?"

"같이 가실 분이 계시면 더 좋지요."

석요송이 왕춘을 보며 말했다. 그러자 왕춘이 재빨리 고개를 저었다.

"나? 난 싫네. 여기까지 어떻게 왔는데 다시 사지로 가란 말인가? 난 싫어."

"그럼 저 혼자 다녀오지요."

"이보게. 생각을 바꾸는 것이 어떻겠나? 물론 물이 부족하긴 하지만 지금 있는 물로도 어찌 열흘은 버틸 수 있을 것 같은데……."

"생명은 붙어 있겠지만 싸울 힘은 남아 있지 않겠지요."

"그렇긴 하지만……."

"협상이 결렬되었으니 저들은 분명 금문의 정예들이 오기 전에 이곳을 차지하려 할 겁니다. 물론 가능한 이쪽의 힘이 떨어졌을 때를 노리겠지요. 저들의 공격을 미루고 우리 쪽의 힘을 유지하려면 물은 반드시 필요하지요."

"그러나 저들이 우리 사정을 어찌 알겠는가?"

"아마도 알 수 있을 겁니다."

석요송이 망설이지 않고 말했다.

"어떻게 말인가?"

"왠지 그런 느낌이 드는군요. 아무튼… 물이 없다면 싸울 수 없으니 제가 물을 길어 오겠습니다. 오늘 당장은 준비를 해야 하니 내일 아침 일찍 다녀오지요."

"기왕 다녀올 거면 밤이 낫지 않겠소?"

이번에는 모걸루가 말했다. 모걸루는 흑사풍의 고수들이 지키고 있는 수원에 들어가 물을 길어오는 것이 거의 불가능하다는 것을 알고 있었지만, 눈앞의 이 젊은 고수가 흑사풍의 봉쇄를 뚫고 식량을 가지고 왔다는 것을 생각하면 일말의 가능성은 있다고 생각하는 모양이었다.

"밤에는 오히려 경계가 심해지는 법이지요. 밤이 가고 새벽이 오면 경계를 서는 사람들도 방심하게 마련이지요."

"음… 그렇기도 하오. 하면 그건 석 소협 좋을 대로 하시오."

모걸루가 천천히 고개를 끄덕였다.

고성(古城)에 다시 밤이 찾아왔다. 언제나처럼 별빛이 사막의 어둠을 밝혀주고 있었다. 그믐이라 달은 뜨지 않았다. 덕분에 별빛은 더욱 밝았지만, 그 별빛만으로는 세상을 모두 밝힐 수는 없었다. 그 어둠 속, 문득 한 명의 그림자가 고성의 성벽에 다가갔다. 그리고는 조심스럽게 주위를 살핀 후 어깨에서 긴 쇠몽둥이를 꺼내 들더니 허리춤에서 가는 줄을 꺼내 쇠몽둥이 양쪽 끝을 이었다. 그리고는 힘을 주어 줄을 당기자 쇠몽둥이가 크게 휘어지면서 금세 작은 철궁으로 변했다.

그렇게 손쉽게 철궁을 만든 사내가 다시 허리춤에서 가는 화살을 꺼내더니 그 화살 끝에 무엇인가를 매달았다. 그리고는 화살을 시위에 걸고 성벽 밖을 겨누었다. 그런데 그때였다.

"뭘 하려는 건가?"

갑자기 사내의 뒤쪽에서 노기가 담긴 음성이 흘러나왔다.

"헉!"

시위를 당기던 사내가 화들짝 놀라 자신도 모르게 시위를 놓아버렸다.

핑!

시위를 떠난 화살이 금세 허공으로 치솟았다. 급작스런 발사에도 불구하고 화살은 하늘 높이 치솟아 사막의 저쪽에 떨어졌다.

"도염, 뭘 하고 있는 겐가?"

다시 노기 서린 목소리가 들려왔다. 그러자 화살을 쏘아 보낸 자가 제풀에 놀라 활을 떨어뜨렸다. 순간 어둠 속에서 횃불이 밝혀졌다. 그 아래 삼십육진의 대주 모걸루가 서 있었다.

"대… 대주!"

도염이라 불린 사십대 중반의 사내가 혼비백산한 표정으로 입을 열었다.

"도염… 대체 넌 뭐냐?"

모걸루의 노기가 장내를 차갑게 가라앉혔다.

"대… 대주… 전…….."

도염이란 자가 모걸루의 질문에 답을 하지 못하고 그 자리에 주저앉았다.

"네가 흑사풍의 세작이었다니 내 눈으로 보고도 믿을 수가 없군. 너와 내가 함께한 시간이 이미 십 년이 넘었다. 그런데 어떻게 네가 흑사풍의 첩자일 수 있지?"

"대주… 죄송합니다."

"허허, 죄송하다? 이것 참 이상한 일이군. 눈앞에서 적의 첩자임을 확인했음에도 불구하고 첩자처럼 느껴지지 않으니. 내 스스로 그걸 부정하고 싶을 줄이야. 정이 들어서 그런가?"

모걸루가 허탈한 표정으로 중얼거렸다.

"대주, 죽을죄를 지었습니다. 그러나 대주를 모시는 동안은 저 또한 진심이었습니다. 부디 용서를…….."

도염이 지금까지와 달리 망설이지 않고 말을 주욱 내뱉은 후 갑자기 옆구리에서 작은 소도를 꺼내 자신의 목을 그으려 했다. 그 순간, 한 줄기 푸른 진기의 가닥이 날아들어 도염의 목에 닿으려 하던 소도를 허공으로 날려버렸다.

깡!

도염의 손을 떠난 소도가 낡은 성벽에 부딪혀 날카로운 충돌음을 내며 나뒹굴었다.

"죽겠다고? 이렇게? 아니 도염, 그렇게는 안 된다. 넌 나에게 좀 더 많을 이야기를 해줘야겠어."

모걸루가 나직한 음성으로 말하며 재빨리 도염에게 달려들어 그의 혈도를 짚었다. 그러자 도염이 그 자리에서 풀썩 무너져 내렸다. 그런 도염을 애증 어린 시선으로 바라보던 모걸루가 고개를 돌려 석요송에게 말했다.

"그대의 말을 믿지 않았는데 정말이었구려. 의심한 점 미안하게 생각하오."

"당연히 믿을 수 없는 말이었겠지요."

석요송이 대답했다. 그러자 모걸루가 고개를 끄덕였다.

"맞소이다. 정말 믿을 수 없었소. 사실 이 삼십육진에 있는 사람들은 나와는 적어도 삼사 년, 길게는 근 이십여 년 이상 함께 움직인 사람들이오. 그중 몇은 어를 때부터 인연을 가지고 있었소. 본 문의 대막진출은 아주 오래전부터 계획된 것이었고, 나 또한 오래전부터 문의 명에 따라 그 일을 준비해 왔소. 그래서 그에 맞는 사람들을 직접 내 손으로 뽑아서 이 일을 준비해 왔소. 때문에 난 이들을 완전히 믿고 있었소. 내 손으로 직접 뽑고, 그들과 함께 고락을 함께해 왔으니 말이오. 그런데… 허허, 이거 정말 허허……."

모걸루가 차마 말을 잇지 못하고 허탈한 웃음을 흘렸다. 그러자 곁에서 서 있던 왕춘이 위로하듯 말했다.

"너무 상심 마십시오. 이 한 사람이 간자였다고 해서 다른 사람도 의심하실 필요는 없습니다. 여전히 대주께는 형제와도 같은 삼십육진의 무사 스물여덟 명이 남아 있지 않습니까?"

왕춘의 말에 모걸루가 눈빛을 번쩍이며 고개를 끄덕였다.

"맞소. 그러나 이 친구는… 어이! 데려가라!"

모걸루가 뭔가를 말하려다 말고 뒤를 돌아보며 소리쳤다. 그러자 긴장한 표정의 무사 둘이 나와 쓰러진 도염을 끌고 어둠 속으로 사라졌다. 그 모습을 지켜보고 있던 모걸루가 석요송을 보며 물었다.

"이젠 어찌해야 할 생각이오?"

"대주께선 어찌 생각하시는지요?"

석요송이 되물었다.

"이미 도염이 날려 보낸 서찰에 의해 우리가 물을 가지러 갈 거란 것을 알고 있으니 수원으로 가는 것은 포기해야지 않겠소?"

"그리되면 그들이 그가 잡혔음을 알게 될 것입니다."

"그가 잡힌 것을 모르게 해야 한단 말이오?"

"그가 잡혔다는 것을 알면 이곳을 공격할 것입니다."

"어떤 근거로 그렇게 확신하시오?"

"그들이 원하는 것이 바로 이 성 자체이기 때문이지요. 그 사실을 우리가 알았다고 판단하는 순간 그들은 이곳을 공격할 겁니다. 그들이 가장 원했던 것은 우리가 이곳에서 조용히 물러나 주는 것이었을 테지만 그게 어려워졌다는 것을 알게 된다면 결국 그들이 택할 것은 하나지요."

"잠깐잠깐, 그들이 원하는 것이 이 성 자체라고 했소? 금문이 대막에서 물러나는 것이 아니라?"

"아마도 그럴 겁니다."

"그들이 왜 이 성을?"

"지금부터 그에게서 그 이유를 알아봐야겠지요."

第五章 혈사신보(血沙神譜)

"정말 갈 건가?"

왕춘이 석요송의 옷소매를 잡으며 물었다.

"기다리고 있을 테니 다녀와야지요."

"가지 말게. 저들도 만반의 준비를 하고 있을 거야."

"조금 시간을 끌다가 못 이기는 척 돌아오면 되는 일이니 어려운 일은 아닙니다."

"하지만……."

왕춘의 만류에도 불구하고 석요송이 두 필의 말을 몰고 고성을 벗어났다. 성루 위에서는 삼십육진의 무사들이 사막을 향해 나아가는 석요송을 걱정스러운 눈으로 바라보고 있었다.

"특이한 사람이오."

석요송의 뒷모습을 보며 삼십육진의 대주 모걸루가 말했다.

그러자 왕춘이 그 말을 받았다.

"특별한 사람이지요."

"특별한 사람이라……. 그렇겠구려. 도주께서 키운 사람이
니……."

모걸루가 고개를 끄덕였다.

마른 먼지가 말발굽을 타고 일어났다. 석요송이 손을 들어
해를 가렸다. 눈부신 햇살에 시야가 어지러워졌다. 그러나 그
속에서도 멀리 보이는 거대한 바위들의 군락이 눈에 들어왔
다.

"저곳이군."

사막의 샘은 십여 리 앞에 보이는 바위 군락 사이에 존재한다
고 했다. 이 메마른 땅에서는 여행자들에게 꼭 필요한 샘이 있
는 곳, 사람들은 그곳을 천수암이라고 불렀다. 사막에서의 물은
하늘에서 내려준 생명수이니 그런 이름이 붙는 것도 어찌 보면
당연한 일일 터였다.

"밤이 되기를 기다려야겠군."

석요송이 새벽을 틈타 물을 길러 가겠다고 말한 것은 간자가
그날 밤 자신을 드러낼 기회를 주기 위해서였다. 그리고 그 계
획이 성공한 이상 밝은 날 물을 길러 갈 필요는 없었다. 언제라
도 어둠은 은밀히 움직이는 자들의 가장 친한 친구다.

사막의 어둠은 금세 찾아왔다. 어둠이 내리자 석요송이 다시
움직였다. 그는 오 리 정도를 더 말을 타고 전진했다. 그리고 그
즈음에서 말에서 내려 가죽 물주머니를 어깨에 들춰 멘 후 두

다리를 이용해 천수암을 향해 이동했다.

천수암에 가까워지자 석요송의 코끝으로 물 냄새가 밀려들었다. 평범한 후각을 가진 석요송에게조차 물 냄새가 느껴질 정도라면 천수암의 수원에는 생각보다 많은 물이 존재할 것이다.

다행인 것은 천수암이 가까워질수록 몸을 가릴 수 있는 바위들이 많아진다는 것이었다. 물론 그 바위들 중 어느 한 곳에 흑사풍의 무사들이 숨어 경계를 할 수도 있었지만, 반면 석요송으로서도 자신의 몸을 숨기고 접근하는데 무척 유용한 지형이었다.

스스슥!

귀령보를 펼쳐 이동하는 석요송의 신형은 그저 밤하늘을 지나가는 구름의 그림자 정도로 밖에는 느껴지지 않았다. 석요송이 천수암이 가까워질수록 신중하게 움직였다. 하나의 바위에 의지해 몸을 숨긴 후에는 세심하게 주변을 살피고 다음 목표로 정한 바위를 향해 움직였다.

그렇게 반 시진 정도를 움직이자 드디어 흑사풍 무사들의 숙영지가 모습을 드러냈다. 더불어 흘러나오는 물 냄새가 더욱 강렬해졌다. 석요송이 커다란 바위 위에 올라 몸을 낮춘 후 천수암 내부를 살폈다.

사방으로 백여 장 넓이의 바위 군락들이 있었고, 그 가장 안쪽에서는 작은 폭포라고 해도 틀린 말이 아닌 물줄기가 바위틈에서 흘러나와 일 장 아래 땅으로 떨어져 내리고 있었다. 그렇게 떨어져 내린 물줄기는 흑사풍 무사들이 구축한 진영으로 개

울을 이뤄 내려온 후 진영 안쪽에 작은 못을 만든 다음 어디론
가 사라지고 있었다. 아마 그즈음에 다시 사막 아래로 스며드는
물길이 있음이 분명했다. 그리고 그 물줄기의 흐름을 따라 곳곳
에 경계를 서는 흑사풍 무사들의 모습이 보였다.

"쉽지 않겠군."

석요송이 고개를 저었다. 왕춘에게는 그저 잠시 시간을 끌다
가 돌아가겠다고 했지만 기실 석요송의 마음에는 물을 길어가
야겠다는 생각도 들어 있었다. 열흘을 버티라는 명을 그대로 이
행하자면 역시 물이 더 필요한 상황이었다. 그러나 천수암을 지
키는 흑사풍 무사들의 경계를 뚫고 물을 떠 가기에는 적의 경계
가 너무 삼엄했다.

물론 단신으로 전진을 뚫고 들어가 반대편으로 이동하는 일
은 그리 어려운 일이 아닐 터였다. 석요송에게는 귀령보라는 기
이한 신법이 있을 뿐 아니라 그의 무공이라면 자신의 몸 지키는
것은 어렵지 않았다. 그러나 그가 들고 있는 물 주머니에 물을
채우자면 적어도 이각여의 시간은 필요했다. 그러나 흑사풍의
무사들이 석요송이 물가에서 이각 동안 머무는 것을 용납할 리
가 없었다.

"물을 뜨자면 모두 베어야 한다는 말인데… 그건 안 되는 일
이고."

석요송이 딱히 방법이 떠오르지 않자 답답한지 뒷목을 매만
졌다. 그런데 그때였다. 갑자기 사막의 저쪽에서 말발굽 소리가
들려오기 시작했다.

"누가 오는가?"

석요송이 자세를 낮추고 말발굽 소리가 들린 쪽을 바라봤다. 그러자 두 사람이 각기 말에 올라 다섯 필의 말을 끌고 천수암을 향해 달려오는 것이 보였다. 그들은 질풍처럼 사막을 달려 금세 천수암 앞에 도착했다.

"어서 오게."

천수암 흑사풍 막사 입구를 지키고 있던 무사들이 말을 타고 온 자들을 반겼다.

"잘들 지냈는가?"

말위의 사내들이 호탕한 목소리로 물었다.

"우리야 뭐 별일 있겠는가? 그저 물이나 지키는 일인걸."

"금문의 종자들이 물을 길러 올 거란 소식은 들었나?"

"이미 그에 대한 대비를 충분히 하고 있네. 어떤 놈들이 올지 모르지만, 이곳에 들어오는 순간 지옥을 경험하게 될 걸세."

"후후후, 내 생각에는 근처에 왔다가 지레 겁을 먹고 도주를 할 것 같네만."

"그도 좋지. 그나저나 언제까지 이 상태로 지내야 한다고 하던가? 듣자하니 금문의 정예들이 이미 흥안령을 내려와 대막으로 들어섰다고 하던데……?"

"나도 모르겠네. 대천성께서 아직 어떤 명도 내리시지 않았어. 금문과의 협상도 교착상태고……."

"성을 공격한다는 말도 있던데?"

"그런 말이 돌기는 하네."

"음… 성을 공격해 놈들이 몰살한다면 결국 금문과 전면전이 일어날 터인데……."

"두려운 일이긴 하지. 그러나 일을 매듭짓자면 역시……."

"어? 자네 뭔가를 알고 있군?"

문득 경계를 서는 자가 물었다. 그러자 말 위에 있던 자가 급히 고개를 저으며 말했다.

"아, 아닐세."

"뭐야? 분명 자네 뭔가를 더 알고 있는 것이 분명해. 말해보게. 우리 인연이 어디 하루 이틀인가?"

"되었네. 이 일을 입 밖에 내었다가는 내 목이 남아 있지 않을 걸세. 자넬 위해서도 모르는 게 좋아. 난 물이나 길어가겠네."

두 사람의 이야기를 들어보면 말을 몰고 온 자들은 대막에 머무는 혹사풍 고수들을 위해 물을 길러 온 자인 듯 보였다.

"제길, 우리 사이에 너무하는군. 하지만 뭐, 자넨 대천성 님을 모시는 사람이니 내 이해하지. 어서 들어가게."

"고맙네. 내 나중에 술 한 잔 대접하지."

"호호호, 그러세. 둔황 근처에 서역의 계집들을 데려와 장사를 하는 주루가 있다고 하더군. 이곳 일이 끝나면 서쪽으로 이동한다고 하니 그곳에서 한잔하세. 서역의 계집들은 좀 특별하지."

"하하하, 그러세. 내 입장을 이해해줘서 고맙네."

말 위의 사내가 호탕한 웃음을 터뜨리고는 서둘러 말을 몰아 막사 안쪽으로 들어갔다. 그 모습을 보고 있던 석요송이 나직한 목소리로 중얼거렸다.

"물을 대신 길어줄 사람이 있으니 나에게도 행운이군."

석요송은 천수암에 접근할 때보다 더 은밀하게 천수암으로부터 멀어졌다. 그리고는 어둠에 잠긴 사막을 걸어 천수암에서 수백 장 떨어진 곳에 자리를 잡고 앉았다. 앞서 천수암으로 물을 길러 들어간 흑사풍의 무사들이 온 길 위였다.

밤의 시간은 느리게 흘러갔다. 그렇게 한 시진이 지나자 천수암 쪽 흑사풍 진영이 잠시 소란스러워졌다. 그리고 잠시 후 규칙적인 말발굽 소리가 석요송의 귀에 들려왔다. 석요송이 오랫동안 굳어 있던 몸을 일으켰다.

다섯 필의 말이 만들어내는 말발굽 소리가 사막의 어둠을 깨웠다. 어둠 속에서도 풀썩거리며 일어나는 먼지가 보였다. 말들은 점점 속도를 내기 시작했다. 그리고 잠시 후 석요송의 눈앞으로 다섯 필의 말이 지나갔다. 순간 석요송이 움직였다.

팟!

석요송의 몸이 어둠을 타고 말 위로 날아 올라갔다. 워낙 은밀한 움직임이었기에 앞서 말을 달리는 두 명의 흑사풍 무사는 석요송이 말에 오른 사실을 까맣게 모르고 있었다. 석요송은 말 위에 실린 물주머니처럼 옆으로 말 위에 누워 잠시 그들의 뒤를 따랐다.

"정말 그 물건이 있을까?"

문득 두 명의 흑사풍 사내 중 하나가 달리는 속도를 늦추며 입을 열었다.

"그만하게. 그 말을 입에 담았다가 목이 잘린 관모를 잊었나?"

다른 한쪽의 사내 급히 도리질을 치며 말했다.

"에이, 여기서 누가 듣는다고 그러나. 우리 둘뿐인데."

"그래도 조심해야지."

"흐흐, 설마 자네가 날 고변하지는 않겠지?"

"이 사람 농담도 그리 말게. 설마하니 죽마고우를 배신하겠나?"

"그러니 하는 말 아닌가? 정말 그 물건이 그 고성에 있을까?"

"있으니 천하제일세라는 금문을 상대로 이런 일을 벌이는 것이 아니겠는가?"

"음… 그렇긴 하지. 이름이 뭐라고 했지?"

"혈사신보라고 했지."

"맞아, 혈사신보. 그게 정말 그렇게 대단한 물건일까?"

사내 중 하나가 고개를 갸웃했다. 그러자 다른 사내가 목소리를 더욱 낮추며 말했다.

"만약 정말 그 물건이 존재한다면 우리 흑사풍이 대막을 넘어 천하를 제패할 수도 있는 물건이네."

"어라? 그 물건에 대해 무척 잘 아는 것처럼 말하는군?"

"엊그제 대천성님을 뵈러 온 오성 어른께서 하는 말을 들었네. 혈사신보는 과거 이 초원을 정복했던 제왕들을 수호하던 무공이라고 하더군."

"음… 정말 그렇단 말이지?"

"초원을 지배한 자치고 혈사신보의 보호를 받지 않은 자가 없었다고 하네. 초원의 지배자가 바뀔 때는 바로 그 혈사신보의 주인이 변심을 했을 때라고 하더군. 그러니까 결국 초원의 지배자는 역대의 가한들이 아니라 그 혈사신보의 주인이었다는 말이지. 그러니 어찌 그 물건에 욕심을 내지 않을 수 있겠는가?"

"그런데 그렇게 대단한 물건이 어째서 그 낡은 고성에 있는 걸까? 아니 그것보다 그럼 현재에는 그 혈사신보의 주인이 없다는 말인데 왜 그토록 대단한 능력을 지닌 자들이 후인을 두지 않았을까?"

"그야 나도 모르지. 하지만 어쨌든 그 혈사신보를 찾는 순간 흑사풍의 천하의 패자가 될 것이네. 그러니 어찌 금문이 두려워 신보를 찾는 일을 포기하겠는가?"

"음… 그렇군. 그런데 듣자하니 이미 혈사신보의 주인도 정해져 있다면서?"

"아니, 이 친구? 그건 도대체 어디서 들었나?"

"흐흐, 나라고 귀가 없겠나?"

"맞아. 혈사신보의 주인은 이미 정해져 있네. 가섭몽이라고… 들어봤나?"

"가섭몽! 아, 그 사람!"

"자네도 알고 있지?"

"내가 어찌 그 이름을 모르겠나? 대막혈룡 가섭몽을 모르면 어디 흑사풍의 사람인가, 그 유명한 십이대주인데."

"맞네. 대천성님의 유일한 제자로 다음 대 대천성으로 키우는 사람이지. 그러고 보면 십이대가 그렇게 별스럽게 움직이는 것도 다 이유가 있는 거지."

"호호 설마 자네 그를 질투하나?"

"하하하. 그렇다면야 얼마나 좋겠는가? 나도 흑사풍의 대천성 자리를 노릴 위치에 있다면 말이야. 물이나 길러 다니는 것이 아니라. 하하하!"

두 사람이 서로를 바라보며 호탕하게 웃음을 터뜨렸다. 그런데 그 순간, 갑자기 두 사람의 뒤쪽에 검은 그림자가 드리워졌다.

"헉!"

오른쪽의 사내가 먼저 그림자를 발견하고는 다급성을 발하며 훌쩍 말 위에서 뛰어올랐다.

"악!"

사내 한 명이 말에서 뛰어내리는 순간 미처 그림자를 발견하지 못한 사내 한 명이 어둠 속에서 나타난 자의 손길에 비명을 지르며 말 위에서 떨어졌다.

"히히힝!

급작스럽게 주인을 잃은 말들이 크게 울음을 울며 걸음을 멈췄다.

"웬 놈이냐?"

불청객의 기습을 피해 말에서 뛰어내린 자가 재빨리 도를 빼 들며 소리쳤다. 그러자 기습을 한 자가 말 위에서 입을 열었다.

"물을 좀 얻으러 왔소."

석요송이었다.

"정체가 뭐냐? 웬 놈이기에 감히 흑사풍의 행사를 방해하는 것이냐?"

"난 금문의 사람이오. 성에서 나왔소. 천수암으로 물을 뜨러 가는 길에 당신들을 만났지 뭐요. 그렇잖아도 경비가 삼엄한 천수암에서 어찌 물을 길어 내올까 고민하던 차에 이렇게 물을 말에 실어 준비해 준 당신들이 있으니 무척 고마운 일이오. 고맙소. 감사의 뜻에서 손속에 사정을 두었소. 죽지는 않을 거요."

석요송이 말에서 떨어진 후 신음을 흘리며 몸을 일으키는 다른 사내를 보며 말했다.

"이놈! 네놈이 살아 돌아갈 성 싶으냐?"

성한 자가 재빨리 주변을 살피며 소리쳤다. 다행히 주변에 다른 사람의 기척이 없는 것을 확인한 사내의 얼굴에 더욱 노기가 서렸다.

"아마도 이대로 날 보내줘야 할 거요."

석요송이 말했다. 그러자 사내가 도를 치켜들며 소리쳤다.

"오냐. 보내주마. 단 네 목은 놔두고 가야겠다."

쿠앙!

사내가 허공으로 떠오르며 매섭게 도를 휘둘렀다. 사내의 도가 순식간에 말 위에 올라 있는 석요송의 허리를 베어왔다. 그러자 석요송이 말 위에서 훌쩍 뛰어오르며 사내의 도를 피하더니 수도를 세워 번개처럼 사내의 어깨를 가격했다.

"컥!"

사내가 급작스런 석요송의 반격에 비명을 흘려내며 쓰러질 듯 비틀거리더니 사오 장 뒤로 물러났다. 그러자 석요송이 차분하게 말을 뱉어냈다.

"지난날, 흑사풍의 봉쇄를 뚫고 고성으로 들어온 사람이 있다는 말을 들었을 거요."

석요송의 말에 사내가 두려운 눈으로 석요송을 바라보며 물었다.

"그자가… 바로 너란 말이냐?"

"그렇소. 흑사풍의 수뇌들도 막지 못한 나를 그대가 막아낼 수 있겠소? 나 또한 물을 얻는 것이 목적이니 오늘은 서로 더 이상 칼부림을 하지 맙시다."

석요송의 담담한 말에 사내가 대답을 하지 못하고 우물거렸다. 이대로 그를 보내는 것은 수치스런 일이지만 그렇다며 흑사풍의 수뇌들인 구성의 삼 인조차도 막지 못한 자를 자신이 막을 수는 없었다.

"보, 보내주게."

망설이는 사내의 마음을 그의 동료가 거들어줬다. 사내가 여전히 위태롭게 서 있는 동료를 바라봤다. 그러자 동료가 다시 말했다.

"보내 줘. 우리가 감당할 수 있는 자가 아니네. 대천성께서도 이해하실 걸세."

동료의 말에 사내가 무겁게 고개를 끄덕였다. 그리고는 석요송을 보며 말했다.

"정말 우리를 살려줄 거요?"

"나에겐 물이 중요할 뿐이오."

"좋소. 그럼 어서 물을 가지고 떠나시오."

"고맙소. 잘 생각하셨소. 사람이 많으니 물은 모두 가져가야 겠소."

석요송이 말을 하고는 훌쩍 뒤로 물러나 물주머니를 실은 세 필의 말을 몰고 어둠 속으로 사라지기 시작했다. 석요송이 사라 지자 사내가 재빨리 비틀거리는 동료를 부축하며 말했다.

"젠장 어떡하지?"

"뭐가 말인가? 물을 빼앗겼다고 설마 우리를 죽이기야 하겠 나?"

"물이 문제가 아니라 그가 우리가 하는 이야길 들었으 면……."

"아!"

사내의 말에 그의 동료가 나직한 탄성을 흘렸다. 그리고는 급 히 얼굴빛을 굳히며 말했다.

"절대 이 일을 입 밖에 내지 말게. 우린 아무 말도 하지 않은 거네. 그저 물만 탈취당한 거야."

"암, 당연하지. 이 나이에 목 잘릴 일 있나. 어서 가세. 이거 재수없는 날이군. 일단 천수암으로 돌아가세. 다시 물을 길어 가야지."

흑사풍의 두 무사가 서로 부축해 말에 오르더니 그들이 온 길 을 되짚어 말을 달리기 시작했다.

"아니, 정말 물을 퍼왔단 말인가?"

석요송이 고성을 돌아오자 왕춘이 기가 막힌다는 표정으로 석요송을 보며 탄성을 흘렸다. 왕춘만이 아니었다. 삼십육진의 무사들이 모두 놀란 표정으로 석요송을 바라봤다.

"이 정도면 열흘은 충분히 버틸 수 있을 겁니다. 물론 몸을 씻을 수는 없겠지만 말입니다."

"이 지경에 어찌 몸 씻을 물을 바라겠소. 마실 물을 얻은 것만으로도 충분하오."

모걸루가 진정으로 기쁜 표정을 지으며 말했다. 그러자 석요송이 모걸루에게 물었다.

"그가 입을 열었습니까?"

"도염 말이오?"

"그렇습니다."

"음, 이 고성이 근방에서는 요충지이기 때문에 흑사풍에서 이 성에 욕심을 부리고 있다고 대답하더구려. 그 말이 사실인지는 모르겠으나 아무리 생각해 봐도 그것 말고는 그들이 이 성에 집착하는 이유를 모르겠구려."

"그는 여전히 흑사풍의 충실한 일원이군요."

"무슨 소리요?"

"그들이 이 성을 욕심내는 이유를 알았습니다."

"그게 정말이오? 도대체 그 이유가 뭐요? 아니 어떻게 그 사실을 알게 되었소?"

모걸루가 쉬지 않고 질문을 던졌다.

"일단 안으로 들어가지요."

여전히 그들은 고성의 성문 앞에 서 있었다.

"그, 그럽시다. 어서 들어갑시다."

모걸루가 서둘러 석요송을 성 안으로 이끌었다.

"혈사신보!"

모걸루와 왕춘의 입에서 동시에 놀란 목소리가 터져 나왔다. 그러자 삼십육진의 부대주 선우조가 모걸루에게 물었다.

"혈사신보가 무엇인데 그리 놀라십니까?"

"자네 설마 혈사신보를 모른단 말인가?"

모걸루가 어이없다는 듯 선우조에게 되물었다.

"저는 처음 듣는 것입니다만……."

"아, 과연 그 물건이 사라진 지 오래되긴 오래되었군. 부대주조차도 그 물건을 모른다니……."

"도대체 그것이 무엇입니까?"

선우조가 다시 물었다. 그러자 모걸루는 선우조의 물음에 대답을 하는 대신 석요송을 보며 심각하게 물었다.

"정말 그들이 이곳에 혈사신보가 있다고 했소?"

"그렇습니다. 분명 그리 들었습니다."

"음… 그렇다면 이건 보통 일이 아니군."

"그렇군요."

곁에서 왕춘이 맞장구를 쳤다. 그러자 왕춘이 묘한 눈으로 왕춘을 보며 물었다.

"왕 노형께서는 혈사신보에 대해 알고 계시오?"

"제가 금문에 들기 전 주로 대막에서 지낸 덕에 혈사신보에 대한 전설을 들었지요. 역대 초원을 제패한 제왕들의 뒤에는 언제나 혈사신보의 주인이 있었다는…….."

"맞소이다. 혈사신보는 초원에서는 곧 제왕의 탄생을 알리는 물건이오."

"하지만… 전설은 전설일 뿐 아닐까요?"

"그러나 또한 무시할 수 없는 전설이오. 흑사풍에서 무리하게 본 문을 도발하면서 까지 이 고성을 노릴 만하다는 것이오. 그들로서는 특별한 분쟁 없이 이곳을 차지하는 것이 가장 좋은 방법일 테고……."

그러자 왕춘이 영활한 눈빛을 흘리며 말했다.

"그럼 이곳을 그들에게 넘겨주시지요."

"뭐요? 혈사신보가 숨어 있을지도 모르는 이 성을 순순히 그들에게 넘겨주잔 말이오? 지금까지 버텨온 것을 무위로 돌리고 말이오? 몰랐다면 모를까 혈사신보의 존재를 안 이상 더욱 이 성을 그들에게 내어줄 수 없소."

"한 가지만 여쭙지요. 혈사신보와 성(城) 둘 중 하나를 택하라면 어느 것을 택하시려는지?"

"너무 당연한 일 아니오? 지금으로선 당연히 모든 사람이 혈사신보를 택할 것이오."

"그럼 간단한 문제 아닙니까? 서둘러 혈사신보를 찾은 후 그 사실을 저들에게 감춘 후 이곳을 벗어나면! 이것이 지금으로선 가장 좋은 계책이 아닐지?"

왕춘의 말에 왕춘의 말에 모걸루가 무릎을 쳤다.

"맞소. 왜 그렇게 간단한 일을 생각하지 못했을까? 왕 노형의 말이 백번 옳소. 좋은 충고 고맙소."

"하하! 본래 크게 놀랄 일이 일어나면 당장 눈앞에 있는 물건도 잊어버리게 되는 법이지요."

"그런가 보오. 아! 당장 시작해야겠소. 이보게, 부대주!"

"옛, 대주!"

"경계를 서는 무사들을 최소한으로 하고 모든 사람을 불러 모으게. 혈사신보를 찾아야겠네."

"옛, 대주!"

부대주 선우조가 대답을 하고는 서둘러 장내를 벗어났다.

갑자기 고성의 밤이 부산하게 깨어났다. 삼십육진의 무사들이 일제히 고성 곳곳을 살피기 시작했다. 혈사신보의 존재는 그것과 무관한 사람들의 가슴까지 뛰게 했다. 설사 혈사신보가 발견된다 하더라도 그 물건이 삼십육진 사람들의 손에 들어갈 일은 없었다. 신보는 금문의 수뇌에게 전해질 터이고 혈사신보를 찾은 삼십육진의 무사들은 사람들의 기억에서 잊혀질 것이다.

그러나 삼십육진의 무사들은 혈사신보를 찾는 순간 자신이 초원의 제왕이라도 될 것이라고 생각하는 듯 잠을 설치며 고성을 헤집고 다니고 있었다.

"정말 혈사신보가 있을까?"

분주히 움직이는 삼십육진의 무사들을 보며 왕춘이 나직하게 중얼거렸다.

"확신도 없으시면서 대주를 충동하셨습니까?"

석요송이 물었다.

"충동이라니. 그 물건은 있을 거란 가능성만 있다면 당연히 찾아야 할 물건이지. 물건을 찾으면 혹사풍의 제의를 받아들여 조용히 이 성을 떠나면 그뿐이고. 우리에게야 좋은 일이 아닌가?"

"찾지 못하면 어떡합니까?"

"흐흐, 그때가 되면 정말 제대로 싸움이 벌어지겠지. 일단 혈사신보의 존재가 본문의 수뇌에게 전해지면 금문으로서도 이 성은 절대 포기할 수 없는 것이 될 테니까."

"찾는 것이 좋겠군요."

석요송의 대답에 왕춘이 고개를 끄덕이며 대답했다.

"그게 여러 사람 살리는 일이지."

"그럼 찾아볼까요?"

"자넨 마치 혈사신보가 어디에 있는 줄 안다는 듯 말하는구만?"

"짐작 가는 곳은 있지요."

"정말? 그곳이 어딘가?"

"가보면 아실 겁니다."

석요송이 어둠 속으로 걸음을 옮기기 시작했다. 그러자 왕춘이 급히 석요송의 뒤를 따르며 물었다.

"도대체 어디에 혈사신보가 있단 말인가?"

낡은 우물이 어두운 밤하늘을 향해 입을 벌리고 있었다. 늙어 헐은 입은 더 이상 물을 뿜어내지 못하고 이젠 우물이라기보다는 무덤처럼 보였다.

"설마 여기에 혈사신보가 있다고 생각하는 건가?"

"제가 흑사풍의 간자를 어찌 발견하셨는지 아십니까?"

"그 도염이란 놈 말인가?"

"예."

"글쎄. 우연히 그가 성 밖으로 화살을 날리는 걸 본 것 아니었나? 난 그렇게 생각하고 있었는데?"

왕춘의 말에 석요송이 고개를 저었다.

"아닙니다. 내가 처음 그자를 발견한 것은 바로 이곳에서였습니다. 우리가 이 우물을 살피고 있을 때 그는 우리를 살피고 있었지요. 그리고 그날 밤 즉시 흑사풍의 진영에 전서를 단 화살을 쏘아 보냈습니다. 사실 그건 간자로서는 무척 위험한 일이었는데도 말입니다."

"오호라. 그러니까. 그들도 이 우물을 주시하고 있었다?"

"그렇지요."

"이거 듣고 보니 흥미진진해지는걸? 그런데 들어갈 수나 있을까? 자칫하다가는 우물이 무너져버릴 것 같은데?"

왕춘이 고개를 내밀어 우물 안을 살피며 말했다. 무저갱처럼 보이는 우물은 보는 것만으로도 공포를 느끼게 한다.

"깊어도 우물일 뿐이지요."

"낮에 들어가는 것이 낫지 않겠나? 이렇게 어두워서야……."

"우물 속은 밤낮의 구분이 없지요."

"쩝, 하긴 그렇군."

"들어가 보죠."

석요송이 말을 하고는 준비해온 밧줄을 우물 밖 커다란 바위에 단단히 동여맸다. 그리고는 자신이 먼저 훌쩍 몸을 날려 낡은 우물 안으로 들어가기 시작했다.

"젠장 이거 어째 기분이 으스스한 걸!"

왕춘이 어둠 속으로 사라지는 석요송을 보고는 몸을 한 번 떤 후 어쩔 수 없다는 듯 우물 속으로 들어가기 시작했다.

차가운 냉기가 몸을 파고들었다. 사막의 밤이 춥다지만 오래된 우물 속은 물기가 없음에도 불구하고 한겨울의 냉기를 느끼게 했다.

화악!

더 이상 별빛도 들어오지 않는 지점에서 석요송이 횃불을 밝혔다. 그러자 지름이 일 장 정도 되는 커다란 우물의 내부가 고스란히 눈에 들어왔다. 돌을 이용해 단단히 쌓아 올린 우물은 밖에서 보던 것과 달리 온전히 그 모습을 지키고 있었다. 아래에서 올라오는 냉기까지 더하면 곧이라도 물이 솟구칠 것 같은 기분이 들었다.

"무너질 염려는 없겠군."

어느새 석요송의 옆까지 내려선 왕춘이 우물의 벽면을 매만지며 말했다.

"역시 평범한 우물은 아니지요?"

"그래 보이네. 지금부터는 자세히 살펴야겠네. 만약 정말 이 우물에 혈사신보가 숨겨져 있다면 그건 우물 바닥이 아니라 중간 어딘가의 공간에 숨겨져 있을 가능성이 커. 아래야 물이 있었을 테니까."

"그렇겠지요?"

"당연한 일이지."

왕춘이 고개를 끄덕이고는 이번에는 자신이 먼저 우물의 벽면을 살피며 아래로 내려가기 시작했다.

"아무래도… 헛짚은 것 같네."

턱!

우물 아래로 내려서며 왕춘이 말했다. 우물의 바닥이 드러났지만 어디서도 혈사신보의 흔적을 찾을 수는 없었다. 물의 흔적도 없었다. 애초에 이곳에서 수원을 찾으려 했던 일도 쓸모없는 일이었던 것이다.

그러나 석요송은 왕춘의 말에도 불구하고 아주 세심하게 주변을 둘러보았다. 마치 우물 바닥을 둘러싼 돌들의 모양 하나하나를 모두 머리에 기억해두려는 사람처럼 보였다.

"아무리 살펴도 특별한 것은 없네. 올라가세."

왕춘은 하늘이 보이지 않는 우물 속이 답답한지 서둘러 지상으로 올라가자고 석요송을 재촉했다. 그런데 그때였다.

퉁!

한순간 석요송이 투박한 그의 검을 들어 원형으로 쌓아 올린 우물 벽면의 돌 중 하나를 쳤는데 돌에서 기이한 공명이 일어났다.

"어? 뭐지?"

이미 밧줄을 타고 한 걸음 위로 올라섰던 왕춘이 놀란 얼굴을 하고는 다시 우물 바닥에 내려섰다. 그러자 석요송이 연이어 몇 개의 돌들을 쳤다.

둥둥둥!

마치 북을 치듯 그렇게 돌들이 긴 공명을 지닌 울음을 흘려냈다.

"이게 도대체 어찌 된 일이지?"

"안이 빈 것 같군요. 지난번에 돌을 던져보았을 때 났던 바로 그 소립니다."

"맞아 그렇군. 그런데 이건 안이 비었다는 것인데… 그럼 다른 공간이 있다는 말인가?"

"아마도 그런 듯합니다."

석요송의 말에 왕춘이 호기심을 드러내며 말했다.

"뭐가 있나 살펴보세."

"조심하셔야 합니다. 우물이 무너질 수도 있습니다."

"음, 알겠네."

왕춘이 고개를 끄덕이면서도 서둘러 공명을 만들어내는 돌들에 손을 가져갔다.

투툭!

왕춘의 손길에 의해 돌 몇 개가 바닥으로 떨어져 내렸다. 그러자 다시 그 안에 이번에는 좀 더 깔끔하게 다듬어진 돌들이 모습을 드러냈다.

"역시 보통 우물이 아니었군. 밖이 아니라 안쪽에 오히려 더 좋은 석재라… 이건 다른 쪽으로 이어진 통로야."

왕춘이 확신하듯 말하며 한 손으로 힘주어 잘 다듬어진 벽면을 가격했다. 그러자 그의 손에서 기이한 빛이 일렁이는가 싶더니 벽이 안쪽으로 푹 꺼져 들어갔다.

우르르!

왕춘의 손짓 한 번에 잘 만들어진 벽면이 무너져 내렸다. 석요송은 왕춘의 재주가 뛰어난 것은 알고 있었지만 이처럼 단번에 벽을 무너뜨릴 공력을 지니고 있을 줄은 몰랐기에 잠시 왕춘을 바라보다 이내 무너진 벽면이 열어준 공간으로 들어갔다.

"보자… 호오 이거 물기가 느껴지는걸?"

왕춘이 쾌재를 불렀다. 과연 그의 말대로 새롭게 드러난 공간엔 축축한 습기가 차 있었다. 습기가 있다는 것은 곧 물이 있다는 의미, 석요송과 왕춘이 누가 먼저랄 것도 없이 잘 다듬어진 석굴을 따라 안쪽으로 걸어갔다.

그렇게 얼마나 들어갔을까 두 사람의 눈앞에 원형의 석실이 모습을 드러냈다.

"이크!"

석실로 발길을 옮기려다 말고 왕춘이 흠칫 몸을 떨며 뒤로 물러났다. 횃불에 비친 석실의 바닥에 오래된 사람의 뼈가 누워 있었기 때문이었다.

"이거 어째 기분이 좋지 않은걸? 시작부터 해골이라니. 퉤 엣!"

왕춘이 침을 뱉어내며 투덜댔다. 석요송은 그런 왕춘을 놓아두고 무릎을 꿇고 앉아 해골을 살폈다. 살이 사라지고 뼈만 남은 시체는 기이하게도 그런대로 형체가 잘 보존된 옷을 걸치고 있었다.

"귀한 신분의 사람이었던 것 같군요."

"어찌 그걸 아나?"

"이 옷감은 무척 귀한 것입니다."

"그래? 그렇군. 죽은 지 아주 오래된 것 같은데 아직도 그 형체를 보존하고 있으니."

왕춘이 흘깃 해골을 감싼 옷을 보며 대답했다. 그러자 석요송이 다시 입을 열었다.

"또한, 무척 강한 고수였군요."

"무인이었다는 말인가?"

"그렇습니다."

"왜 그렇게 생각하나?"

"그가 남긴 글을 보면 알 수 있지요."

"응? 글을 남겼어?"

왕춘이 급히 석요송 곁에 쭈그리고 앉았다. 석요송의 시신의 오른쪽 바닥을 가리켰다. 그러자 과연 돌로 된 회색 바닥에 지렁이가 기어간 듯 쓰인 글씨가 보였다. 글씨는 손가락 한 마디 깊이로 새겨져 있었는데 그 깊이가 일정하지 않은 것으로 보아서 무척 급히 새겨 넣은 듯 보였다.

"죽기 전에 남긴 글인가 보군."

바닥에 새겨진 글씨의 모양만 보고도 왕춘이 시신이 바닥에 글을 남길 때의 상황을 유추했다.

"그 상황에서도 손가락으로 돌바닥에 새긴 글이니 아마도 지법의 달인이었을 겁니다."

"손으로 새겨 넣었다고?"

왕춘이 놀라며 석요송을 바라봤다. 그러자 석요송이 새겨진 글의 끝 부분을 가리켰다. 왕춘이 시선을 돌려보니 과연 글의 끝 부분에 여전히 석실 바닥에 깊이 박혀 있는 검지 손가락뼈가 보였다.

"어이쿠야. 죽기까지 이런 공력을 만들어 내다니 과연 보통 인물이 아니었군. 어디 뭐라고 쓴 건지 볼까?"

왕춘이 호기심이 동하는지 횃불을 글씨 가까이로 가져다 댔다. 두 사람이 잠시 말을 멈추고 죽은 자가 새겨 놓은 글들을 읽어 내려갔다. 시신이 남긴 글은 그리 길지 않았다. 아니 그 보다는 죽은 자가 자신이 하고자 하는 말을 모두 하지 못하고 죽었다는 것은 맞았다. 글의 내용이 중간에서 끊겼기 때문이다.

"그러니까 이자의 이름이 구월황이란 말이지? 그 시대의 혈사신보 주인이고."

왕춘의 말에 석요송이 고개를 끄덕였다.

"보자. 혈사신보는 본래 일인전승인데 제자가 스승을 배신하고 신보를 취하기 위해 급습을 했다라. 참 더럽게 성질 급한 제자로세. 언젠가는 자연히 자신의 것이 될 터인 물건을 노리고 스승을 암살하려 하다니⋯⋯."

왕춘이 혀를 찼다. 그러면서 다시 입을 열었다.

"그런데 제자는 암습에 성공하지 못했군. 보자. 두 개의 은 편으로 이뤄진 혈사신보의 반쪽은 제자에게 빼앗기고 스승은 자신이 만든 비처인 이 고성의 우물가로 들어와 숨을 거뒀군.

그 제자의 이름이 보자… 은무(隱武)라. 그가 향한 곳이 당(唐)이라 하였어. 결국, 초원의 가한을 배신하고 중원으로 갔다는 말인데. 하긴 당조는 중원의 왕조로서는 최초로 초원을 지배했지. 보자, 그 제자의 중원 거처가… 아이쿠, 여기서 글이 끝났군."

왕춘이 아쉬운 듯 혀를 찼다. 그런데 그때 이미 눈으로 구월황이 남긴 글을 모두 읽은 석요송이 죽은 구월황의 품속에서 눈부시게 빛나는 은편을 꺼내 들었다. 대략 그 길이와 넓이가 반 자가량인 은편은 그 안에 깨알 같은 글씨로 이백여 자의 글을 담고 있었다.

"그게… 혈사신보의 반쪽이군."

왕춘이 자신도 모르게 혀로 입술을 축이며 말했다. 역대 초원의 제왕들을 세웠던 사람의 무공, 그 무공이 드디어 두 사람 앞에 모습을 드러낸 것이다.

석요송이 은편을 손에 들고 한쪽 팔로 스윽 닦은 후 그 안에 새겨진 글들을 읽어 내려갔다.

"정말 무공비결이 있는가?"

"검보군요."

"검보? 그렇다면 나머지 반쪽에 심법이 들어 있었겠군. 은무라는 자는 죽었을 테니 그걸 가지고 있는 자가 은무의 후예겠군. 그런데… 흑사풍은 어떻게 이곳에 혈사신보가 있다는 걸 알게 되었을까?"

왕춘이 손으로 턱을 괬다. 그런 그의 눈빛이 별처럼 반짝였다. 이미 그의 머릿속에는 일의 선후 사정이 실타래처럼 풀려나가고 있는 듯 보였다.

"역시 그렇겠지?"

왕춘이 석요송을 보며 물었다. 그러자 석요송이 고개를 끄덕였다.

"흑사풍의 뒤에 은무의 후예가 있겠지요."

第六章　탈출

"자네에게 금문은 어떤 의미인가?"

"……?"

갑작스러운 질문에 석요송이 대답 대신 왕춘을 바라봤다. 그러자 왕춘이 다시 물었다.

"목숨을 걸고 충성을 다해야 하는 곳인가? 아니면……?"

왕춘이 슬쩍 석요송의 눈치를 살폈다. 그러자 석요송이 뚫어지게 왕춘을 보다가 대답했다.

"지난 인연으로 말하자면 서로 거래를 한 사이라고 할 수 있지요. 물론 제가 조금 손해를 본 거래였지만 말입니다. 그러나 미래는 어찌 될지 모르지요. 세상에 확실한 것은 아무것도 없으니 말입니다. 하지만 분명한 것은 전 앞으로도 아주 오랫동안 금문에 머물게 될 것입니다. 어쩌면 평생 동안……."

"어쨌든 지금으로선 여전히 거래관계, 뭐 그런 곳이란 말이지?"

"지금까지는 그렇지요."

"좋아."

고개를 끄덕인 왕춘이 갑자기 스윽 발을 옮겼다. 그러자 그의 발끝에서 뿌연 먼지가 이는 듯하더니 순식간에 과거 혈사신보의 주인이었던 구월황이 바닥에 새겨 놓은 글들이 사라졌다. 놀라운 공력의 발출이었다.

"그 글을 없애는 이유는 뭡니까?"

"가끔은 말이야. 한두 가지쯤 남들이 모르는 비밀을 알고 있는 것도 좋네. 세상을 살다 보면 그 비밀이 아주 요긴하게 쓰일 때가 있거든."

"그렇다면 차라리 이 신보를 감추는 것이 낫지 않겠습니까?"

석요송의 말에 왕춘이 물끄러미 석요송을 응시하다가 물었다.

"그 말 진심인가?"

"제 뜻이 그렇다는 것이 아니라 어르신의 말씀대로 하자면 그렇다는 말이지요."

"자넨 욕심이 없고?"

왕춘의 물음에 석요송이 고개를 저었다.

"제겐 이미 제가 감당할 수 없는 무공이 있습니다."

"그러니까 날 위해서 양보하겠다?"

"원하신다면 그리하지요."

석요송의 대답에 왕춘이 잠시 생각에 잠겼다가 고개를 저었다.

"아닐세. 거짓은 구 할의 진실에 숨어 있을 때 힘을 발휘하는 법이네. 그 신보의 존재가 바로 오늘 우리가 이 우물에서 발견한 진실의 구 할일세. 구 할을 숨기면 당연히 의심을 받게 되지. 하지만 이렇게는 할 수 있겠지."

"어떻게 말입니까?"

"그 신보를 내가 발견한 것으로 해주게."

석요송의 왕춘의 말을 금세 이해했다. 왕춘은 혈사신보를 이용해 금문의 심부에 들어가려는 것이다. 그러자 석요송의 마음속에 불쑥 의심이 들었다. 정말 왕춘은 젊은 날의 연인을 찾아 금문삼혈에 들어가려는 것일까라는 의심이었다. 그러나 석요송은 서슴없이 혈사신보의 반쪽을 왕춘에게 건넸다.

"저보다는 어르신께 더 필요한 물건이긴 하군요."

"후후, 이거라면 누구의 도움 없이도 금문의 심처에 들어갈 수 있겠지."

"그렇겠지요. 그나저나 제가 괜한 짓을 했군요."

석요송이 석실을 둘러보며 말했다.

"무슨 소린가?"

"천수암에 물을 길러 나갔던 것 말입니다."

석요송의 대답에 왕춘도 고개를 끄덕였다.

"물 말인가? 그야 뭐 저들을 속이기 위한 방책이기도 했으니. 하지만 어쨌든 이젠 물 걱정은 덜었군. 아 참, 이젠 물이 필요없나? 혈사신보를 손에 넣었으니 떠나기만 하면 그뿐이니."

석실의 한구석에서 작은 샘이 솟아나와 벽면을 타고 남쪽으로 흐르고 있었다. 그렇게 흐른 물은 석실의 입구까지 이르러 다시 바닥으로 스며들고 있었는데 그 물길의 끝이 어디인지는 사람이 알 수 없었다.

"정말 혈사신보를 찾았단 말이오?"

삼십육진의 대주 모걸루의 눈이 화등잔처럼 크게 떠졌다. 그러자 왕춘이 고개를 끄덕였다.

"그렇습니다."

"어디, 어디 좀 봅시다."

모걸루가 급히 손을 내밀었다. 그러자 왕춘이 품속에서 조심스럽게 은편을 꺼냈다. 반 자 정도 크기의 은편에 새겨진 글씨들이 눈부시게 사람들의 시야로 파고들었다.

"그게 혈사신보요?"

"그렇습니다. 하지만 애석하게도 신보의 전체가 아니라 절반입니다. 우물 속 석실의 시신에는 오직 절반의 신보만이 있었지요. 아마도 그 자가 어디서 혈사신보를 훔쳐 달아나다 그곳에서 죽은 모양입니다. 급히 훔치다 보니 절반만 취한 듯하더군요."

왕춘이 모걸루가 묻지 않은 말까지 입에 올렸다. 그런데 그때 모걸루는 무척 당혹스런 상황에 처해 있었다. 애초에 모걸루가 왕춘에게 혈사신보를 보자고 했을 때는 신보를 자신에게 건네 달라는 의미였다. 그래서 모걸루는 지금도 왕춘을 향해 한 손을 내밀고 있었다. 그런데 왕춘은 그런 모걸루의 손길을 못 본 체하며 혈사신보를 손에 들고 자신이 하고 싶은 말만 지껄이고 있었던 것이다.

모걸루는 노련한 사람이다. 그가 삼십육진의 대주가 된 것은 금문에서 그의 무공뿐 아니라 그의 심기 또한 대막의 진출의 초석을 다질 만큼 대단하다는 것을 인정했기 때문이었다. 그러니 노련한 그가 왕춘의 의도를 읽지 못할 리 없었다.

"그래서… 왕 노협은 그 신보를 어찌하실 생각이오?"

모걸루가 왕춘을 향해 내밀었던 손을 어색하게 거둬들이며 물었다. 정중해진 그의 말투에서 감춰진 한 줄기 적의가 느껴진다. 그러나 왕춘은 그런 모걸루의 기분을 아는지 모르는지 득의한 표정으로 대답했다.

"강호의 옛말에 보물의 주인은 하늘이 정한다고 했지요."

"그래서 하늘이 왕 노협께 그 신보를 선물했다는 것이오?"

"물론 그렇지요. 하지만 하늘이 제게 이 신보의 주인이 되라고 한 것인지, 혹은 이 신보를 진정한 주인에게 전해주는 심부름꾼 역할을 맡긴 것인지는 아직 모르지요."

왕춘의 말에 모걸루가 눈빛을 반짝였다. 이미 왕춘의 마음을 한 번 훑고 나온 듯한 표정의 모걸루였다.

"큰 거래를 하고 싶으신 모양이오?"

모걸루가 은근한 말투로 물었다.

"세상에서 이보다 값진 보물이 없다고 했으니… 저 또한 이 신보 덕에 말년의 운이 트이지 않을까 기대가 되기는 합니다."

"하지만 강호엔 또한 이런 말이 있소. 감당할 능력이 없는 보물은 보물이 아니라 혈보라고 말이오."

그러자 왕춘이 아무렇지도 않게 대답했다.

"그런 면에서 보자면 전 운이 아주 좋은 편이지요. 다행히 금문이라는 강호제일세에 속한 문도일 뿐 아니라, 여기 아주 좋은 친구의 도움도 얻고 있으니 말입니다."

왕춘이 곁에 서 있는 석요송을 가리켰다. 그러자 모걸루가 석요송을 한 번 바라보고는 조금 부드러워진 목소리로 다시 물었다.

"그래서 왕 노형은 그 신보를 가지고 뭘 얻으실 생각이오?"

모걸루의 말에 왕춘이 스스럼없이 대답했다.

"처음 제가 이 친구의 길잡이로 이곳에 오기로 했을 때 우풍사 어른께서 한 가지 약조를 하셨지요. 이번 일이 끝나면 제게 금부에 적을 올릴 영광을 주시겠노라고 말입니다."

"음, 그런 일이 있었소? 금부에 적을 올리는 일은 우리 금문 문도에겐 여간 영광스러운 일이 아니지."

모걸루가 짐짓 고개를 끄덕였다. 그 정도로 배려를 해주었으면 신보를 내놓아야 하는 것이 아니냐는 듯한 표정이었다. 그러나 여전히 왕춘은 그런 모걸루의 표정에 아랑곳없이 말을 이었다.

"금부에 적을 올리면 자자손손 금문의 정통문도로서 강호를 종횡할 수 있지요. 하지만 그렇다고 해도 북방초원의 지배자들을 탄생시켜왔던 이 혈사신보를 얻은 공은 금부에 적을 올리는 것 정도로 끝낼 일이 아니지요."

"그럼 뭘 원하시오?"

모걸루가 조금 기분이 상한 듯한 표정으로 물었다. 그런 모걸루에게 왕춘이 더욱 당황스러운 대답을 내놓았다.

"제가 원하는 것은 우풍사 어른을 뵌 후 말씀드리지요. 그때까지는 이 신보를 제가 가지고 있겠습니다."

"생사를 장담할 수 없는 시기요. 진정 신보를 지켜낼 수 있겠소?"

모걸루가 차가운 목소리로 물었다.

"자네가 날 지켜주겠지?"

모걸루의 추궁에 왕춘이 석요송을 보며 물었다. 그러자 석요송이 고개를 끄덕였다.

"힘닿는 데까지 지켜드리지요."

＊ ＊ ＊

두두두!

일진광풍을 일으키며 오십여 두의 마필이 초원을 질주했다. 마른땅에 먼지 구름이 일어나 거대한 해일을 만들었다. 그러자 그 맞은편에서도 지축을 뒤흔드는 괴성이 일어나더니 일백여 기의 마필이 마주 달려오기 시작했다. 그렇게 초원을 가로지른 두 무리가 이십여 장을 사이에 두고 거짓말처럼 질주를 멈췄다.

그리고 잠시 후 북쪽에서 내려온 일백여 명의 무리 중에서 검은 천으로 머리를 감싸고 희끗한 수염이 자란 얼굴을 한 자가 앞으로 나섰다.

"금문의 영웅들이시오?"

흰 수염이 자란 것으로 보아 족히 육십은 넘었을 노인의 입에서 이십대 청년 못지않게 강건한 목소리가 흘러나왔다. 그러자 남쪽에서 올라온 오십여 명의 사람 중에서도 한 사내가 앞으로 나섰다.

"또 보는구려."

사내의 말에 노인이 고개를 끄덕이며 대답했다.

"역시 금문의 우풍사셨구려. 지난번 북로의 길에서 돌아가신 후 다시 오실 줄은 몰랐소이다."

노인이 약간 조롱기가 섞인 음성으로 말했다. 그러자 금문의 우풍사 모길이 담담한 표정으로 대답했다.

"지난번에 물러난 것은 이미 우리 형제가 흑사풍의 봉쇄를 뚫고 삼십육진에 먹을 것과 마실 것을 전해주었기 때문이오. 일단 삼십육진의 형제들 안위가 편해졌으니 금문과 흑사풍의 일은 대화로 푸는 것이 좋겠다 생각하여 물러갔던 것이오."

모길의 말에 노인의 얼굴에 웃음기가 감돌았다.

"아, 그러셨구려. 나 역시 금문의 우풍사께서 싸움이 두려워 물러나셨을 거라고는 생각지 않았소. 그런데 대화로 모든 문제를 풀자고 하시면서 어찌 우리의 제안을 받아들이시지 않은 것이오?"

"삼십육진을 물려 달라는 제안 말이오?"

"그렇소."

노인이 고개를 끄덕였다. 그러자 모길이 고개를 저으며 말했다.

"일대주께서 하신 그 제안은 우리 금문으로서는 도저히 받아들일 수가 없는 것이었소."

모길을 상대하고 있는 자는 흑사풍 십이대주 중 일대주의 지위에 올라 있는 영파다. 흑사풍의 실질적인 주인이라는 구성을 제외하고는 강호에 가장 널리 알려진 흑사풍의 고수이며, 또한 항간에는 향후 구성은 물론 대천성의 자리까지 노릴 수 있는 인물이라고 알려진 자였다.

"그 말은 우리의 제안에 문제가 있었다는 것이구려."

영파가 되물었다.

"그렇소이다."

"그래 어떤 문제가 있었소?"

"본래 협상이란 것은 서로 주고받는 것이 있어야 성사되는 법이오. 그런데 흑사풍에서는 우리에게 삼십육진을 물리라는 요구만 했을 뿐, 그 대가로 흑사풍에서 무엇을 내어줄 수 있는지는 말하지 않았소. 그러니 금문으로서는 아무런 소득도 없이 흑사풍의 제안을 받아들일 수 없었던 것이오. 설마 일대주께서 이 이치를 모르지는 않을 것 같소이다만……."

모길의 말에 영파가 고개를 갸웃하며 말했다.

"지금 우풍사께서 하신 말씀은 동의하기 어렵구려."

"무엇이 말이오?"

"우리가 아무것도 내놓지 않았다고 하는데 우린 기실 금문에 가장 중요한 것을 내어 놓았소이다."

"그게 무엇이오?"

"금문삼십육진에 나가 있는 수십 명 문도의 목숨을 살려주겠다고 하지 않았소? 천하에서 사람 목숨보다 중요한 것은 없는 법, 우리로서는 가장 가치있는 대가를 내어놓을 거라 생각하오만……."

영파의 말에 모길이 한 줄기 미소를 흘렸다.

"사람의 목숨이 세상에서 가장 귀중한 것은 분명하지만 흑사풍이 삼십육진 형제들의 목숨을 대가로 내놓으려면 그들의 목숨을 손에 쥐고 있어야 하지 않겠소? 그런데 난 오늘 아침에도 삼십육진의 대주로부터 자신들이 아주 강건하며 또한 걱정되었던 물까지 얻었다는 전서를 받았소. 그런데 그들의 목숨이 어찌 흥정거리가 될 수 있겠소?"

모길의 말에 영파가 살짝 인상을 찡그리며 말했다.

"먹을 것과 물이 있다고 그들의 목숨이 보장되는 것은 아니오."

"이제 곧 우리가 그들에게 갈 테니 그들의 목숨이 위험해질 일은 없을 것이오."

"과연 그렇게 생각하시오?"

"그렇소. 금문 행보를 막을 자는 천하에 없소."

"음… 어쩔 수 없구려. 금문에서 거래를 원치 않으니 마땅히 우리 흑사풍에서 거래에 나서게 해드리는 수밖에……."

영파의 말에 모길이 차가운 목소리로 말했다.

"그동안 흑사풍이 보여준 위세로도 충분하오. 우리 금문은 향후 대막에서 흑사풍의 행보를 존중할 것이오. 그러니 이쯤에서 삼십육진의 봉쇄를 푸시구려. 만약 큰 불상사라도 일어난다면… 청도의 도주께서 직접 금문삼혈의 고수들을 이끌고 대막으로 오실 것이오."

"청도주의 발걸음이 그리 가볍지는 않을 것이오. 그리고… 그분이 친정에 나서기에는 연세가 너무 많지 않소?"

"정녕 그리 생각하시오?"

모길이 영파를 쏘아보며 물었다. 그러자 영파가 슬쩍 모길의 눈길을 피하며 대답했다.

"오늘부터 삼 일 동안 본 흑사풍의 대천성께서 직접 금문의 삼십육진을 공략하실 것이오. 또한, 우리는 이곳에서 그대들의 발을 묶을 것이오. 만약 삼십육진의 금문 문도들이 이삼일을 버텨낸다면, 그땐 우리가 물러날 것이오. 그러면 그들의 목숨과 고성은 온전히 금문의 것이 될 것이오. 그러나 과연 그들이 삼 일을 버틸지는 의문이구려."

영파의 말에 모길의 안색이 어두워졌다. 그리고는 이해가 가지 않는다는 듯 물었다.

"도대체 왜 흑사풍이 그렇게 삼십육진에 집착하는지 모르겠구려. 단순히 본 문의 대막 진출을 막으려는 것이라고는 생각하기 어렵소. 이건… 흑사풍의 존망과도 연결될 수 있는 문제요."

모길의 말에 영파가 고개를 끄덕였다.

"이해하기 어려울 수도 있소. 그러나… 어찌 되었든 우리 흑사풍은 그 고성을 반드시 취해야겠소. 그러니 파국을 막으려면 금문에서 양보를 하시구려."

그러자 모길이 잠시 생각에 잠겼다가 입을 열었다.

"두어 시진 시간을 줄 수 있겠소?"

모길의 말에 영파가 반색을 했다.

"좋소이다. 큰 거래에 어찌 시간을 아끼겠소."

"좋소. 그럼 다시 한 번 본 문의 수뇌분들과 상의를 해보겠소. 그러나 우리 금문이 흑사풍과의 싸움을 두려워한다고 생각하지는 마시오. 오늘 나와 함께 오신 분들 중에는 금문팔종의 장로분들도 계시오. 그러니, 비록 숫자는 적으나 길을 뚫자면 어려울 것도 없소."

"그렇구려. 과연 금문의 장로들께서 나서셨구려. 부디 서로에게 좋은 쪽으로 결론을 내주시기 바라오."

영파가 한발 양보하며 뒤로 물러났다. 그러자 모길이 잠시 흑사풍의 무리를 노려본 후 재빨리 말을 돌려 금문의 문도들 사이로 되돌아갔다.

금문과 흑사풍의 고수들은 초원 위에서 대치한 채 두 시진을 흘려보냈다. 팽팽한 긴장감이 양쪽 진영을 오갔지만, 도검의 충돌은 어디서도 없었다.

영파를 비롯한 흑사풍의 고수들은 초조한 기색으로 금문에서 결론을 내기를 기다리고 있었다. 그러나 금문의 고수들은 쉽사리 결론을 내지 않았다.

모길이 다시 흑사풍의 고수들 앞에 나선 것은 그로부터 다시 반시진이 지난 후였다. 모길이 나서자 영파가 기다렸다는 말을 몰아 모길 앞으로 다가갔다.

"그래 결론은 내렸소?"

영파가 물었다. 그러자 모길이 고개를 끄덕였다.

"그렇소이다. 우린 결론을 내렸소이다."

"그래 어떻게 하시기로 했소?"

"금문은 그대들의 요구에 따라 삼십육진에서 철수할 것이오."

모길의 말에 영파가 반색을 했다. 그로서는 비록 모길을 설득

하기는 했으나 정말 금문의 고수들이 삼십육진에서 철수할 것이라고는 기대하지 않았던 것이다.

"정말 철수를 하시겠소?"

"물론이오. 그러나 앞서 말했듯이 거래는 거래. 우리에게도 조건이 있소."

"무슨 조건이오. 뭐든 말씀해보시구려."

삼십육진이 점거한 고성을 얻을 수 있다면 무엇이든 들어주겠다는 듯 영파가 서둘러 물었다. 그러자 모길이 침착한 어조로 말했다.

"애초에 우리 금문에서 대막 안에 삼십육진을 세운 것은 대막 무림에 진출하겠다는 의도보다는 대막무림이 흥안령을 넘어 요동으로 들어오는 것을 견제하기 위함이었소. 그러니 기실 삼십육진은 대막무림에 큰 위협이 되는 것은 아니오."

"음… 알겠소. 금문의 선의를 믿겠소."

이미 삼십육진을 물리겠다고 한 마당에 그 존재 이유를 두고 모길과 언쟁을 할 필요가 없는 영파다.

"그러므로 우리가 삼십육진에서 물러나기 위해서는 두 가지 약조가 필요하오."

"말해보시오."

"첫째는 대막무림은 몰라도 흑사풍은 흥안령을 넘어 요동으로 넘어오지 않겠다는 약조를 하는 것이오."

"음… 그 문제는…….."

영파가 말꼬리를 흐렸다. 대저 강호무림의 판세란 세속과 달라서 각 세력의 영역이 암묵적으로 인정되기는 해도 나라의 국

경처럼 선으로 긋듯 결정되는 것이 아니었다. 더군다나 흑사풍
은 종종 홍안령을 넘어 요동 쪽으로도 약탈을 자행하며 자신들
의 재원을 마련했기에 모길이 내건 조건은 쉽게 승낙할 수 없는
것이었다. 그러나 영파의 고민은 그리 오래가지 않았다.

"좋소이다. 약조하리다."

"대천성 어른이 약조한 글을 받을 수 있겠소?"

"그러리다. 다른 조건은 뭐요?"

영파가 다시 물었다. 그러자 모길이 손을 들어 초원의 아래쪽
을 가리키며 말했다.

"금문에게 야천릉을 주시오. 고성의 삼십육진을 야천릉으로
옮기겠소. 물론 우리 금문 역시 야천릉에 삼십육진을 두는 대신
더 이상의 고수를 홍안령 바깥쪽으로 보내지 않겠다는 약조를
하리다. 다시 말해 야천릉의 삼십육진은 오로지 대막무림이 홍
안령을 넘어 요동으로 오는 것을 경계하는 일에만 집중한다는
것이오. 가능하겠소?"

"야천릉을 달라!"

영파가 조금 놀란 표정으로 말했다. 앞서의 약조는 그저 말과
글로 하는 것이지만 야천릉을 내놓는 것은 대막의 초입이라 할
지라도 실질적으로 금문이 대막에 발을 들여놓는 것을 인정하
는 일이라고 할 수 있었다.

"이 일은 우리 금문으로서도 양보할 수 없는 일이오. 그 이유
는 애초에 삼십육진을 세운 목적을 이어가려는 것도 있지만 이
대로 대막에서 물러나서는 우리 금문의 체면이 너무 손상되기
에 강호 형제들의 웃음거리가 되고 말 것이기 때문이오. 그래서

야 향후 금문이 강호에서 어찌 대사를 도모할 수 있겠소? 이런 사정은 일대주께서도 잘 아시리라 믿소."

"음… 이 일은 아무래도 대천성님의 답을 들어야 할 것 같소."

"좋소이다. 얼마의 시간이 필요하오?"

"하루면 족하오."

영파의 대답에 모길이 고개를 끄덕였다.

"알겠소이다. 그럼 이곳에서 하루를 기다리리다. 그리고 정확하게 내일 이 시간까지 답이 없으면 우린 삼십육진으로 가는 길을 뚫을 것이오."

"아마도… 그런 일은 없을 거요."

영파가 무겁게 대답을 하고는 신형을 돌렸다.

*   *   *

까악까악!

메마른 대지 위로 까마귀 떼가 몰려들었다.

"젠장 싸우겠다는 거야 말겠다는 거야?"

왕춘이 성벽에 위로 고개를 내밀고 밖에 몰려와 있는 흑사풍의 고수들을 보며 말했다. 고성으로부터 백여 장 밖에 세워진 흑사풍의 진영에는 적어도 일백인 이상의 사람이 머무는 것으로 보였고. 그 뒤쪽으로는 수백 필의 말들이 머물러 있었다.

그렇게 성 밖에 머물면서도 흑사풍의 고수들은 삼십육진을 공격하지 않았다. 그렇다고 진지에서 휴식을 취하는 것도 아니어서 하루에도 몇 번씩 삼십육진의 주변을 말을 몰아 일주하고는 했다. 아마도 삼십육진의 금문 고수들에게 두려움을 심어주기 위한 행보인 듯 보였다.

흑사풍이 삼십육진의 출로를 봉쇄한 이후 이렇게 가깝게 다가와 위협을 가한 일이 없었기에 삼십육진 금문 고수들의 긴장도 날이 갈수록 더해갔다. 편히 잠을 자는 사람들도 없었기에 그들의 몸은 며칠 새 피곤으로 녹초가 되어가고 있었다.

"이런 상태로 싸웠다가는 필패지."

왕춘이 주변을 돌아보며 혀를 찼다. 성벽에 올라 적을 경계하는 금문 고수들의 얼굴에 드러난 피로감을 두고 하는 말이었다.

"싸움이 벌어지면 또 다를 수가 있지요."

"그런가? 그런데 저들이 왜 갑자기 이렇게 험하게 나오는 걸까?"

"아마도 이상한 점을 눈치챘겠지요."

"이상한 점이라니?"

"더 이상 삼십육진에서 소식이 오지 않으니 당연히……."

"으흠, 이제 간자가 잡혔다는 걸 알았다는 말이군."

"그렇겠지요. 그래서 혹여라도 혈사신보의 비밀이 발설되었을 지도 모른다는 불안감에 서두르고 있는 것이겠지요."

"그렇다면 정말 저들이 공격을 해올 수도 있겠군."

"아마도 조만간 올 겁니다."

"제길… 정말 이 물건이 보물이면서도 요물이군."

왕춘이 혈사신보가 들어 있는 가슴을 툭툭 쳤다.

"신보는 좀 살펴보셨습니까?"

"음, 보았네."

"무서운 검공이지요?"

"그렇더군. 하지만 신보의 다른 쪽, 그러니까 혈사심공이 없이는 그 위력의 태반도 발휘하기 어렵겠더군."

"그렇더군요."

"자네가 별 소용이 없다고 했듯이 나도 그렇다네. 혈사심공이 있다면 모를까."

"심공까지 얻는다면 천하제일을 다툴 무공을 얻게 되는 거지요."

"후후, 만약의 경우에 말이지. 하지만 그 만약을 기다리기에는 내 나이가 너무 많아. 더군다나 천하제일의 무공을 얻은들 쓸 데도 없고. 나야 그저… 흐음."

왕춘이 말을 하다 말고 입을 닫았다. 그의 시선이 고성의 하늘 위로 향했다. 마침 한 마리 전서구가 바람을 타고 날아와 까마귀 떼에 잠시 놀란 듯 주춤거리다가 서둘러 고성 안으로 내려앉았다. 삼십육진의 무사 하나가 분주히 움직여 전서구를 팔 위에 올린 후 분주하게 대주 모걸루를 향해 뛰어갔다.

"철수한다!"

갑작스러운 명에 사람들 얼굴에 안도와 회한 그리고 약간의 아쉬움이 드러났다.

"진정 철수의 명이 떨어졌습니까?

부대주 선우조가 믿을 수 없다는 듯 되물었다.

"그렇다. 오늘 저녁 안에 진을 비운다. 목적지는 야천릉이다."

"야천릉이라면……."

듣고 있던 왕춘이 고개를 갸웃하며 중얼거렸다.

"왜 그러시죠?"

석요송이 뭔가를 골똘히 생각하는 왕춘을 보며 물었다.

"음, 야천릉이 퇴각지라면… 거래가 이뤄진 것이군."

"어떤 거래를 말씀하시는 겁니까?"

"야천릉은 자네도 알다시피 대막 초입의 요지네, 물이 있는 곳이고. 평야에서 적을 막아낼 수도 있는 곳이지. 그래서 흑사풍이 삼십육진을 고립시킬 때 가장 먼저 점령한 곳이 야천릉이야. 그곳으로 퇴각을 하라는 것은 곧 흑사풍이 금문에 야천릉을 내어줬다는 말이 아니겠는가? 고성을 내어주고 야천릉을 얻은 것일세. 더불어… 혈사신보라면 금문에 남는 장사지. 혈사신보가 없는 이 고성은 흑사풍에게는 크게 쓸모가 없는 곳 아니겠나?"

"위험하겠군요."

"그건 또 무슨 말인가?"

이번에는 왕춘이 물었다.

"그들이 이 성에 들어온 후 혈사신보를 우리가 찾아낸 것을 알면 필시 우릴 추격할 것입니다. 야천릉에 당도하기 전에 따라잡힐 확률이 높지요."

"그렇긴 하지만… 시간은 벌 수 있지."

왕춘이 묘한 미소를 지으며 말했다.

쿠쿠쿵!

오래된 낡은 우물이 위에서부터 무너져 내렸다. 거대한 돌들이 밀려들어 간 우물은 이제 영원히 그 역할을 하지 못할 터이다.

"이렇게 해놓으면 그들도 혼란스러울 거야. 우리가 혈사신보를 취했는지 아니면 자연스레 우물이 무너진 것인지 모를 테니까."

왕춘이 득의한 표정으로 말했다. 그러자 모걸루가 입을 열었다.

"하루가 걸리지 않을 것이오. 그들이 우물 속 석실에 도달하는 것은… 그들에겐 일백이 넘은 사람이 있소. 새로 우물을 파도 하루면 족할 거요."

"초원에서 하루면 아주 긴 시간이지요. 야천릉에 금문의 고수들이 나와 있다면 결국 우린 살게 될 것입니다."

왕춘이 말했다.

"그리되길 빌겠소. 자, 모두 서둘러 준비하라."

모걸루의 명에 삼십육진의 무사들이 일제히 성을 떠날 준비를 하기 시작했다.

석요송 일행이 성을 떠난 것은 해가 질 무렵이었다. 적들이 우물 속 석실을 살피는 시간이 좀 더 걸리도록 밤에 성을 출발한 일행이었다. 서른 명의 삼십육진 고수들은 성을 벗어나자마자 바람처럼 남쪽을 향해 달리기 시작했다.

그렇게 금문 삼십육진의 고수들이 철수를 한 후 채 반시진이 지나지 않아 흑사풍의 고수들이 일제히 성안으로 밀려들어 왔다.

쿵!

메마른 손이 벽을 쳤다. 그러자 석실이 우르렁거리더니 이내 한 무더기의 돌들이 무너져 내렸다.

"고정하십시오. 대천성!"

흑사풍의 주인들이라 불리는 구성 중 석요송을 상대했던 갈생이 급히 노인을 말렸다.

"아우님 지금 내게 고정하라 하였나?"

"물론 신보가 사라진 것이 큰일이기는 하나 아직은 기회가 있습니다."

"기회가 있다? 놈들이 우물을 무너뜨리고 가는 통에 하루가 지났네. 그런데 여전히 우리에게 기회가 남아 있단 말인가?"

"마침 십이대가 야천릉 근처에 도달해 있습니다."

"십이대!"

노인의 눈에 반색의 기운이 떠올랐다.

"십이대가 놈들의 앞을 막아 시간을 끌어준다면 충분히 따라 잡을 수 있을 것입니다."

"으음. 그래 어차피 그 물건은 섭몽 그 아이를 위한 것이었다. 그러니 그 아이가 직접 물건을 취하는 것도 좋은 일이지. 전하게. 어떤 희생을 치르더라도 내가 도착할 때까지 그들을 막으라고!"

"알겠습니다, 대천성!"

끝없이 이어질 것 같던 메마른 사막이 한순간 푸른 초지로 변했다. 사막을 벗어나자 생명의 기운이 꿈틀대는 초원이 펼쳐졌다. 초원에 이르자 일행의 움직임은 더욱 빨라졌다. 세상 끝을 향해 달려가듯 일행은 바람처럼 남쪽으로 질주했다.

"워워워! 잠시 휴식을 취한다. 시간은 이각이다!"

문득 가장 선두에서 일행을 이끌고 있던 삼십육진의 대주 모걸루가 말고삐를 당기며 소리쳤다. 그러자 삼십육진의 고수들이 기다렸다는 듯이 말을 세우고는 말에서 뛰어내려 말들이 숨을 고르게 해줬다.

석요송과 왕춘도 말 등에서 내려섰다. 길고 험한 여행이었지만 다행히 그들이 타고 있는 말들은 왕춘이 삼십오진을 떠날 때 고르고 고른 최고의 말이었기에 말들이 지친 기운은 그다지 없어 보였다.

"이미 추격이 시작됐겠지?"

왕춘이 서북쪽 하늘을 보며 말했다. 여전히 구름 한 점 없이 푸른 하늘이다.

"이틀이 지났으니 그렇겠지요."

석요송이 담담히 대답했다.

"흐흐흐, 그 대천성이란 자의 얼굴을 한 번 봤으면 좋았을 텐데."

왕춘이 음흉한 미소를 지으며 말했다.

"그는 어떤 사람이지요?"

"나도 얼굴을 보지 못했네. 항상 장막 뒤에서 흑사풍을 조정하는 자라서. 거친 흑사풍을 이끄는 자답지 않게 심기가 무척 깊은 자로 알려져 있네. 물론 무공은 말할 것도 없고. 사실 강호무림의 고수들 중에서 그를 감당할 고수는 손으로 꼽을 정도라고 하지. 북천십이문 중 일문의 주인이니 당연하겠지만서도……."

왕춘의 말에 석요송이 고개를 끄덕이다가 문득 뭔가 생각이 떠올랐다는 듯 정색을 하며 물었다.

"그런데 오래전부터 북천십이문이라는 말을 들었는데 북천십이문은 어떻게 생겨난 것입니까?"

석요송의 질문에 왕춘이 황당한 표정으로 석요송을 보며 말했다.

"자넨 정말 그동안 세상과 담을 쌓고 무공수련만 한 모양이군. 아니 그래도 그렇지. 강호에서 활동을 하려면 적어도 기본적인 강호정세는 알아야 하는데 북천십이문을 모른단 말인가?"

"그럴 기회가 없었지요."

"흐음. 아무튼, 자네도 재미있는 사람이야. 북천십이문이란 황하 이북에서 군림하고 있는 열두 개의 무림문파를 일컫는 말이네. 이 말은 본래 강호삼대현자라는 지천사(知天士) 서성이 입에 올린 말에서 유래했는데 그는 당금무림의 중심은 중원에서 북방으로 옮겨갔으며 결국 황하이북에 강성한 열두 문파 중에서 천하 무림의 패자가 나올 거라 예상했네. 북천십이문은 바로 그가 지목한 열두 개의 문파를 가리키는 말이네."

"어떤 문파들이 있지요?"

"그가 지목한 열두 개의 문파는 금문, 토하곡, 장백파, 성하장원, 천오문, 일월문, 흑사풍, 묵철가, 북해빙궁, 모용세가, 공손세가, 천랑원을 말하네. 이 중에는 현 강호에서 명성을 떨치는 문파도 있고, 혹은 천랑원이나 천오문처럼 강호에 잘 알려지지 않은 문파도 있지. 그러나 강호의 정세에 정통한 사람이라면 지천사 서성의 판단이 틀리지 않다는 것을 인정하고 있다네. 그래서 그의 입에 언급된 이 열두 문파는 항상 사람들의 관심의 대상이 되고 있다네."

"토하곡도… 있군요."

석요송이 말꼬리를 흐리며 말했다. 그러자 왕춘이 기이한 눈으로 석요송을 보며 물었다.

"토하곡과 인연이 있나? 그들은 이미 강호를 떠나 은둔한 것으로 알려진 문파인데? 사실 지천사 서성이 북천십이문을 말한 것도 이미 수십 년 전의 일이라……."

"인연이 있는 곳이지요."

"그런가? 하긴 자네의 성이 석씨이니 인연이 있을 수도 있겠지. 토하곡은 석씨 일문으로 이뤄진 곳이니까."

"가는 길에 북천십이문에 대해 설명을 좀 해주시겠습니까?"

"뭐, 그러지. 그렇잖아도 입이 심심하던 차니까."

왕춘이 고개를 끄덕였다. 그때 멀리서 모걸루의 음성이 들려왔다.

"자, 출발한다. 준비하라!"

모걸루의 외침에 석요송과 왕춘도 자리를 털고 일어나 다시 말에 올랐다. 잠시 후 일행은 다시 남쪽을 향해 말을 달리기 시작했다.

*　　　*　　　*

"나에게 그게 꼭 필요할까?"

사내가 코를 후비며 중얼거렸다. 사십대 초반으로 보이는 사내는 사막과 초원을 오가는 마적 떼의 모습에 다름 아니었다. 사막의 추위와 폭염으로 단련된 살은 두껍고 검게 변해 있었으며, 그 속에 강한 근육이 꿈틀거리고 있었다. 그런 강인한 몸에 비하면 코를 후비고 있는 그의 얼굴은 게을러 보일 정도로 무료해 보였다.

"반드시 필요합니다."

그의 곁에서 오십대로 보이는 사내가 대답했다. 턱수염을 가늘게 기른 사내는 영활한 눈을 가지고 있었고, 반면에 몸은 무척 왜소했다.

"왜?"

"대주께서 흑사풍을 얻고 또 천하를 얻으시려면 그 물건이 반드시 필요합니다."

"흑서, 지금 내 무공이 부족하다고 말하는 건가?"

"물론 혈사신보를 얻게 되면 대주의 무공에 크게 도움이 될 것입니다. 하지만 천하를 손에 넣는 것은 결국 무공이 아니라 명분이지요."

"명분이라……."

"대주께서 혈사신보의 무공을 얻지 못한다 하시더라도 무공은 부족하지 않습니다. 아니 대주께서 지금 지니고 계신 무공의 절반이 사라져도 대주께서는 천하를 얻으실 수 있습니다. 이 흑서와 혈사신보만 손에 있다면 말입니다."

흑서라 불린 사내의 말에 대주라 불린 사내가 코를 파다 말고 음흉한 웃음을 흘렸다.

"흐흐흐, 흑서 그대는 지나치게 무공을 등한시하는 것 같아. 자네도 알다시피 세속의 천하야 앉은 자리에서 얻을 수도 있지만 강호무림은 다르지 않나? 강호는 결국 도검이 지배하는 세상이야."

"제 생각은 조금 다릅니다. 천하의 행보가 무공의 고하에 의해 결정된다면 어찌 천하제일인이란 소리를 듣는 자들이 하나같이 강호제패에 실패를 했겠습니까? 그건 곧 강호 역시 무공만으로는 아무것도 이룰 수 없다는 의미지요."

"글쎄… 그래도 난 어쨌든 강한 게 좋아. 내가 강하지 않았다면 그대가 내 밑에 머물겠는가?"

"킬킬, 그야 그렇지요."

흑서라 불린 사내가 손으로 입을 가리고 웃었다.

"어쨌든 그 물건이 반드시 나 가섭몽에게 필요하단 말이지?"

"그렇습니다. 대천성께서 혈사신보를 얻기 위해 금문을 적으로 돌리시기까지 한 데에는 그만한 이유가 있는 것입니다. 대천성께서는 대주를 위해 흑사풍의 명운을 거신 것이지요."

"금문이 그렇게 두려운 존재인가?"

"만약 향후 누가 천하를 얻게 될 것이냐로 제게 내기를 건다면 전… 금문에 걸겠습니다."

"뭣? 나와 흑사풍이 아니고?"

"혈사신보가 없는 한은 그렇다는 말이지요."

"청도주가 그렇게 대단한 사람이었나?"

"세상은 모르고 있지만 사실 지금 장성이북 무림은 거의 금문의 손에 들어가 있습니다. 물론 모용세가를 비롯해 몇몇 무가들이 세를 과시하고 있지만, 그들 자신도 모르는 사이에 금문의 세력은 요동을 집어삼키고 있지요. 그들이 대막에 진을 세운 것은 이미 요동의 패권을 자신하기 때문일 것입니다. 흥안령을 넘고, 장성을 넘는 것은 이제 그들이 천하를 향해 손을 뻗칠 시기가 되었다는 의미입니다."

"쩝, 그런 건가? 그럼 뭐 혈사신보를 얻는다고 해도 내게 기회가 올 것 같지는 않구만!"

"그게 그렇지가 않습니다."

흑서가 고개를 저었다. 사내가 심드렁하게 물었다.

"뭐가 그렇지 않다는 거야? 청도주의 천하가 이미 시작되었다고 그대 입으로 말해놓고서는!"

"물론 지금 상황은 그렇지요. 그러나 그런 청도주도 갖지 못한 것이 있습니다. 강호를 제패하기 위해선 반드시 필요한 것이지요."

"그게 뭔데?"

"시간입니다."

"시간?"

"그의 명은 얼마 남지 않았습니다. 이미 백이십 세를 넘었지요. 시간은… 그를 기다려 주지 않을 것입니다. 그가 죽으면 금문의 각 종파가 대립하게 될 것이고 그리되면 대주께도 기회가 생길 것입니다. 그때가 되면 반드시 혈사신보가 필요하게 되겠지요. 그 물건은 초원을 떠돌며 모전천막에 사는 모든 자를 굴복시킬 수 있는 물건이니까 말입니다."

흑서의 말에 사내가 고개를 숙여 흑서의 얼굴에 눈을 대며 말했다.

"그래? 정말 그렇단 말이지? 이 가섭몽에게도 기회가 있단 거지?"

"그렇습니다."

"좋아… 그럼 그 신보를 손에 넣자고. 놈들이 어디쯤 왔다고 했지?"

"한 시진이면 보게 되실 겁니다."

흑서가 영활한 눈빛을 흘리며 대답했다.

第七章 : 마막혈룡 가섭몽

　남쪽으로 질주하던 일행의 전진이 멈춰졌다. 특이한 모습의 사내들이 앞을 가로막았기 때문이었다. 오랫동안 사막을 유랑한 듯한 모습의 사내들, 그러나 그들의 얼굴과 눈에 드러난 생기는 이들이 길을 잃고 사막을 헤매는 자들이 아니란 것을 말해준다.

　"뭐지? 마적들인가?"

　왕춘이 일행 앞을 막아선 삼십여 명의 사내를 보며 중얼거렸다.

　"마적이라기엔… 기도들이 너무 강렬하군요."

　석요송이 대답했다.

　"그렇지? 아무래도 무공을 지닌 자들인 것 같지? 누굴까?"

　왕춘이 의문을 드러내는 사이 대주 모걸루가 앞으로 나섰다.

"웬 자들이냐?"

그러자 길을 막아선 자들 사이에서 사십대 초반으로 보이는 건장한 체구의 사내가 두툼한 도를 어깨에 걸쳐 매고 왈패와 같은 태도로 건들거리며 앞으로 나섰다.

"금문 삼십육진의 사람들이오?"

사내가 거칠게 물었다. 무례하지만 그 무례가 잘 어울리는 사내다.

"그렇다. 우리가 금문의 사람들임을 알고도 길을 막은 것인가?"

모걸루가 노기를 드러내며 물었다.

"물론 그렇소."

"정체가 뭐냐?"

"난 가섭몽이라 하오."

"가섭몽? 가섭몽이라면… 흑사풍 십이대주?"

"하하하, 날 알고 계시는구려. 맞소이다. 내가 바로 흑사풍 십이대주 가섭몽이오."

순간 금문 삼십육진의 고수들 사이에 잠시 웅성거림이 일어났다. 왕춘 역시 고개를 빼 들고 가섭몽을 살폈다.

"도대체 그가 어떤 자입니까?"

석요송이 금문 문도들의 반응이 기이하자 왕춘에게 물었다.

"음, 가섭몽이라면 사람들이 호기심을 일으킬 만하지."

왕춘이 무겁게 대답했다.

"그렇게 대단한 자인가요?"

"대단하다기보다는 신비한 자이지. 그는… 흑사풍 일대주와 함께 다음 대 흑사풍 대천성에 가장 근접한 자라고 알려져 있네. 강호에서 대막혈룡이라는 무시무시한 별호로 불리지. 그런데… 저렇게 젊을 줄은 몰랐군."

"저 나이에 대천성의 자리를 노린다면 보통 인물은 아니군요."

"음… 강호의 패자가 되기 위한 모든 조건을 갖춘 인물이라고나 할까."

"어떤 면에서 그렇습니까?"

"일단 그는 아주 든든한 배경을 지니고 있지. 그의 스승이 현 흑사풍의 대천성 금아불이네. 금아불은 평생 오직 한 명의 제자만을 들였는데 저자가 바로 그야. 흑사풍에서 금아불의 존재는 절대적이네. 그러니 그의 제자인 가섭몽 저자의 입지는 굉장히 탄탄하다고 봐야겠지. 그러나 비록 금아불의 제자라 해도 능력이 모자라면 흑사풍의 대천성 자리를 노릴 수 없네. 흑사풍은 보통 무림문파와는 다르네. 강자존의 철칙이 완벽하게 지켜지는 곳이지."

"그럼 그에게 그럴 능력이 있다는 말이군요."

석요송의 말에 왕춘이 고개를 끄덕였다.

"맞네. 그의 나이가 이제 겨우 사십 초반임에도 불구하고 무공으로 흑사풍 내에서 다섯 손가락 안에 든다고 알려졌네. 그리고 또 하나 그가 가진 힘이 더 있네."

"그게 뭡니까?"

"바로 그의 뒤에 서 있는 저자들… 흑사풍 십이대의 무사들이네. 본래 흑사풍의 열두 개의 대들은 각기 오십에서 백여 명으로 이뤄져 있지. 그런데 오직 가섭몽이 이끄는 저 십이대만이 삼십여 명으로 구성되어 있다네. 얼핏 보자면 인원이 적으니 그 힘도 다른 대에 비해 부족할 거라 생각할 수 있지만 기실 내실을 살피고 보면 그렇지가 않네. 알려지기로 흑사풍 십이대의 무사들은 그 하나하나가 특출난 재주를 가지고 있을 뿐 아니라 가섭몽에 대한 충성심으로 똘똘 뭉친 자들이라고 하네. 해서 저들은 가섭몽의 가장 든든한 배경이라고 할 수 있다네. 특히 그들이 지난 세월 대막을 종횡하며 보여준 치열하고 살벌한 행보는 사람들로 하여금 절로 두려움을 느끼게 하는 것이지."

"거친 자들인가 보군요."

"거칠고 신비한 자들이지. 그들의 행보는 다른 흑사풍의 십이대와 달리 종잡을 수가 없다네. 바람처럼 대막을 가로지르며 사람들의 이목을 피해 움직이지. 그러면서도 가끔 일으키는 혈겁은 사람들을 공포에 떨게 만든다네. 또한, 단 한 번의 패배도 없었네."

"대단하군요."

"누가 그러더군. 철혈의 피를 지닌 자들을 모아놓은 것 같다고."

"어려운 상대를 만났군요."

"삼십육진만으로는 감당하기 어려울 걸세. 자네가 나서야 할 거야."

왕춘의 말에 석요송이 시선을 돌려 가섭몽을 바라봤다.

"이미 본 문과 흑사풍 사이에는 화의가 성립되었소. 우린 고성을 넘기고 흑사풍은 야천릉을 넘기는 것으로. 그런데 흑사풍 십이대가 우리 앞을 막는 이유가 뭐요?"

모걸루가 경계의 빛을 보이며 물었다. 그러자 가섭몽이 능글거리는 표정으로 대답했다.

"거래는 여전히 유효하오. 그러나… 그대들은 고성에서 물러나서면서 우리 물건을 가지고 가셨더구려."

"그대들의 물건?"

"흐흐흐, 설마 발뺌을 하려는 것이오? 혈사신보……! 그거 위험한 물건이오. 내놓으시오. 혈사신보만 내놓는다면 우리 사이엔 아무런 일도 일어나지 않을 거요."

"혈사신보라니 그게 도대체 무슨 소리요?"

모걸루가 짐짓 시치미를 떼며 물었다.

"이거 실망인데? 천하 패자에 가장 근접해 있다는 금문의 제삼십육진 대주께서 이렇게 발뺌을 하시다니. 정말 혈사신보를 모르오?"

"혈사신보야 어찌 모르겠소. 대막의 전설로 내려오는 무공비급이 아니오? 그런데 그런 걸 왜 내게서 찾는 거요?"

"흐흐흐, 애초에 말로 해결될 일이 아니라는 것은 짐작하고 있었지. 또한, 나는 입 아프게 말을 늘어놓는 체질도 아니고… 흑서. 힘을 좀 써야 할 것 같아."

대막혈룡 가섭몽이 뒤를 돌아보며 말했다. 그러자 날카롭게 장내의 상황을 살피고 있던 가섭몽의 심복 흑서가 입을 열

대막혈룡 가섭몽 191

었다.

"저쪽도 삼십, 이쪽도 삼십, 결국 힘센 자가 신보의 주인을 될 것입니다."

이 싸움의 승패에 자신이 있다는 말투다.

"그래도 단단히 준비를 해. 어쨌든 금문의 고수분들이시니 예우는 해드려야 할 것 아닌가? 한 분도 이 자리를 벗어나지 못하게 하라고."

"알겠습니다."

흑서가 대답을 하고는 고개를 돌려 흑사풍 십이대의 무사들에게 고갯짓을 했다. 그러자 삼십여 명의 흑사풍 무사가 질풍처럼 움직여 크게 원을 그리며 금문 삼십육진의 고수들을 포위했다. 같은 숫자로 적을 넓게 포위한 흑사풍의 포위망은 허름한 그물 같았지만 말 위에 올라 있는 자들의 강렬한 안광과 외모가 그 허술함을 충분히 메워주고 있었다.

"위험한 도박을 하는군."

흑사풍 고수들이 순식간에 자신들을 포위하자 모걸루가 차가운 눈빛으로 가섭몽을 보며 말했다.

"그러게 말이오. 이쪽이나 그쪽이나 위험한 지경에 처하긴 마찬가지 같소. 그러니 지금이라도 서로 좋게 일을 마무리하는 게 어떻겠소?"

"그대들이 감히 약조를 어기고 본 문을 도발한 것에 대한 대가는 그리 가볍지 않을 것이다."

"후후, 청도주가 무서운 사람인 것은 나도 알고 있소. 나 같은 애송이가 감당할 바가 아니지. 그러나 무슨 상관이오? 우린 물건을 취한 후 대막을 넘어 천산까지 달아나면 그뿐인데. 설마하니 청도주가 천하의 대사를 제쳐놓고 우릴 추격하겠소?"

"놈!"

유들거리는 가섭몽의 대답에 모걸루가 노성을 토해냈다. 그러자 가섭몽의 눈빛도 변했다.

"내가 말이오. 이렇게 허술해 보여도 사부 말고 다른 자에게 놈 소리 들을 사람은 아니란 말이오. 아무래도 그대는 나의 도를 감당해야 할 것 같소. 물건도 물건이지만 난 욕을 듣고는 참지 않는 성미라!"

웅!

한순간 가섭몽이 어깨에 메고 있던 도를 휘둘렀다. 그러자 순식간에 그의 도가 도갑에서 벗어났다. 도신을 내뱉은 도갑이 그의 등 쪽으로 떨어지는가 싶더니 안장에 매달린 끈으로 인해 말 허리춤에서 대롱거렸다.

"너 따위를 두려워할 내가 아니다."

모걸루 역시 번개처럼 검을 뽑아냈다. 그러자 장내가 순식간에 두 사람이 뿜어내는 살기로 가득 찼다. 특히 두툼한 도를 들고 있는 가섭몽의 기도가 도를 들기 전과는 판이하게 달라져 있었다. 그는 어느새 말에 뛰어내려 두 발로 땅을 딛고 서 있었는데 그 모습이 거친 산맥에 우뚝 선 석봉처럼 단단해 보였다.

그렇다고 모걸루가 가섭몽에 비해 부족해 보이는 것도 아니었다. 모걸루 역시 검을 뽑는 것과 동시에 땅에 내려서 있었다.

또한, 그의 몸은 바람에 흔들리는 대나무처럼 꼿꼿하면서도 부드러워 너끈히 가섭몽이 뿜어내고 있는 투기를 받아내고 있던 것이다.

"내 도에는 눈이 없소."

가섭몽이 머리 위로 도를 들어 올리며 말했다.

"내 검에는 마음이 없다."

두 사람 모두 상대에 대한 살의를 감추지 않았다.

"흐흐, 좋아. 오랜만에 피 맛을 볼 수 있겠군."

가섭몽의 얼굴이 점점 야차처럼 변해갔다. 그리고 한순간 그의 몸이 훌쩍 허공으로 떠오르더니 들고 있던 도를 풍차처럼 휘둘렀다.

우웅!

가섭몽의 도에서 검은빛이 도는 도기가 일어났다. 도기는 순식간에 일장 이상으로 늘어나더니 모걸루의 목을 향해 번개처럼 날아들었다. 순간 모걸루가 가볍게 무릎을 굽혔다. 그러면서 그는 앞으로 전진했는데 가섭몽의 도기가 그의 머리 위를 스치고 지나가는 순간 모걸루의 검이 가섭몽의 다리를 베었다.

팟!

극쾌의 속도로 닥쳐드는 모걸루의 검이 가섭몽의 두 다리를 베어내려는 순간 어느새 주인의 몸을 한 바퀴 돈 가섭몽의 도가 모걸루의 검을 쳐냈다.

캉!

강렬한 충돌음이 두 사람 사이에서 일어났다. 순간 모걸루의 신형이 허공으로 떠오르더니 순식간에 오 장여를 물러났다. 한 번의 격돌에서 양쪽이 공력차이가 여실히 드러났다.

"괜찮군. 듣기로 금문의 고수들은 하나같이 강하다고 하던데 명불허전이야."

가섭몽이 모걸루의 무공이 자신의 예상보다 강하다고 느꼈는지 고개를 끄덕이며 중얼거렸다. 그러나 모걸루는 가섭몽의 말에 아무런 반응을 하지 않았다. 그 역시 이 한 번의 격돌에서 자신이 이 싸움에서 승리할 가능성이 거의 없다는 것을 깨달았던 것이다.

"다시 한 번 말하겠소. 난 그대와 같은 고수를 죽이고 싶지 않아. 그러니 혈사신보를 주시오. 그러면 그대와 나, 그리고 흑사풍과 금문 사이에는 어떤 혈사도 일어나지 않을 거요."

가섭몽이 진지한 표정으로 모걸루에게 말했다. 그러자 모걸루가 슬쩍 시선을 돌려 석요송과 왕춘을 바라보며 말했다.

"금문의 문도는 죽음 따위가 두려워 문파의 명예를 더럽히지 않는다."

"음… 그래도 목숨은 중한 것인데? 개똥밭에 굴러도 이승이 좋다지 않소?"

가섭몽이 다시 걸쭉한 목소리로 말했다.

"누가 죽고 누가 살지는 아직 결정되지 않았다."

모걸루가 다부지게 대답했다.

"허허… 고집을 부리는 거요? 보기완 달리 현명하지 못하군. 어쩔 수 없지. 죽기를 고집하면 죽음을 줄 밖에!"

웅!

다시 한 번 가섭몽의 도가 허공을 갈랐다. 그러자 이번에는 일직선을 그리며 만들어진 도기가 모걸루의 몸을 반으로 가르며 닥쳐들었다. 모걸루가 본능적으로 검을 들어 올리며 신형을 틀었다.

　쩡!

　마른하늘에 벼락이 치듯 강렬한 소리와 함께 눈부신 광채가 사방으로 퍼져나갔다. 그 속에서 가까스로 가섭몽의 도를 막아낸 모걸루가 재빨리 뒤로 물러나고 있었다. 그러자 가섭몽이 바람 같은 신법으로 모걸루를 따라붙으며 다시 도를 휘둘렀다.

　촤라락!

　가섭몽의 도가 마치 부챗살 퍼지듯이 횡으로 퍼져 나갔다. 수십 개의 도기가 동시에 폭사하는 듯한 광경이 펼쳐졌다. 모걸루의 신형은 가섭몽의 도기에 휩쓸려 난파된 배처럼 어지럽게 흔들렸다. 그러면서도 모걸루는 가섭몽의 도에 몸이 상하는 것을 어렵게나마 막아내고 있었다.

　캉캉캉!

　가섭몽은 마치 정으로 바위를 깨듯 뒤로 물러나는 모걸루를 수차례 내려쳤다. 그러자 한순간!

　깡!

　날카로운 파공음과 함께 모걸루의 검이 뎅겅 부러져 나갔다.

　"헉!"

　모걸루가 대경하며 뒤로 물러났다. 순간 가섭몽이 가차없이

모걸루의 허리를 베었다. 반으로 잘린 검으로는 도저히 막아낼
수 없는 방향이었다.

팟!

한순간 붉은 피가 허공으로 솟구쳤다. 모걸루의 허리에서 피
분수가 솟아났다. 그런데 부상을 입은 모걸루보다 그를 벤 가섭
몽의 얼굴에 더욱 살기가 돌았다. 일단 피를 보자 적을 향한 살
기가 부쩍 오르는 모양이었다.

콰앙!

가섭몽의 도가 어느새 허공으로 올라갔다가 아래로 떨어져
내렸다. 뜨거운 초원의 태양 빛이 도면에 반사되어 살기를 흩뿌
리며 아름답게 퍼져나갔다.

"앗!"

두 사람의 싸움을 지켜보고 있던 금문 삼십육진의 무사들 입
에서 안타까운 음성이 흘러나왔다. 모걸루는 경각의 위험에 처
해 있었고, 그의 동료들이 그를 구하기에는 너무 늦은 상태였
다. 사람들은 가섭몽의 도에 잘려나간 모걸루의 머리를 눈앞에
그리고 있었다. 그리고 그건 지금 상황에서는 피할 수 없는 현
실로 느껴졌다.

그런데 그때였다. 막 모걸루의 목을 베어내려던 가섭몽을 향
해 두 줄기의 빛이 눈에 보이지 않을 만큼 빠른 속도로 파고들
었다. 두 개의 빛줄기는 가섭몽의 목과 옆구리를 노리고 있었는
데 그 속도가 너무 빨라 가섭몽으로서는 모걸루의 목을 베면서
는 도저히 피해낼 수 없는 것이었다.

탁!

가섭몽이 두 발로 땅을 차며 몸을 틀었다. 인간의 본능이란 적을 베는 것보다 자신이 죽지 않는 것을 우선하는 법이다.

퍽!

가섭몽의 번개 같은 움직임이 목을 향해 날아오는 빛은 아슬아슬하게 피해냈으나 옆구리를 향해 닥쳐 든 빛줄기는 미처 피하지 못했다.

"음!"

가섭몽이 나직한 침음성을 흘리며 뒤로 물러났다. 그러자 어느새 날아온 석요송이 가섭몽과 모걸루 사이로 날아들었다.

"넌……?"

가섭몽이 갑자기 싸움에 끼어든 석요송을 노려보며 입을 열었다. 그의 옆구리에서는 앞서 그의 도에 당한 모걸루만큼이나 많은 피가 흘러나오고 있었다. 석요송의 유뢰지가 그의 옆구리를 관통했던 것이다.

"길을 여시오."

석요송이 가섭몽의 의문에 대응하는 대신 투박한 검을 들어 가섭몽을 겨누며 말했다. 그러자 가섭몽의 차가운 분노가 떠올랐다.

"정체가 뭐냐?"

"금문의 문도지, 누구겠소?"

석요송이 퉁명스럽게 대답했다. 그러자 갑자기 가섭몽 곁으로 흑서가 다가서며 가섭몽의 귀에 무슨 말인가를 속삭였다. 가섭몽이 옆구리의 상처를 지혈하며 가만히 흑서의 말을 듣고 있다가 깊은 눈으로 석요송을 바라보며 물었다.

"네가… 야천룡의 봉쇄를 뚫은 자냐?"

그러자 석요송이 고개를 끄덕였다.

"그렇소."

"이름이 석요송이라던가?"

"맞소."

석요송이 담담히 대답했다. 그러자 가섭몽이 그런 석요송을 다시 뚫어져라 응시했다. 그러다가 한숨을 쉬며 말했다.

"오늘 반드시 그 물건을 손에 넣어야겠군. 강호의 늙은이들 말고 그대와 같은 젊은 고수가 있을 줄 몰랐어. 난 사실 그 물건 그리 필요치 않다고 생각했는데 오늘 그대를 보니 생각이 달라지는군. 더군다나 그 물건이 그대 같은 사람 손에 들어간다면 더욱 위험해지겠지."

가섭몽이 모걸루를 상대할 때와는 다른 살기를 흘려내기 시작했다. 그러자 석요송이 물었다.

"그 몸으로 가능하겠소?"

"후후, 이런 정도의 부상이야 이 거친 대막에서 살아가자면 흔히 있는 일이지. 걱정 말게. 아무렇지도 않으니."

과연 가섭몽의 말처럼 그의 옆구리에서 흘러나오는 피는 이미 멎어 있었다. 가섭몽은 마치 전혀 부상을 입지 않은 사람처럼 도를 회초리처럼 가볍게 휘두르며 석요송을 향해 다가왔다.

"그대를 베면 길이 열리겠지."

석요송이 중얼거렸다.

"아마도 그럴걸세. 그러나 그러기 위해서는 자네의 목을 걸어야 할 거야."

가섭몽이 차갑게 대답했다. 그리고는 번개처럼 석요송을 향해 뛰어들었다.

차차창!

하늘을 메우는 날카로운 쇠성, 사방으로 솟구쳐 오르는 검기와 도기, 눈부신 빛의 향연이 사람들의 눈을 어지럽혔다. 사람들은 눈을 아득하게 뜨고 석요송과 가섭몽의 대결을 지켜보고 있었다.

가섭몽은 강했다. 그의 도는 거친 태풍처럼 강렬하면서도 또한 빈틈이 없었다. 어려서부터의 고된 수련과 대막에서의 경험한 실전으로 인해 가섭몽의 도는 석요송이 지금껏 경험해보지 못한 강함을 드러내고 있었다.

석요송은 생사도를 떠난 이후 최고의 상대를 만났다는 것을 일검을 나누는 순간부터 알아챘다. 그래서 석요송도 신중했다. 끊임없이 귀령보를 밟아 적의 도가 그의 몸 한 자 이내에 들어오는 것을 피해내면서 가끔 투박한 검을 들어 가섭몽의 도기를 슬쩍슬쩍 쳐냈다. 석요송은 그러면서 적의 강함에 자신의 몸을 적응시켜 나가고 있었다.

그렇게 두 사람의 초식교환이 오십여 초가 지났을 때부터 석요송이 반격을 시작했다. 아무리 거친 공세라도 일단 눈과 몸에 익숙해지면 그 허점을 드러나게 마련, 서서히 석요송의 눈에 가섭몽의 허점이 들어오기 시작했던 것이다.

반면 석요송의 반격이 시작되자 가섭몽은 조금씩 뒤로 물러나기 시작했다. 일단 석요송의 검에 실린 공력의 무게도 대단했지만, 자신의 옆구리를 관통했던 석요송의 유뢰지를 걱정하지 않을 수 없었기 때문이었다.

석요송은 침착하게 가섭몽을 향해 육박했다. 단번에 가섭몽을 벨 욕심을 내는 대신에 일 보 일 보, 일 검 일 검의 교환에서 약간씩의 이득을 얻어내면서 가섭몽을 몰아붙이는 석요송이었다.

나이답지 않은 노련한 공세에 가섭몽의 표정이 점점 어두워졌다. 가섭몽은 어느 순간 이 젊은 고수가 적어도 무공으로는 자신을 능가하고 있다는 것을 깨달았다. 그리고 생전 처음 자신이 패할 수도 있다는 불길한 예감에 휩싸였다.

그러자 가섭몽의 도가 더욱 거칠어졌다. 마음에 이는 불길한 예감을 떨쳐버리려는 듯 가섭몽의 도는 광풍처럼 석요송을 향해 밀려갔다. 그러나 석요송은 그런 가섭몽의 반격을 귀령보를 펼쳐 피해내면서 어김없이 상대의 빈틈으로 검을 찔러 넣었다.

그렇게 싸움이 석요송에게 유리하게 전개되던 한순간, 갑자기 가섭몽이 석요송으로부터 오 장 정도 거리를 벌리며 훌쩍 뒤로 물러났다. 어찌 보면 싸움을 포기하는 듯한 행동이었다. 그러나 가섭몽은 절대 이 싸움을 포기할 생각이 없었다. 대신 그는 이 싸움을 승리로 이끌기 위해 자신이 가진 가장 큰 밑천을 드러내기 시작했다.

우웅!

갑자기 가섭몽의 도가 무거운 울음을 터뜨렸다. 그러자 그의 도 주변에 검은 기운들이 모여들기 시작했다.

"묵풍암도! 과연 대천성 금아불이 그를 흑사풍의 주인으로 결정했구나!"

십여 장 떨어진 곳에서 두 사람의 싸움을 지켜보고 있던 왕춘이 나직하게 탄식을 흘렸다. 그러면서 호기심이 동한 눈으로 석요송을 바라보며 중얼거렸다.

"과연 저 친구가 흑사풍 최고의 도법이라는 묵풍암도를 이겨낼까? 만약 이겨낸다면 청도주는 정말 대단한 고수를 길러낸 것이다. 나 왕춘도 그때는 청도주 금온의 능력을 인정할밖에……!"

왕춘이 뜻 모를 말을 중얼거리는 사이 가섭몽의 도가 석요송을 덮쳤다.

꽈릉!

한여름 어두운 구름이 폭풍을 몰아오듯 그렇게 뇌성벽력 같은 굉음이 일어나며 석요송의 머리 위로 검은 도기가 내리꽂혔다. 석요송은 경계심을 드러낸 눈으로 자신을 덮치는 검은 구름과 그 구름 속에서 내리꽂히는 도기들을 응시하고 있었다.

그러다 문득 자신의 처지를 깨달은 듯 그 자리에서 슬쩍 뒤로 물러났다. 그러자 검은 도기의 구름이 석요송이 움직인 방향으로 몰려왔다. 이런 거대한 도기를 만들어내는 것도 놀랍지만, 그 기운들의 방향을 자유자재로 변화시키는 가섭몽의 무공은 놀라운 것이었다.

사람들은 그 순간 석요송의 몸이 가섭몽의 도기에 난도질당할 것이라 생각했다. 석요송 덕에 목숨을 구한 모걸루도 그런 위험을 느꼈는지 자신도 모르게 부러진 검을 든 손에 힘을 주었다.

그러나 모걸루가 할 수 있는 것은 그것이 전부였다. 그는 감히 두 사람의 싸움에 끼어들 엄두를 내지 못했다. 그러는 사이 가섭몽의 도기가 완전히 석요송의 몸을 휘감았다.

"아!"

나직한 탄식 소리가 곳곳에서 일어났다. 사람들은 이제 곧 드러날 처참한 상황을 상상했다. 도기의 기운으로 보건대 석요송이 온전한 사람의 형체를 지니고 있을 가능성은 없었다. 아마도 산산이 찢어져 그 형체를 알 수 없는 몸뚱이가 검은 도기 속에서 드러날 터였다.

그런데 그 순간이었다. 갑자기 석요송을 휘감은 검은 도기의 구름을 뚫고 한 줄기 청광이 하늘로 솟구쳤다.

"악!"

그리고 다음 순간 날카로운 비명 소리가 터져 나왔다. 동시에 검은 도기의 구름이 씻은 듯이 사라졌다. 그리고 뒤쪽으로 훌훌 날아가는 가섭몽이 보였다.

터터턱!

가섭몽이 땅에 내려서면 서너 걸음 뒤로 물러났다. 비틀거리는 그의 어깨에서 가슴까지 굵은 혈선이 드러나 있었고, 그곳으로부터 끊임없이 피가 흘러내리고 있었다.

"넌… 도대체 누구냐?"

가섭몽이 도를 땅에 꽂아 겨우 몸을 지탱하며 석요송에게 물었다. 검은 도기의 구름이 걷힌 곳에 석요송은 찢어진 옷자락을 펄럭이며 서 있었다. 그런데 옷이 찢어졌을지언정 그의 몸에선 한 방울의 피도 흐르지 않았다.

"내 이름은 알고 있지 않소?"

"네 이름을 묻는 게 아니다. 넌… 금문에서 어떤 지위에 있는 자냐?"

가섭몽의 물음에 석요송이 고개를 저었다.

"글쎄올시다. 아직은 나도 잘 모르겠소. 아마도 이번 행로가 끝나봐야 청도주가 날 어떻게 쓸지 알 수 있을 거요."

"너… 온전한 금문의 사람이 아니구나?"

"그게 무슨 상관이겠소. 어차피 금문을 위해 검을 쓸 사람인데. 그런데 계속 길을 막을 것이오? 그게 얼마나 위험한 일인지 당신이 더 잘 알 것이오. 그대와 그대의 수하들이 계속 길을 막는다면, 그대에겐 후일이 없을 것이오. 모두 죽을 테니까."

석요송의 말에 가섭몽이 부르르 몸을 떨었다. 분노인지 두려움인지 알 수 없는 눈빛이 그의 눈에서 흘러나왔다. 그렇게 한동안 모호한 안광을 흘려내던 가섭몽이 날카롭게 소리쳤다.

"길을 열어라. 물러난다!"

가섭몽의 명이 떨어지자 그의 수하들이 잠시 망설이듯 하다가 결국 포위를 풀고 한쪽으로 물러났다. 그러자 석요송이 고개를 돌려 모걸루를 바라봤다. 모걸루가 석요송을 향해 고개를 한 번 끄떡이고는 서둘러 수하들에게 명을 내렸다.

"출발한다. 서둘러라!"

모걸루의 명이 떨어지자 삼십육진의 무사들이 일제히 말을 달려 흑사풍 십이대로부터 멀어지기 시작했다. 험악했던 분위기에 비하면 양측의 피해는 거의 없는 이별이었다.

석요송은 삼십육진의 무사들이 모두 빠져나갈 때까지 기다렸다가 가장 늦게 말에 올랐다. 그러자 가섭몽이 떠나려는 석요송에게 불쑥 한마디 말을 던졌다.

"다시 보게 될 거다."

"인연이 닿으면 그리될 수도……."

석요송이 담담하게 대답했다. 그러자 다시 가섭몽이 입을 열었다. 그의 눈에서 뜨거운 불길이 솟아나고 있었다.

"난 천하를 원하는 사람이다."

"큰 야심이 있으리란 생각은 했소."

"내 앞을 막는 것은 오늘 한 번으로 족하다. 다시 내 앞을 막는 일이 생긴다면 그때는… 반드시 죽게 될 것이다."

가섭몽의 말에 석요송이 고개를 갸웃하다 대답했다.

"오늘 패한 쪽은 내가 아닌데… 몸조리 잘하시오."

석요송이 더 이상 말을 섞기 싫다는 듯 말을 몰아 질풍처럼 장내를 떠나갔다. 그는 이십여 장 밖에서 기다리고 있던 왕춘과 합류한 후 이내 남쪽을 향해 달려나갔다.

"괜찮으신지요?"

석요송 일행이 떠나자 흑서가 부리나케 달려와 가섭몽에게 물었다.

"죽을 정도는 아니야."

가섭몽이 대답을 하면서 외부로 드러난 상처가 아닌 가슴의 정중앙을 쓰다듬었다. 그러자 흑서가 놀란 표정으로 다시 물었다.

"설마 내상을?"

"조금 흔들렸어."

"어서 운기를!"

"됐어. 그 정도는 아니야. 그나저나 참 특이한 자지?"

가섭몽이 이미 한 점으로 변한 석요송을 보며 말했다. 그러자 흑서가 고개를 저으며 대답했다.

"특이한 자가 아니라 무서운 자입니다."

"무섭다고? 흑서 그대는 무공의 고하로 적의 경중을 판단하는 사람이 아니잖아?"

"그의 무공을 두고 하는 말이 아닙니다."

"하면?"

"그의 나이는 아무리 많이 보아서 스물다섯 아래입니다."

"그렇지."

가섭몽이 고개를 끄덕였다.

"본시 그 정도 나이에 절대지경에 오른 무공을 지니게 되면 오만함이 드러나게 마련이지요. 천하가 모두 자신의 손에 들어온 것 같은 착각에 빠져서 말입니다."

"지금 내 이야기를 하는 건가?"

가섭몽이 부상을 당한 몸으로도 농을 하며 웃음을 흘렸다.

"물론 대주께도 그런 면이 없지 않지만, 대주께선 충분히 그럴 자격이 있으시지요."

"흐흐, 팔은 안으로 굽는 법이라. 날 좋게 봐주는군. 어쨌든 그래서?"

"그런데 저 석요송이라는 자는 보기 드문 무공을 지니고 있으면서도 무척 침착하더군요. 상대를 경시하지도 않고… 말하자면 일렁이는 파랑이 아니라 잔잔한 호수와 같다고 할까요. 본래 그런 자는 상대하기가 힘든 법이지요. 어떤 상황에서도 흔들리지 않는 심기를 지닌 자는 술책을 쓰기 어렵지요."

"오라. 자네와 같은 사람이 상대하기 어려운 자다?"

"거기에 무공도 적수를 찾기 어려우니……."

"문무 어느 쪽으로도 상대하기 힘들다는 말이군. 듣고 보니 맞는 말이야. 이상한 자가 아니라 무서운 자야. 하지만 좋지 않은가? 강한 상대를 알게 되었다는 것은……."

"그렇긴 하지만……."

흑서가 뭔가를 말하려다 말고 말꼬리를 흐렸다.

*　　　　*　　　　*

동쪽으로는 아스라이 흥안령의 높은 능선 자락이 눈에 들어오고 서쪽과 북쪽으로는 끝없는 대지가 펼쳐져 있는 곳, 여행자들이 지친 몸과 마음을 쉬어가기 위해 쉼없이 찾아들던 야천릉에 며칠 전부터 금문의 깃발이 휘날리고 있었다.

금문의 수뇌들이 야천룽과 고성을 맞바꾸기로 한 것은 물론 석요송과 왕춘이 혈사신보를 찾아냈기 때문이었지만, 설사 혈사신보가 아니더라도 삼십육진이 자리를 잡고 있던 고성과 야천룽은 그 가치로 볼 때 어깨를 견줄 만한 곳이었다.

　혈사신보를 손에 넣고 야천룽까지 얻어냈으니 금문으로서는 이 거래에서 제법 큰 이득을 얻었다고 할 수 있었다. 덕분에 석요송과 삼십육진의 무사들이 흑사풍의 추격을 따돌리고 야천룽에 당도했을 때 우풍사 모길을 포함한 금문의 고수들은 한껏 승전의 분위기에 빠져 있었다.

　그런데 그런 그들의 기분을 단번에 깨뜨려 버리는 존재가 있었다. 바로 품속에 혈사신보의 반쪽을 품고 있는 왕춘이었다.

　왕춘은 혈사신보를 품고 야천룽으로 돌아온 이후에도 자신의 품속에서 혈사신보를 내어 놓지 않았다. 금문의 고수들이 모두 혈사신보에 관심을 보이고 있었지만 왕춘은 그런 사람들의 시선에 아랑곳없이 계속 자신이 혈사신보를 지니고 있었다.

　처음 사람들은 그래도 그날 저녁이 되면, 아니 적어도 그 다음 날이 되면 왕춘이 혈사신보를 우풍사 모길에게 건넬 것이라고 생각했지만 왕춘의 품에 들어 있는 혈사신보는 사람들 눈앞에 나타날 생각을 하지 않던 것이다.

　"언제까지 신보를 가지고 계실 겁니까?"

　야천룽을 뒤덮은 수십 채의 천막 중 한 곳에서 늦은 아침을 해결한 석요송이 왕춘에게 물었다. 그러자 왕춘이 눈을 가늘게 뜨며 대답했다.

"급한 것은 내가 아니니까."

"괘씸하게 생각할 수도 있습니다."

"그래도 어쨌든 지금 혈사신보의 주인은 나니까."

왕춘이 빙그레 미소를 지었다. 그러자 석요송이 한참 왕춘을 바라보다 불쑥 물었다.

"설마 우풍사와는 거래를 할 수 없다는 생각이신가요?"

"후후, 역시 똑똑하군. 우풍사로는 부족해."

왕춘이 단호하게 대답했다.

"그러나 이곳에 나와 있는 금문의 고수 중에서는 우풍사께서 최고의 지위에 올라 있는 사람이 아닙니까?"

"물론 그렇지. 그러나 금문 전체로 보자면 좌우풍사는 결국 청도주가 각지의 종파들을 관리하기 위해 부리는 사람들일 뿐이야."

"하면 어떻게 하실 생각이십니까?"

"기다려 보세. 이번 흑사풍과의 일은 무척 중요한 일이라. 필시 금문에서도 이 사단을 책임지고 마무리할 사람을 보낼 걸세. 적어도… 금문십육사 정도는 되어야 거래가 되겠지."

"십육사라면……?"

"그건 자네도 알고 있지?"

"물론이지요. 금문의 열여섯 장로를 말함이 아닙니까? 실질적인 금문의 주인들이지요. 그런데 그들이 과연 이곳에 올까요?"

"분명히 올 걸세. 왜냐하면, 이 분쟁을 끝낼 권한을 가진 사람은 금문에서 오직 그 열여섯 명밖에 없으니까."

"누가 올까요?"

"아마도… 정종의 다섯 장로 중 한 명이 올 걸세. 누가 뭐래도 청도주가 당대 금문의 주인, 결국 그의 그늘 아래 있는 정종의 장로 중 한 명이 이 일을 책임지게 되겠지. 그런 사람이라면 나도 제법 큰 거래를 할 수 있겠지."

"너무 위험한 것 아닐까요?"

석요송이 걱정스럽게 물었다.

"내 걱정을 해주는 건가?"

"……?"

석요송이 대답이 없자 왕춘이 빙그레 미소를 지으며 말했다.

"고맙군. 이 늙은이 걱정을 해주다니. 그러나 걱정 말게. 금문십육사가 아니라 청도주 자신이 온다 해도 난 능히 거래를 성사시킬 자신이 있으니까."

왕춘의 대답을 들으며 석요송은 이 허름한 노인이 자신이 생각하는 것보다 훨씬 큰 사람일지도 모른다는 생각이 문득 들었다.

왕춘의 예상은 정확했다. 석요송과 삼십육진의 무사들이 야천룡에 도착한 지 삼 일째 되던 날, 홍안령 쪽으로부터 일단의 사람들이 야천룡으로 들어왔다. 그들이 도착했을 때 야천룡에 있던 금문의 수뇌들 거의 전부가 야천룡으로부터 사오 리까지 마중을 나갔으므로 그들이 보통 신분의 사람들이 아니라는 것은 삼척동자도 알 수 있었다.

그렇게 새롭게 야천릉에 들어온 사람의 숫자는 대략 이십여 명, 그중에는 한 대의 검은 마차도 있었는데, 마차에 탄 사람의 정체는 철저히 비밀에 부쳐져 있었다.

새로운 사람들이 야천릉에 들어 온 후 왕춘과 석요송이 그들 앞에 불려 가는 데에는 그리 오랜 시간이 필요치 않았다.

"우풍사께서 찾으시오."

두 사람을 찾아온 사람은 삼십육진의 대주 모걸루였다.

"누굴 말이오?"

왕춘이 석요송과 자신을 번갈아 가리키며 물었다.

"두 사람 모두 찾으시오."

모걸루의 말에 왕춘이 고개를 끄덕인 후 석요송에게 말했다.

"찾는다니 가보세. 괜히 내가 물건을 품고 있어서 자네에게까지 불똥이 튀는 것 아닌지 모르겠구만."

"그럴 일이야 있겠습니까? 가시죠."

석요송이 먼저 자리를 털고 일어났다. 그러자 모걸루가 두 사람에 앞서 걸음을 옮기기 시작했다.

"어서 오게."

석요송과 왕춘 두 사람이 모전천막 안으로 들어서자 모길이 나서서 두 사람을 맞는다. 천막 안에는 십여 명의 노고수가 두 사람을 기다리고 있었는데, 거의 대부분이 석요송으로선 처음 보는 사람들이었다.

모길의 말에 석요송도 왕춘도 아무런 대꾸를 하지 않았는데 그건 우풍사 모길의 말이 누굴 향하는 것인지 모호했기 때문이었다. 그가 혈사신보를 중시한다면 왕춘에게 하는 말일 테고, 인검을 중시한다면 석요송에게 한 말일 터였다.

모길의 의도는 금세 드러났다. 모길의 시선이 석요송에게로 향했기 때문이었다.

"청도에서 손님이 오셨네."

"알고 있습니다."

"먼저 자넬 보고 싶어 하시는군. 장로님, 이 사람이 바로 그입니다."

모길이 신형을 돌려 천막 안쪽 중앙에 앉아 있는 날카로운 인상의 노인에게 말을 건넸다. 그러자 노인이 깊고 날카로운 눈으로 석요송을 살피더니 나직하게 입을 열었다.

"자네가… 석요송인가?"

"그렇습니다."

석요송이 차분하게 대답했다. 그러자 노인이 다시 한참 동안 석요송을 바라보다 불쑥 물었다.

"자네가 흑사풍의 구성을, 그리고 장막에 가려진 대막의 신룡 가섭몽을 겪었다는데 사실인가?"

노인의 물음에 석요송이 대답했다.

"삼십육진에 다녀온 것은 확실합니다."

그러자 노인이 고개를 끄덕였다.

"그렇군. 그들을 상대하는 것이 관문이 아니었지. 삼십육진에 다녀오는 것이 관문이었지. 축하하네. 자넨 인검오관을 통과했네."

그러자 석요송이 무심한 목소리로 대답했다.

"축하를 받을 사람은 제가 아니지요."

순간 노인의 입가에 빙그레 미소가 지어졌다.

"그런가? 하긴 인검(人劍)이 된 사람보다 인검을 쓸 사람이 축하를 받아야겠지. 어쨌든 자네와의 이야기는 조금 후에 하기로 하세. 지금은… 혈사신보를 좀 봐야겠네."

노인의 시선이 왕춘에게로 향했다.

第八章　조우

"그대가 왕춘인가?"

노인이 왕춘에게 물었다. 그러자 왕춘이 조금 겁을 먹은 표정으로 얼른 고개를 숙이며 대답했다.

"그렇습니다. 왕춘이라고 합니다요."

"음, 삼십오진 소속이라고 했지?"

노인이 확인하듯 물었다.

"그렇습니다요."

왕춘이 더 깊이 허리를 숙였다.

"난 궐후라고 하네. 혹시 들어보았는가?"

순간 왕춘이 그 자리에 넙죽 엎드렸다.

"아이고 미천한 소인이 금문십육사 어른을 뵈옵니다."

"날 알고 있다니 듣던 대로 강호의 견문이 짧지 않군. 내 비록

금문십육사 중 한 사람이라고는 하나 강호에서 내 이름을 아는
자가 많지는 않지."

노인 궐후가 중얼거렸다.

"금문십육사 어르신들의 명성은 하늘에 닿아 있는데 어찌 그
위대하신 존함을 모르겠습니까? 저도 역시 금문의 밥을 먹고 사
는 자입니다요."

왕춘이 다시 자세를 낮추고 아부를 떤다. 그러자 궐후가 묘한
시선으로 왕춘을 바라보다가 입을 열었다.

"자네에게 귀한 물건이 하나 있다고?"

"운이 좋아 삼십육진이 있던 고성에서 혈사신보라는 것을 얻
었습니다. 저야 미천한 신분이니 무얼 알겠습니까마는 혹사풍
의 무리들이 이 물건을 쫓는 것을 보면 보통 귀한 물건이 아닌
듯합니다."

"후후, 듣던 대로 음흉한 면이 있군."

궐후의 말에 왕춘이 다시 자세를 낮추며 재빨리 입을 열었다.

"아이고, 무슨 말씀을⋯⋯!"

"내 이미 자네가 그 물건의 가치에 대해 누구보다 잘 알고 있
다는 걸 알고 있네. 그러니 딴청을 피울 것 없네. 더군다나 자넨
그 물건을 가지고 금문의 수뇌부와 거래를 하려는 사람 아닌가?
그러니 자네의 배포 또한 보통은 넘을 테고. 그렇게 나약한 척
할 필요없네. 자네 별호가 불사자라 들었네. 불사자가 뭘 두려
워하겠나. 자, 말해보게. 원하는 것이 뭔가?"

궐후가 앞뒤 말을 자르고 왕춘에게 거래 조건을 물었다. 그러
자 왕춘이 잠시 뜸을 들이다가 입을 열었다.

"제가 어찌 이 물건으로 어르신과 거래를 하려 하겠습니까. 다만… 제 평생소원을 이룰 수 있는 기회를 잡은 것 같기에 욕심을 내었습니다. 부디 너그럽게 보아주시기 바랍니다."

여전히 겁을 먹고, 송구한 표정을 하고 있으나 할 말은 다하고 있는 왕춘이다.

"그러니 자네가 원하는 것을 말해보라니까?"

궐후가 왕춘을 재촉했다. 그러자 왕춘이 굳은 결심을 한 듯 입을 열었다.

"애초에 제가 여기 요송 이 친구에게 삼십육진으로 가는 길을 안내하게 되었을 때 우풍사께서는 제가 이 일에 성공하면 금부에 적을 올려주신다고 했지요."

"음, 그런 일이 있었군. 이상한 일이야. 자넨 금문의 사람이면서도 자네에게 주어진 일을 수행할 때는 언제나 조건을 붙이는군."

"그, 그게 워낙 위험한 일인지라……."

"뭐, 좋네. 본시 공을 세우면 상을 받는 법이니. 그런데?"

"그런데 제가 금부에 적을 두려 한 것은 사실 이렇게 외지를 떠돌면서 삶을 마감하고 싶지 않았기 때문입니다. 제 평생의 소원은 금문삼혈에 들어 당당한 금문의 무사로서 제대로 살아보는 것이었지요. 그래서……."

왕춘이 말꼬리를 흐렸다. 그러자 궐후가 의외라는 표정을 지으며 말했다.

"그러니까 결국 자네의 조건은 금문삼혈에 입성시켜달라는 말이군?"

"그, 그렇습니다."

"하하하, 난 또 무슨 대단한 조건이라도 내걸 줄 알았더니 겨우 그게 조건이었단 말이지? 하하하, 좋아. 그건 어려운 일이 아닐세. 그런데 금문삼혈 중 어디로 가고 싶은가?"

"가급적이면 금문의 태상장로께서 계신 정종, 청도로 가고 싶습니다."

"청도에 들고 싶다?"

"그렇습니다."

왕춘이 얼른 고개를 끄덕였다. 그러자 궐후가 고개를 주억였다.

"알겠네. 내 도주께 허락을 받겠네. 자 그럼……."

궐후가 말을 흐리며 왕춘의 품속을 바라봤다. 이젠 혈사신보를 볼 때라는 의미였다. 왕춘이 잠시 망설이는 듯하다가 품속에서 혈사신보를 꺼내 들었다. 그리고는 궐후를 향해 걸음을 옮기려다 말고 다시 입을 열었다.

"약속은 꼭 지켜주시리라 믿습니다."

"허! 설마하니 나 궐후의 말을 믿지 못한단 말인가?"

궐후의 얼굴에 불쾌감이 감돌았다. 그러자 왕춘이 얼른 고개를 저으며 말했다.

"그, 그럴 리가 있겠습니까. 단지… 이 나이가 되어 보니 세상일이란 게 꼭 약속한대로 이뤄지는 것이 아니라서……."

"물론 세상일에 절대란 없네. 하지만 나 궐후의 목숨이 사라지지 않은 한 오늘의 약속은 반드시 지킬 걸세."

"알겠습니다, 장로님!"

왕춘이 결심이 선 표정을 짓더니 이내 걸음을 옮겨 궐후 앞으로 다가섰다. 그리고는 공손한 태도로 혈사신보의 검결이 새겨진 은패를 궐후에게 바쳤다. 그러자 궐후가 조심스러운 손길로 은패를 받아들었다. 장내가 은패에서 흘러나오는 광채로 가득 찼다. 사람들이 경이와 감탄의 눈으로 궐후의 손에 들어간 혈사신보를 바라봤다.

혈사신보를 받아든 궐후가 한동안 은패에 새겨진 글들을 살폈다. 그러자 그의 곁에 있던 다른 노인 한 명이 입을 열었다.

"정말 혈사신보가 맞소이까?"

노인은 궐후와 비슷한 나이로 보였지만 그 수염이 검은 것을 보면 기이한 신공을 수련한 자인 듯 보였다.

"그런 듯하오. 이 검결은 혈사검이라 칭했는데 분명 전설에 전해지는 혈사신보에 들어 있다는 검결이오."

"아, 그렇다면 정말 귀한 것을 손에 넣었구려. 혈사신보가 금문의 손에 들어온 이상 대막의 제파들을 복속시키는 일은 어렵지 않을 것이오."

노인의 말에 궐후가 고개를 저었다.

"그렇게 단정할 수는 없소."

"어째서 말이오?"

"이 은패는 혈사신보의 반쪽에 지나지 않소. 전설에 따르면 혈사신보는 혈사신공이라는 심공과 혈사검이란 이름의 검결 이렇게 두 가지 무공이 담겨 있다고 했소. 그래서 혈사신보의 주인을 자처하려면 두 무공이 담긴 두 개의 은패가 필요할 것이오. 우리가 얻은 것은 그중 하나이니 이것만으로 대막의 주재자를 자처할 수는 없을 거요. 단지… 우리에게 이 반쪽이 있는 이상 그 누구도 대막의 힘을 하나로 모으지 못할 것이라는 이득은 있소."

"그렇구려. 하지만 그것만 해도 큰 성과 아니겠소? 사실 대막의 사람들은 거칠기 이를 데가 없어서 우리의 대업에 큰 방해가 되는 세력 아니오?"

"맞소이다. 이제 그들이 하나로 모일 구심점을 없앴다고 할 수 있으니 금문으로서는 나쁜 결과가 아니오."

"그 검법은 어떻소이까?"

노인이 넌지시 금패를 살피며 물었다. 그러자 궐후가 금패를 품속에 넣으며 말했다.

"아무리 천하제일의 무공이라도 본 문의 무공을 따를 수는 없소. 더군다나 이 혈사검은… 필살의 검으로 위험한 검결이니 도주께 그 처분을 맡겨야 할 것이오."

궐후의 말에 노인이 아쉬운 표정을 지으면서도 고개를 끄덕였다.

"궐 장로의 말이 맞소. 혈사신보의 처분은 오직 도주께 달린 일이지요."

노인이 순순히 자신의 말에 동의하자 궐후가 만족한 표정을 짓더니 왕춘을 보며 말했다.

"자네는 본 문에 큰 공을 세웠네. 도주의 허락을 기다릴 것이 아니라 아예 이번에 회군할 때 나와 함께 청도로 가세."

"정말이십니까?"

왕춘이 반색을 하며 물었다.

"그렇다네. 혈사신보가 진품인 이상 도주의 허락은 떨어진 것이나 마찬가지네."

"아이고 감사합니다. 청도에 든다면 이 늙은이 평생의 영광입니다요."

"하하하, 자넨 충분히 청도에 들 자격이 있네. 내 청도에서 자리를 잡을 수 있도록 도와줌세. 자네가 할 일이 있을 거야."

"감사합니다, 장로님!"

왕춘이 그 자리에 부복하며 머리를 조아렸다.

"아아, 그럴 필요없네. 공을 세운 사람이 어찌 머리를 숙이는가? 이보시게, 우풍사!"

"예, 장로님!"

모길이 궐후의 부름에 답했다.

"흑사풍의 움직임은 어떠한가?"

"아직은 특별한 움직임이 없습니다."

"음… 이대로 혈사신보를 포기할 자들이 아닌데……."

"이미 장로님들께서 오셨고, 또 홍안령에도 속속 본 문의 고수들이 모여들고 있으니 저들이 도발하기는 어려울 것입니다."

"그렇긴 하지. 흑사풍이 아무리 거친 자들이라 해도 감히 본문과 전면전을 펼칠 수는 없을 게야."

궐후와 평대를 주고 받던 노인이 고개를 끄덕였다. 그러자 궐후가 잠시 생각에 잠겼다가 입을 열었다.

"그래도 어쨌든 그들의 행보는 예측할 수가 없으니 이곳에서 보름 정도는 머뭅시다."

"보름씩이나 말이오?"

"며칠 뒤면 이곳에 진영을 세울 물자들이 도착할 거요. 그것들이 도착하면 이 야천릉을 일당백의 요새로 만들 수 있소. 요새가 서는 것은 보고 가야 할 것 같소."

"그게 보름 안에 가능하겠소?"

"내부는 몰라도 외곽의 방책은 세울 수 있을 거요. 잘 준비된 물건들이 올 테니 말이오."

"음, 역시 궐 장로께서는 준비가 철저하시구려."

"하하하, 나야 그리 세심한 사람이 아니지요."

"하면 누가……? 설마 도주께서 직접 그리 준비시키신 것이오?"

"도주님은 지금 청도에 안계십니다. 중원을 둘러보시러 가셨지요."

"그렇다면… 혹?"

"짐작하시는 대로입니다."

"음… 역시 호부에 견자가 없구려."

말을 하는 노인의 표정이 왠지 모르게 어두웠다. 그런 노인의 기색을 슬쩍 살핀 궐후가 득의한 표정으로 석요송에게 말을 돌렸다.

"나와 이야기를 좀 하려나?"

"그러지요."

석요송이 담담히 대답했다. 그러자 궐후가 자리에서 일어났다.

"좋아. 그럼 자넨 내 천막으로 가세. 우풍사!"

"예, 장로님!"

"적의 도발이 없다면 오늘은 문도들에게 술을 내어주도록 하시게."

"술을 말입니까?"

모길이 놀란 표정으로 궐후를 바라봤다.

"좋은 날이네. 하루쯤 여유를 주는 것도 좋겠지. 대신 경계는 철저히 세우고."

"알겠습니다. 그리하겠습니다."

"자넨 나와 함께 가세."

모길의 대답을 들은 궐후가 석요송을 보며 말하고는 먼저 걸음을 옮겨 장내를 벗어났다.

야천릉 금문 진영이 술렁였다. 곳곳에서 흥얼거리는 노랫소리도 들렸고, 혹은 호기롭게 외치는 술 취한 사람의 목소리도 들려왔다. 그 소란 속에서 석요송은 궐후와 마주 앉아 있었다.

"그래 인검오관을 통과한 기분이 어떠한가?"

궐후가 문득 석요송 앞에 놓인 잔에 술을 따르며 물었다.

"나쁘지 않군요."

석요송이 대답을 피했다. 그러자 궐후가 석요송을 유심히 보며 물었다.

"기쁘지 않은가? 정말 인검을 쓸 자의 행운일 뿐이라고 생각하는가?"

"장로님이셨다면 어떠하셨을 것 같습니까?"

조금은 도발적인 물음에 궐후가 침묵을 지켰다. 그러다가 나직하게 대답했다.

"나 역시 다른 사람의 칼이 되는 것은 탐탁지 않았겠지. 그러나……."

궐후가 말꼬리를 흐리다가 빠르게 말했다.

"그러나 말일세. 결국, 인검은 일인지하 만인지상의 위치에 있게 될 걸세."

"권력은 앵속과 같다고 하더군요. 그 향취에 취하면 결국 세상과 자신을 잃는다고 했지요. 더군다나 누군가에게 종속되어 있는 권력이란 결국 저자의 비루한 천민과 다를 바가 없지요."

"누가 그런 말을 하던가?"

"곡주께선 줄곧 우리에게 그리 말씀하셨지요."

"곡주라면… 토하곡주님 말인가?"

궐후가 되묻자 석요송이 고개를 끄덕였다. 그러자 궐후의 표정이 살짝 어두워졌다.

"애초에 금문과 석문은 한 몸이나 다름없었네."

궐후가 변명하듯 말했다.

"한 피를 나눈 형제라도 가는 길이 다를 수 있지요. 그런데 그렇다고 해서 목숨을 들어 한쪽이 협박을 한다면 그게 어찌 한 뿌리에서 나온 형제라 할 수 있겠습니까?"

석요송의 말에 궐후가 겸연쩍은 표정으로 입을 닫았다. 두 사람은 그렇게 잠시 침묵을 지켰다. 석요송은 자신 앞에 놓인 술을 입에 대지 않았지만 궐후는 연거푸 석 잔의 술을 마셨다. 그렇다고 궐후에게서 취기가 느껴지지는 않았다.

"우린 이제 늙었다네."

문득 궐후가 입을 열었다. 석요송이 그런 궐후를 바라봤다.

그러자 궐후가 침통한 표정으로 말했다.

"지금으로부터 이십여 년 전에 금문은 세상을 향해 칼을 빼들었네. 그러나 세상은 그 일을 알지 못하지. 왜냐하면, 그 일이 워낙 조용히 진행되었다가 조용히 끝이 났기 때문이네. 물론 결국 그 시도는 성공하지 못했어."

"……?"

금문의 과거야 석요송이 알 수 없는 일이니 대꾸를 할 수 없었다.

"그때 우리는 그 일이 실패할 거라고는 전혀 생각지 못했네. 금문 정예중의 정예들이 동원되었고 일도 워낙 치밀하고 은밀하게 진행되었기 때문이네. 그러나 결국 실패하고 말았지. 그때 꺾인 금문의 동량이 일백이 넘네. 금문의 문도 전체의 숫자로 보자면 많다고 할 수 없지만… 그 한 명 한 명이 금문의 중추를 이루는 기재들이었기에 본 문이 입은 심리적인 타격은 막대했었네. 도주님조차도 그 충격에서 벗어나시는데 수년이 걸리셨지."

"왜 그 이야기를 제게 하시는 겁니까?"

불쑥 금문의 과거사를 털어놓으며 넋두리를 하기에는 궐후와 석요송의 사이가 그리 친밀하지 않았다. 석요송의 의구심을 이해한다는 듯 궐후가 고개를 끄덕이며 다시 입을 열었다.

"내가 왜 이런 과거사를 늘어놓는지 이상하게 생각할 걸세. 하지만 나로서는 자네에게 이 이야기를 아니할 수 없네. 왜냐하면, 그때 그 사건은 자네에게도 무척 중요한 일이기 때문이지."

"저와 어떤 관련이 있다는 말인지요?"

"음, 첫째는 그때 이후 금문의 행보가 결국 자네에게 인검이 되는 것을 강요할 수밖에 없었기 때문이네. 그 일이 있은 후 도주께선 결국 당대에는 금문이 천하를 제패할 수 없다고 판단하셨지. 워낙 중요한 인물들이 많이 상한 터라… 그래서 다음 대를 기약하기로 하셨는데…….."

"그 일이라면 알겠습니다."

자신이 청도주가 아닌 다음 대 도주를 위한 인검이라는 것은 석요송도 익히 알고 있는 사실이 아닌가.

"음, 그렇지. 그건 뭐 더 거론할 것이 아니고… 다른 하나는…….."

궐후가 뭔가를 망설이다가 조심스럽게 품속에서 하나의 팔찌를 꺼내 들었다. 손바닥 넓이의 팔찌는 어찌 보면 전장에서 손목을 보호하는 팔뚝 가리개처럼 보이기도 했다.

"이 물건을 자네에게 주겠네."

과거사를 늘어놓다 말고 갑자기 팔찌를 건네는 궐후의 행동을 석요송이 기이한 눈으로 응시했다. 물론 팔찌는 여전히 탁자 위에 올려져 있었다.

"받게."

궐후가 석요송에게 팔찌를 거두기를 재촉했다. 그러자 석요송이 손을 내밀어 팔찌를 집어 들었다. 투박해 보이는 검은 빛이 감도는 팔찌는 제법 묵직했는데 자세히 보니 그 안쪽에 음각으로 두 개의 글씨가 깊이 패여 있었다.

'이건……!'

석요송의 눈이 커졌다. 팔찌 안쪽의 두 글씨, '설연(雪蓮)'이란 글씨는 아주 오래전부터 석요송의 뇌리 깊숙이 새겨져 있는 이름이기 때문이었다. 그가 석숭의 금제에 의해 이지가 흐려져 있을 때조차도 설연이란 이름은 언제나 그의 머릿속에 남겨져 있었던 것이다.

"이게 무엇입니까?"

많은 의문을 담은 눈으로 석요송이 궐후를 바라봤다. 그러자 궐후가 나직한 한숨을 내쉬며 말했다.

"그 물건을 혹시 알아보겠나?"

"모르겠습니다. 그러나……."

"그 이름은 알아본다는 말이군."

"그렇습니다."

"좋아. 그럼 그 물건 자네가 갖게."

"설명이 필요하군요."

석요송이 차가운 기운을 흘려내며 말했다. 그러자 궐후가 대답했다.

"아주 오래전 그 은밀하면서도 지독했다는 싸움에서 죽은 사람의 것이네."

"그의 이름이 뭡니까?"

"묘문… 석묘문이라네. 들어봤나?"

궐후의 말에 석요송이 부르르 몸을 떨었다. 어찌 잊을 것인가? 석묘문은 석요송 자신의 아비 이름이었다. 석요송이 당황스러운 표정으로 팔찌와 궐후를 번갈아 바라봤다.

"자네… 묘문의 아들인가?"

이번에는 궐후가 물었다. 그러자 석요송이 자신도 모르게 고개를 끄덕였다.

"맞군. 그러리라 생각했지."

"제 아버님이 금문의 싸움에서 돌아가셨다고 했습니까?"

석요송이 낮고 강렬한 목소리로 물었다. 그러자 궐후가 대답했다.

"그렇다네. 그런데… 자넨 자네 아버지가 어떻게 죽었는지 모르고 있었단 말인가?"

"제가 듣기로 아버님은 제가 태어나기 전에 지병을 얻어 요절하신 것으로……."

"음, 토하곡주께서 그리 일러두신 모양이군. 하긴… 그분으로서는 금문과 인연을 끊기로 결심한 이상 자네에게 묘문의 일을 말할 필요가 없었겠지. 그런데 이상하군. 적어도 자네가 토하곡을 떠날 때에는 말해주었어야 할 텐데. 어차피 금문에 들면 자연히 그 일을 알게 될 터이니……."

궐후가 고개를 갸웃하자 석요송이 차갑게 대답했다.

"도주께선 조부님과 제게 그럴 만한 시간을 주지 않았지요."

"음, 그… 그렇군."

궐후가 겸연쩍은 표정으로 대답했다. 그도 석요송이 자의에 의해 금문에 몸을 담게 된 것이 아님을 알고 있었다. 둘 사이에 잠시 어색함이 감돌았다. 잠시 후 궐후가 그 어색함을 깨뜨리려는 듯 다시 석요송의 아버지, 그러니까 석묘문의 일을 입에 올렸다.

"아무튼 자네 아버지는 그때 그 계림혈사, 우리 금문에서는 그 싸움을 계림혈사라 부른다네. 묘문은 그 사람은 바로 그 싸움에서 죽었네. 그 팔찌는 그때 자네의 아버지가 남긴 유품일세. 그러니 자네에게 전해지는 것이 맞겠지. 그 팔찌 안에 새겨진 이름은… 아마도 자네 어머님의 이름이겠지?"

궐후의 질문에 석요송은 아무런 대답도 하지 않았다. 그 침묵이 곧 긍정이라는 것을 알고 있는 궐후도 더 이상 입을 열지 않고 침묵을 지켰다.

석요송은 손에 든 팔찌를 깊은 시선으로 내려다보고 있었다. 한 번도 자신의 두 눈으로 보지 못했던 아버지의 손목에 채워져 있던 팔찌다. 아버지의 유품을 이 먼 대막에서 보게 될 줄 누가 상상이나 했겠는가. 그러나 그보다 더 그의 머리를 어지럽히는 것은 병사한 줄 알았던 그의 아버지 석묘문이 금문의 싸움에서 죽었다는 점이었다.

"아버지와 친분이 있으셨나요?"

석요송이 오랜 침묵을 깨고 물었다. 그러자 궐후가 고개를 끄덕였다.

"나이 차는 제법 났지만 친구처럼 지냈지."

"그렇다면 아버님의 일을 모두 알고 계시겠군요. 제가 모르는 아버님의 시간에 대해서 말입니다."

석요송의 말에 궐후가 흠칫한 표정을 지었다.

"뭐, 대충은……."

"아버님이 왜 금문에 계셨건 겁니까? 제가 알기로 당시에 이미 우리 석문이 금문과 다른 길을 가고 있던 것으로 알고 있습니다만……."

"음, 내가 알기로는 묘문 그 친구가 직접 도주를 찾아온 것으로 알고 있네."

"아버님이 직접이요?"

"그렇다네. 어쩌면 자네 아버지는 토하곡주님과 다른 생각을 하고 있었는지도 모르지."

"다른 생각이라면?"

"토하곡에 묻혀 평생을 사는 것보다는 강호에서 뜻을 펼치는 것으로 말일세."

"아버지께서 그렇게 말씀하셨나요?"

"직접 듣지는 못했네."

"아버님과 친분이 있으셨다고 하셨지요? 그런데 금문에 든 이유를 직접 듣지 못하셨다는 건가요?"

석요송이 따지듯 물었다. 그러자 궐후가 고개를 저으며 말했다.

"자네 아버지는 사실 무척 온후하고 진중한 사람이었다네. 물론 일을 처리함에 있어서는 엄정한 성정을 드러내기도 했지만 소위 말해서 인자(仁者)라고나 할까? 그래서 금문의 모든 사람들이 자네 아버지를 좋아했지. 그러나 그럼에도 불구하고 묘문은 자신이 토하곡 석가 출신이란 것을 제외하면 자신의 일에 대해 누구에게도 말하지 않았다네. 그래서 비록 그와 친분이 있던 사람들일지라도 그가 금문에 든 진정한 이유를 아는 사람은 없었네."

그러자 석요송이 궐후의 마음속을 꿰뚫어 보기라도 하려는 듯 날카로운 눈으로 궐후를 보다가 다시 입을 열었다.

"그렇군요. 하지만 과거는 모를 수 있어도 당시 일어난 일, 즉 그 계림혈사에서 아버지가 죽게 된 일에 대해서는 정확히 말해주실 수 있겠지요?"

"그게… 그것도 그리 쉽지가 않네."

"그건 또 무슨 이유에서입니까?"

"사실 그 계림혈사에 난 참가하지 않았거든. 마침 그때 내가 제법 중한 병을 얻어서 청도에 남아 있었다네. 그래서……."

"계림에서 무엇을 하려 했던 겁니까?"

석요송이 궐후의 변명은 통하지 않는다는 듯 다그쳐 물었다.

"그야 모르지 않을 터인데?"

궐후가 반문했다. 그러자 석요송도 더 이상 묻지 않았다. 금문의 뿌리가 계림이니 계림에서 금문이 하려던 일은 능히 짐작할 수 있었다.

"그럼 아버님의 죽음에 대해 정확히 알고 있는 사람은 누구입니까?"

"뭐… 도주님과 차유 노인, 그리고 당시 계림혈사에 관여했던 장로들이 있겠지."

"어떤 분들입니까?"

석요송이 기다리지 않고 물었다. 그러자 궐후가 정색을 하며 입을 열었다.

"자네… 자네 아버지의 죽음에 의문이 있나?"

"단지 어찌 돌아가셨는지를 알고 싶을 뿐입니다."

"음, 부디 과거의 일을 오해해 금문에 풍파를 일으키지 않기 바라네. 내가 자네에게 그 팔찌를 전해주는 것은 과거 묘문과 나누었던 친교 때문이지, 자네에게 어떤 혼란을 주기 위함이 아니야."

궐후가 손주에게 당부를 하듯 말했다.

"장로님의 뜻은 잘 알겠습니다."

"그리고 계림혈사에 대해선 더 이상 내게 묻지 말게. 그 일은 사실 본 문에선 거론하는 것이 금기시되는 일이네. 그러니……."

"곤란하시다면 더 이상 묻지 않지요."

석요송이 한발 물러났다. 굳이 아버지의 일을 오늘 모두 밝힐 이유는 없었다. 그는 이제 어쩌면 평생 금문에 머물러야 할지도 모른다. 그러니 시간은 충분했다.

"내 한 가지만 말해주지. 사실 묘문은 본 문에서 전설적인 영웅으로 취급되고 있네. 만약 자네가 묘문의 아들이라는 것을 문도들이 안다면 자넨 한순간에 금문에서 대단한 힘을 가질 수 있을 걸세. 묘문의 최후에 대해선 자세히 거론되지 않지만, 당시 계림에서 죽은 사람이 일백여 명, 살아 돌아온 사람이 이십여 명인데 살아 돌아온 사람들 모두가 묘문에게 빚을 졌다고 말했다네. 동료를 살리기 위해 묘문 스스로 사지를 골랐다는 것이 정설이라네."

"그렇군요. 그런데 그렇다면 정말 이상하군요."

"뭐가 말인가?"

"사실이 그렇다면 아버님은 금문의 큰 은인인데 어째서 도주는 우리 석문을 협박하고 제게 왜 인검이라는 무거운 굴레를 덧씌우려는 것일까요?"

"그… 그건……."

"상황이 이런데 과거의 일을 어찌 소문대로 다 믿을 수 있겠습니까? 진실은 오로지 죽은 자만이 알고 있지요."

석요송의 말에 궐후가 더 이상 답을 하지 못하고 입을 닫았다.

"더 하실 말씀이 없으십니까?"

석요송이 궐후에게 묻자 궐후가 무겁게 고개를 끄덕이며 대답했다.

"한 가지 더 있네. 보름 뒤 나와 함께 동행하도록 하세."

"도주님의 명입니까?"

"도주님의 명도 있었네. 그러나 나도 역시 자네와 좀 더 시간을 가져보고 싶군."

"알겠습니다. 그리하지요."

"그럼 그만 쉬게."

궐후의 말에 석요송이 가볍게 고개를 숙여 보이고는 궐후의 막사를 벗어났다. 그러자 궐후가 나직하게 탄식을 흘리며 말했다.

"참으로 안타까운 일 아닌가? 부자가 같은 운명의 길을 걸어간다는 것은… 나라도 곁을 지켜줘야지. 청도에 가면 결국 모든 사람들의 질시와 시기 그리고… 음모에 휩싸일 테니. 그런데… 묘문과는 또 다른 것인가? 좀 더 어렵군."

* * *

석요송은 야천릉의 팔 할을 감싸며 세워지는 방책들을 둘러보며 깊이 탄복했다. 금문의 후대가 방책을 세울 준비를 하고 야천릉에 도착한 것이 오 일 전인데 방책은 어느새 그 모습을 거의 갖춰가고 있었다.

금문의 문도 중에 진지를 세우는데 숙달된 사람들이 있기 때문이기도 했지만, 금문은 언제 어디서라도 빠르게 방책을 세울 수 있게 다듬어진 목재들을 가지고 있었던 것이다. 그건 곧 금문이 강호무림을 제패하기 위한 준비가 아주 사소한 것에서부터 꼼꼼하게 이뤄지고 있다는 의미일 터였다.

"청도주가 난 사람은 난 사람이야."

석요송의 곁에서 왕춘이 입을 열었다.

"그렇지요?"

"이렇게 쉽게 진영을 구축할 수 있다면 천하의 어떤 곳을 가더라도 금문은 쉽게 자리를 잡을 수 있을 걸세. 이런 준비는 사실 청도주 이전의 금문에는 없었던 것들이지."

"그런가요? 이 모든 것을 지금의 도주가 만든 것인가요?"

"그렇다고 들었네. 본시 금문은 고수는 많았지만, 그 세력이 지금처럼 크고 넓지는 않았다네. 그건 금문이 수백 년 동안 계림의 후예들을 위주로 그 문도를 채워왔기 때문이지. 그런데 지금의 청도주가 금문의 주인이 되면서 금문이 변했네. 물론 여전히 그 수뇌는 계림의 정통을 잇는 자들이 대부분이지만 또한 출신이 다른 사람들을 폭넓게 받아들이기 시작했지. 덕분에 지금의 금문 세력은 거의 칠 할이 계림과는 직접적인 관련이 없는 사람들이라네. 나부터도……"

"역시 현명한 사람이군요."

"그렇지. 그리고 지금까지의 금문 주인들과는 다른 야망을 품은 사람이라고도 볼 수 있지."

"무슨 말씀입니까?"

"지금까지 금문의 태상장로들은 그 제일의 목적을 계림의 부활에 두고 있었네. 전체적인 시선이 해동으로 향해 있었던 거지. 물론 중원을 도모하려 할 때도 있었지만, 그때조차도 중원그 자체가 목적이 아니라 언제나 마지막은 해동에 다시 왕조를세우는 데 목표를 두었지. 그런데 지금의 청도주가 들어서면서그들의 시선이 해동에서 천하로 바뀌었네. 중원을 꿈꾸자면 아무래도 세력을 좀 더 키워야 하고, 계림의 후예들만으로는 그세력을 이룰 수 없지."

왕춘의 말에 석요송이 고개를 끄덕였다. 그러면서도 기이한시선으로 왕춘을 바라봤다.

"왜? 내 얼굴에 뭐가 묻었나?"

석요송이 자신을 빤히 바라보자 왕춘이 얼굴을 쓸며 물었다.

"아닙니다."

"그럼 왜 그렇게 보나?"

"궁금해서 그럽니다."

"뭐가?"

"도대체 어르신의 정체가 뭡니까?"

"그거야 이미 말해주지 않았나? 사람을 찾고 있다고."

"그것뿐이라고 하기에는… 어르신은 금문에 대해 너무 많이알고 계시는 것 같군요."

석요송의 말에 왕춘이 묘한 미소를 흘리며 대답했다.

"금문 같은 마천루에 들어가 사람을 찾으려면 많은 준비가 필요하지. 난 단지 그 준비를 좀 더 철저히 했을 뿐이라네."

왕춘의 대답에 석요송도 더 이상 질문을 던지지 않았다. 설혹 왕춘의 또 다른 모습이 존재하더라도 그가 밝히지 않는다면 굳이 그를 추궁할 생각도 이유도 없는 석요송이었다.

석요송이 말이 없자 오히려 왕춘이 조금 맥이 빠진 표정을 짓더니 화제를 돌렸다.

"이제 곧 떠나겠군."

"삼 일 뒤라 하더군요."

"제길……!"

갑자기 왕춘이 욕설을 흘려냈다.

"마음에 안 드시는 게 계십니까?"

"같이 가야 한다니 불편해서……."

"그렇지만 어르신께서 청도에 제대로 자리를 잡으시려면 역시 그들과 동행하는 것이 좋겠지요."

"음, 그렇긴 하지. 모든 것은 때가 있는 법이니까. 지금처럼 혈사신보를 넘겨준 공이 모든 사람들에게 각인되어 있을 때 청도로 들어가야지. 본시 시간이 흐르면 공(功)은 사라지고 과(過)만 남는 법이니까."

왕춘이 고개를 끄덕였다.

이틀 뒤 석요송과 왕춘은 부지런히 길 떠날 채비를 하기 시작했다. 평소 많은 짐을 가지고 움직이는 두 사람이 아니었기에 행장을 차리는 것은 금세 끝났다.

두 사람이 간단히 행장을 꾸려 말에 올리고 야천릉에 세워진 금문의 거대한 방책 남쪽 문에 도달했을 때는 이미 길 떠날 채비를 마친 사람 몇몇이 문 앞에 나와 있었다.

"허험, 아직 장로님과 우풍사께서는 나오지 않으셨구려."

왕춘이 짐짓 문 앞의 금문도들에게 아는 척을 했다. 그러자 그중 날카로운 인상의 중년 사내가 차갑게 대답했다.

"그럼 그분들이 먼저 나와 당신들을 기다려야 한단 말이오?"

"아, 뭐 그런 것이 아니라 우리가 늦지 않아 다행이라는 말이오."

왕춘이 얼른 고개를 저으며 말했다. 그러자 사내가 다시 왕춘과 석요송을 꼬아보며 말했다.

"길을 떠나기 전에 내 한 가지만 말해두리다."

"말씀하시오."

"이곳에서 청도까지는 먼 길이오. 가는 도중에 부디 행동을 조심하기 바라오. 당신들의 공을 모르는 바는 아니나 경거망동으로 어르신들을 곤란하게 하지 말란 말이오."

"아, 뭐 그럴 일이 있겠소?"

왕춘이 조금 기분이 상한 표정으로 대답하자 사내가 좀 더 위압적인 말투로 말했다.

"이 행로를 주관하시는 분은 물론 궐 장로님과 우풍사 어른이시지만 행로의 실질적인 일은 모두 내가 맡고 있소. 그러니… 내 말에 잘 따라주시오."

"그, 그렇구려. 그런데… 성함이……?"

"내 이름을 모른단 말이오?"

중년 사내가 어이없다는 듯 되물었다.

"인사를 나눈 일이 없으니……."

"꼭 서로 통성명을 해야 이름을 아오? 참 답답하구려. 함께 갈 사람의 이름을 알지도 못한다니."

"이거 미안하게 됐소. 그러니 대협의 존성대명을 좀 말해주시오."

왕춘이 조금 비굴하게 웃으며 물었다. 그러자 사내가 여전히 못마땅한 표정을 지으면서도 자신의 이름을 입에 올렸다.

"난 단적귀라 하오."

"그러셨구려. 난 왕춘이라 하고 이 친구는……."

"됐소. 내가 설마 두 사람 이름을 모르겠소?"

"알고 계셨소?"

"동행할 사람의 신원을 확인하는 것이 행장 준비의 기본 아니겠소?"

"그렇긴 하오."

왕춘이 여전히 어눌한 표정으로 대답했다. 그런 왕춘을 일별한 단적귀가 슬쩍 석요송을 바라봤다. 그러나 석요송에 대해 어떤 말을 들었는지 왕춘을 대하듯 함부로 말을 걸지 못하는 단적귀였다. 그러나 결국 잠시 망설이다 조심스럽게 석요송에게 말을 건넸다.

"함께 길을 가게 되었으니 잘 부탁하오."

단적귀의 말에 석요송이 가볍게 고개를 끄덕였다.

"잘 부탁드립니다."

석요송의 짧은 대답에 단적귀가 아쉬운 듯한 표정을 지었지만 더 이상 말을 걸지는 않았다.

그렇게 야천룡을 떠나 청도로 떠날 일행들이 안면을 익히고 있는 사이 우풍사 모길과 장로 궐후가 모습을 드러냈다. 그의 뒤쪽으로는 야천룡에 머물고 있는 금문의 고수들이 줄을 지어 따르고 있었다.

"모두 준비가 되었는가?"

장내에 도착한 모길이 단적귀를 보며 물었다.

"그렇습니다, 우풍사 어른!"

단적귀과 왕춘을 상대할 때와는 전혀 다른 모습으로 대답했다.

"좋아. 그럼 출발하도록 하지. 장로님 말에 오르시지요."

모길의 말에 궐후가 고개를 끄덕이고는 그와 함께 야천룡에 온 또 다른 장로 무탕을 보며 말했다.

"무 장로, 내가 먼저 떠나게 되어 미안하오."

"괘념치 마시오. 혈사신보는 기보이기도 하지만 또 위험한 물건이니 하루라도 빨리 청도에 들어가는 것이 좋을 것이오."

"그리 말씀해 주시니 고맙소이다. 그럼 다음에 다시 봅시다."

"도주께 안부 전해주시구려."

"그러리다. 자 가세."

궐후의 말이 떨어지자 모길이 떠날 채비를 한 사람들을 보며 소리쳤다.

"출발한다. 앞뒤의 경계를 소홀히 하지 마라."

모길의 명이 떨어지자 금문의 무사 이십여 명이 일제히 말에 올라 야천룡 진영을 둘러싸고 있는 방책을 나섰다. 그리고는 아스라이 보이는 남쪽의 홍안령 봉우리들을 향해 말을 달리기 시작했다.

"무사히 가셔야 할 텐데요."

석요송 일행이 떠나자 삼십오진의 대주 유천극이 입을 열었다. 그러자 장로 무탕이 차갑게 대답했다.

"걱정 말게. 궐 장로의 행보가 어디 허술한 적이 있었던가?"

"그건… 그렇지요."

"그나저나 청도의 힘은 더욱 커지겠군. 혈사신보까지 손에 넣었으니… 태상장로께서 말년에 다시 한 번 천하를 움직여 보실는지…….."

무탕의 말에 유천극이 아무런 말없이 두려운 눈으로 무탕의 안색을 살폈다. 그러나 무탕은 그런 유천극의 마음을 아는지 모르는지 다시 나직하게 중얼거렸다.

"그러나 아무리 뛰어난 사람도 결국 하늘의 뜻을 거스르지는 못하지. 흠… 다음 대를 준비할 때야."

무탕의 말을 듣고 있던 유천극이 급히 고개를 숙여 얼굴에 인 감정을 무탕의 시선으로부터 숨겼다. 그렇지만 두려움에 떨리는 어깨까지 감출 수는 없었다.

*　　　*　　　*

두두두!

초원을 달리는 한 떼의 인마를 낮은 구릉에서 살피는 사람들이 있었다. 대략 이십여 명에 이르는 그들은 하나같이 날카롭고 거친 모습을 하고 있었는데 그들의 시선은 초원을 가로지르는 인마에서 한시도 벗어나지 않았다.

"가지."

문득 일행 중 나이를 짐작할 수 없는 노인이 말했다. 그러자 그의 곁에서 다른 노인이 조심스레 입을 열었다.

"진정 친히 흥안령을 넘으실 생각이신지요?"

"두 번 말해야 하나?"

"그러나……."

"이제(二弟)! 내가 늙었다고 생각하는 건가?"

"그, 그럴 리가 있겠습니까? 단지 저는……."

"무슨 말인지 알아. 그러나 궐후는 뛰어난 자다. 더군다나 섭몽의 도를 꺾은 그 석요송이라는 아이… 심상치가 않아. 내가 직접 봐야겠어."

"알겠습니다. 그럼 준비를 하지요."

"그리하게. 오랜만에 나들이를 하려니 마음이 다 설레는군."

第九章 월촌

　초원이 사라지고 갑자기 산이 일어났다. 오랫동안 너른 평원
에 익숙해져 있던 눈이 병풍처럼 세워진 산맥들을 보며 잠시 당
황했다. 그러나 그도 잠시 이 산의 모습들이 어려서부터 익숙해
져 있던 풍경이란 걸 깨달은 눈은 금세 다감하게 북에서 남으로
달려 내려가고 있는 산맥을 응시했다.

　"아이구. 이제야 좀 살겠군. 산이 이렇게 좋을 줄 몰랐어."

　왕춘도 오랜 초원 생활에서 벗어난 것이 기쁜지 손을 들어 초
록으로 울창한 산들을 가리키며 말했다. 눈뿐만 아니라 코로도
산의 냄새가 청량하게 파고들었다. 그러자 석요송의 오랜 기억
이 문득 토하곡을 떠올렸다.

　'지금쯤 토하곡도 녹음이 짙을 테지.'

　생각해보면 그가 토하곡을 떠난 지도 이미 십 년을 넘어 있었

다. 그러나 생사도에서 무공을 수련하던 시절은 석요송에게 하룻밤 꿈처럼 느껴지기에 바로 어제까지도 토하곡에 있었던 것 같이 느껴지는 석요송이었다.

'언제나 다녀올 수 있을까?'

석요송이 눈앞에 우뚝 솟은 산, 그 너머를 응시했다.

"서둘러라. 오늘 중으로 월촌까지 가야 한다."

멀리서 왕춘의 목소리가 들렸다. 그러자 산 풍경과 그 내음에 취해 있던 일행이 정신을 차리고 길을 재촉하기 시작했다.

산으로 들어서니 여행은 한결 수월해졌다. 굴곡진 길은 지루함을 잊게 했고, 우거진 숲이 만드는 그늘은 더위를 피하게 해줬다. 특히 산 곳곳에서 흐르는 맑은 계곡물들은 그 소리만으로도 사막에서의 갈증을 풀어주는 것이었다.

일행은 그렇게 흥안령 안쪽으로 들어가 두어 시진을 더 걸었다. 그러자 한순간 산 귀퉁이에 숨어 있던 작은 산골 마을이 모습을 드러냈다.

"저곳이 월촌인가 보군."

소담한 모습으로 이십여 호의 초가를 품고 있는 산골 마을을 보며 왕춘이 말했다.

"처음 오시는 건가요?"

석요송이 물었다. 왕춘이 흥안령 안팎의 지리에 능통하다는 것을 알고 있기 때문이었다.

"내 흥안령 곳곳을 알고 있지만 이런 마을이 있다는 것은 알지 못했다네."

"하긴 오는 길이 수월치는 않더군요."

"보통 마을은 아냐."

"네?"

"이렇게 깊은 곳에, 그렇다고 길이 편한 것도 아닌 이곳을 금
문의 고수들이 일부러 찾아들었네. 그러니… 과연 이 마을이 보
통 마을이겠는가?"

"금문과 연관이 있다는 말씀이신지요?"

"그렇다고 봐야지."

왕춘이 고개를 끄덕였다. 그런데 그 말이 채 끝나기도 전에
불현듯 일행 앞에 중년 사내 셋이 모습을 드러냈다. 그들은 나
타나자마자 장로 궐후의 앞으로 다가오더니 깊이 허리를 숙였
다.

"장로님을 뵈옵니다."

인사를 하는 것으로 보아 사내들도 금문의 문도가 분명했다.

"별일없지?"

"특별한 일은 없었습니다."

"어떠신가?"

"외출은 않고 계십니다."

"답답하실 터인데……?"

"아시지 않습니까?"

"그렇긴 하지. 일단 가세."

궐후의 말에 일행을 마중한 사내들이 길을 안내하기 시작했
다.

"정말 금문과 인연이 있는 곳인가 보군요."

"글쎄 그렇다니까. 내 눈이 그리 허술치가 않다네."

왕춘의 어깨를 으쓱거리며 말했다.

마을로 들어선 일행은 이십여 채의 초가 중 동쪽에 위치한 세 채의 초가로 향했다. 그런데 마을로 들어서자 곳곳에서 보이지 않는 시선들이 느껴졌다. 그 시선들 속에는 범상치 않은 기운이 내포되어 있어서 가끔 석요송의 신경을 건드렸다.

"두 사람은 이곳에서 머무시오."

초가에 이른 단적귀가 일행에게 머물 곳을 배분하면서 석요송과 왕춘에게도 초가에 딸린 작은 방을 가리켰다.

"알겠습니다. 아이고 이게 얼마 만에 제대로 된 방에서 잠을 자는 것인가?"

왕춘이 짐짓 너스레를 떨면서 방문을 열고는 냉큼 안으로 사라졌다.

"그럼… 편히 쉬시오."

왕춘이 사라지자 단적귀가 석요송을 보며 어색하게 말을 하고는 멀어졌다. 이미 일행에 섞인 금문도들도 석요송이 보통 사람이 아니라는 것을 모두 눈치채고 있었다. 이유는 간단했다. 야천릉을 떠나 월촌에 이르는 동안 장로 궐후와 우풍사 모길이 석요송을 대하는 태도가 범상치 않았기 때문이었다.

석요송은 멀어지는 단적귀를 잠시 바라본 후 왕춘이 들어간 방으로 들어섰다. 두 사람이 겨우 몸을 뉘면 족할 공간, 그러나 맑은 향기가 감도는 것으로 보아 줄곧 사람의 손길이 닿은 곳이라는 것을 알 수 있었다.

"느꼈나?"

석요송이 방안에 들어와 행장을 풀고 앉자 문득 왕춘이 정색을 하며 물었다. 그의 표정에서 지금껏 다른 사람들을 대하던 비루한 모습은 찾아볼 수 없었다.

"날카롭더군요."

"그래… 보통 기운들이 아니었어. 그래서 조금 이상해."

"뭐가 말입니까?"

"아무리 이 월촌이 금문에서 비밀리에 운영하는 거점이라 해도 오늘 느낀 그 기운들을 생각하면 지나치게 경계가 삼엄하단 말이야."

왕춘의 말에 석요송도 고개를 끄덕였다.

"그렇긴 하군요. 마치 곳곳에 살수들이 배치된 느낌이었습니다."

"흐흠, 그렇지? 그렇다면 역시 둘 중 하나군."

"뭔가 짐작되시는 것이 있습니까?"

"이런 경우는 살수인 자들을 배치했거나 혹은 살수를 막으려는 자들을 배치했다고 할 수 있지. 그러니 그 사실로 유추해보면 이곳은 금문이 비밀리에 키워내는 살수들이 모여 있는 곳일 수도 있고, 또 이곳에 단단히 호위해야 할 귀한 인물이 있을 수도 있지. 그 두 가지 경우가 아니라면 이렇게 삼엄하고 무서운 자들을 숨겨둘 필요가 없지 않겠는가?"

왕춘의 말에 석요송이 내심 다시 한 번 왕춘에게 감탄했다. 왕춘의 추측은 간단한 것처럼 보이지만 기실 무척 노련한 자만해 헤아릴 수 있는 사실이었던 것이다.

"어느 쪽이라고 보시는지요?"

"난 후자라고 보네."

"이유는?"

"강호에 각양각색의 살수가 존재하지만, 그들 중에 이렇게 깊은 곳에 거점을 만드는 자들은 없네. 하물며 이곳은 금문삼혈 어디에서도 멀리 떨어진 곳이네. 본시 어떤 가문에서 살수란 곳 수뇌들의 손발이요, 도검이어야 하네. 그런데 그런 자들을 이렇게 먼 오지에 둘 수는 없는 일이네. 이쪽에서는 살수가 할 일도 없고. 그러니 결국 누군가 대단한 신분의 인물이 이곳에 있다고 할 수 있겠지."

왕춘의 말에 석요송이 고개를 끄덕였다.

"어르신의 추측이 맞을 것 같군요. 마을 입구에서 궐 장로께서 누군가의 안부를 묻지 않았습니까?"

"그렇지. 그랬어. 으음… 과연 누가 있는 것일까? 궐 장로는 금문에서 손꼽히는 인물인데 그런 그가 신경을 써야 하는 인물이라면……?"

왕춘이 고개를 갸웃하며 생각에 잠겼다. 그러나 두 사람 모두 금문의 깊은 내막을 모르는 이상 월촌에 머물고 있을 것 같은 인물을 추측할 수는 없었다.

두 사람은 이런저런 이야기를 나누다 저녁 요기를 하고는 오랜 여행에 지친 몸을 서둘러 침상에 뉘었다. 피곤한 몸은 주인이 휴식을 허락하자 이내 깊은 잠속으로 빠져들었다.

석요송의 눈이 떠졌다. 이른 새벽이다. 아직 어둠은 물러가지 않은 것이 분명했다. 창에 어리는 어둠의 그림자에는 햇살이 묻어나지 않았다. 그러나 새벽을 가장 가까이서 맞이하는 어둠이 세상에서 가장 깊은 어둠이다. 석요송은 새벽이 왔음을 그 어둠 속에서 느꼈다.

그런데 석요송이 아무리 부지런하다고 해도 아직 어둠이 남은 새벽에 잠에서 깨어날 만큼은 아니었다. 더군다나 어젯밤은 실로 오랜만에 편안한 잠자리에서 들었으니 사실은 아침 새가 울 때까지 잠들어 있었어야 하는 것이 정상일 터였다.

그런데 석요송의 눈이 떠졌다. 그건 어둠 속에서 느껴지는 새벽 기운 말고 그 속에 또 다른 기운이 숨겨져 있음을 그의 몸이 느꼈기 때문이었다.

슥!

석요송이 본능적으로 검을 집어갔다. 그의 곁에 언제나처럼 놓여 있는 뭉툭하고 허름한 검이 가볍게 그의 손에 들어왔다. 그리고 다음 순간 그의 신형이 실체가 없는 그림자처럼 창에 붙었다.

팟!

석요송은 망설이지 않았다. 그의 왼손이 창을 향해 쭉 뻗어나갔다. 그러나 그의 검지에서 뻗어 나온 가는 지력이 창을 뚫고 화살처럼 쏘아져 나갔다.

"흡!"

사람의 입에서 흘러나온 목소리가 분명했다. 짐승이 아니라 사람이라면, 그리고 살기를 흘려내는 자라면 살수다.

팟!

석요송이 번개처럼 창을 열고 밖으로 뛰어나갔다. 그러자 한 줄기 차가운 바람이 창을 통해 방으로 밀려들었다. 창 안팎은 금세 조용해졌다. 석요송도 석요송이 머물던 방을 향해 살기를 쏘아내던 살수도 이미 장내에서 사라지고 없었다.

"누굴까?"

석요송이 사라진 후 자고 있는 듯하던 왕춘이 훌쩍 몸을 일으켰다. 그의 눈에서 잠의 기운은 찾을 수 없었다. 이미 불청객이 있었음을 알고 있는 왕춘이었다.

"싸움 구경을 놓칠 수는 없지."

한순간 왕춘의 신형도 그 자리에서 사라졌다.

스스슥!

살수의 신법은 대단했다. 살수는 석요송과 일정한 거리를 유지하며 월촌을 벗어나 깊은 숲으로 달렸다. 석요송은 그런 살수를 굳이 따라잡으려 하지 않았다. 이유는 분명했다. 살수는 석요송으로부터 도주하는 것이 아니었다. 살수는 석요송을 유인하고 있었다.

상대가 자신을 유인하는 것을 알았다면 추격을 멈추거나 혹은 좀 더 속도를 내어 상대를 제압하는 것이 보통이다. 그런데 석요송은 살수가 원하는 대로 일정한 거리를 두고 살수의 뒤를 쫓을 뿐이었다.

"누가 날 초대했는지 아니 볼 수 없지."

석요송이 살수의 등을 보며 중얼거렸다. 석요송은 살수가 아닌 살수를 보낸 사람을 만나고 싶었다. 살수의 뒤를 따른다면 결국 그가 있는 곳에 도달하게 될 터였다.

살수는 적지 않은 시간 산길을 달렸다. 그렇게 대략 이각 여의 시간이 흐른 뒤에야 살수는 걸음을 멈췄다. 어느새 숲이 사라지고 바위로 사방이 막힌 비탈진 산기슭에 도달한 후의 일이었다.

"겁이 없군."

걸음을 멈춘 살수가 석요송을 돌아보며 말했다. 그러자 석요송이 담담한 목소리로 대답했다.

"누가 겁이 없는 건지 모르겠소. 월촌에 금문의 고수들이 머물고 있다는 것을 모르지 않을 터인데……."

"물론 알고 있다."

살수가 낮게 대답했다.

"금문의 고수를 무서워하지 않는 당신이야말로 겁이 없는 것 아니오?"

"난 단지 그대를 끌어내려 했을 뿐이니 금문의 고수들과 부딪힐 일은 없지."

살수가 말했다. 그러자 석요송이 한줄기 미소를 지으며 대꾸했다.

"혹은 당신 역시 금문의 사람일 수도 있겠지."

석요송의 말에 살수가 흠칫한 표정을 지었다. 그러나 이내 당황스러움은 그의 얼굴에서 사라졌다.

"날 불러낸 이유가 뭐요?"

석요송이 어느새 침착함을 회복한 살수에게 물었다. 그러자 살수가 낮은 목소리로 대답했다.

"모든 사람들이 그러더군. 금문에 신룡이 나타났다고. 그 신룡은 단신으로 흑사풍을 뚫고 들어가 금문 삼십육진의 문도들을 구해냈으며… 흑사풍의 차기 대천성으로 꼽히는 가섭몽을 꺾었다고. 그래서 알고 싶었다. 과연 정말 그대에게 소문과 같은 능력이 있는지. 아니면 소문은 그저 소문일 뿐인지."

살수의 대답에 석요송이 고개를 갸웃했다.

"그게 왜 궁금하오? 일개 살수가? 살수란 결국 금자를 받고 사람의 목을 베는 사람 아니오? 그런데 나의 무공이 궁금했다니 이해가 가지 않소. 혹시 내 능력을 궁금해하는 사람이 따로 있는 것이 아니오?"

석요송의 물음에 살수의 얼굴에 다시 당황한 기색이 어렸다. 그러나 그도 잠시 살수가 차가운 목소리로 말했다.

"이유는 나중에 알게 될 것이다. 어쨌든 오늘은 이곳에서 그대의 능력을 증명해야 할 것이다. 아니면……."

"아니면?"

"능력이 없다면 죽게 되겠지."

"능력이 있다면 당신을 죽여도 되오?"

석요송이 불쑥 물었다. 그러자 살수의 눈동자가 살짝 흔들렸다. 그런 자신이 민망했는지 살수가 한줄기 미소를 베어 물며 말했다.

"능력이 있다면!"

살수의 대답에 석요송이 고개를 끄덕였다.

"죽음을 무릅쓰고 날 시험하겠다니 그대의 시험을 받아들이겠소. 그러나 역시 혼자는 어려울 것 같고 그대의 동료가 함께 나서야 할 거요."

석요송이 사방을 가로막은 암벽을 둘러보며 말했다. 그러자 살수가 살짝 입술을 깨물더니 가볍게 고개를 끄덕였다. 순간 어둠이 걷히기 시작한 암벽 사이에서 불쑥불쑥 사람들의 모습이 드러났다.

암벽에서 튀어나온 자들은 부드럽게 절벽을 타고 내려와 석요송과 말을 주고받던 살수 곁에 내려섰다. 숫자는 모두 넷, 그러니까 석요송을 유인해 온 자까지 합치면 모두 다섯이다.

'날카롭군.'

석요송이 자신도 모르게 고개를 끄덕였다. 살수들의 신법은 귀령보를 보는 것 같았고, 석요송 앞에 선 그들의 기도는 차갑고 날카로웠다. 하나같이 사람이되 곧 도검인 자들이었다.

'그리고 보니 인검으로 키워졌던 자들은 나 혼자만이 아니었다고 했지. 물론 인검오관을 통과한 사람은 내가 유일하다지만… 이들이 혹 그들이 아닐까?'

귀령보와 비슷한 신법을 사용하는 것만으로도 의심이 되는 상황이었다.

"각오하는 것이 좋을 것이다. 오늘 이곳에서 네 운명이 결정될 테니까."

동료까지 합세하자 석요송을 유인했던 살수가 차갑게 말했다. 그의 말에 한결 자신감이 붙어 있었다.

"충분히 조심할 거요."

석요송이 너무 순순히 자신의 경고를 받아들이자 살수가 기이한 시선으로 석요송을 바라봤다. 그러나 그도 잠시 살수의 표정이 무겁게 가라앉기 시작했다.

"시작하세."

살수의 말에 다른 네 명의 동료가 미끄러지듯 걸음을 옮겨 석요송을 에워쌌다. 석요송은 검을 들어 가슴 앞에 세우며 다섯 명의 적이 움직이는 모습을 한눈에 넣었다. 그리고는 가장 왼쪽으로 움직인 자를 향해 번개처럼 손을 뻗었다.

팟!

한 줄기 강맹한 파공음과 함께 석요송의 손끝에서 실처럼 가는 지력이 뻗어 나가 왼쪽의 사내를 공격했다. 그 쾌속함에 놀란 사내가 나직한 침음성을 발하며 재빨리 몸을 기울였다. 그런 그를 향해 석요송이 바람처럼 뛰어들었다.

차악!

석요송이 검을 내리그었다. 그러자 한 줄기 강맹한 검기가 흘러나와 기울어진 상대의 허리를 베어 들어갔다. 그 순간 갑자기 석요송의 등 뒤로 저릿한 살기가 다가들었다. 석요송이 귀령보를 밟으며 훌쩍 허공으로 떠올랐다. 그러자 그 발 아래로 만(卍) 모양의 기병이 매서운 파공음을 일으키며 지나갔다.

탁!

석요송이 허공에 떠오른 상태에서 한 발로 다른 발등을 찼다. 그러자 그의 몸이 한 번 더 허공으로 솟구쳤다. 근 오 장 여에 이르는 도약을 보여주는 석요송의 신위에 살수들은 쫓을 엄두를 내지 못했다. 대신 살수들은 석요송을 향해 기병과 암기들을 던져내기 시작했다.

우우웅!

벌떼가 우는 소리를 일으키며 암기와 기병들이 허공에 떠 있는 석요송을 향해 날아들었다. 한순간에 석요송의 몸이 암기로 뒤덮인 듯 보였다. 그런데 그 순간 석요송이 번개처럼 검을 휘둘렀다.

석요송의 검에서 한 줄기 검기가 흘러나오더니 부드럽게 나선을 그리며 허공을 휘어 감았다. 그러자 그를 향해 닥쳐 들던 암기들이 그 검기에 휘어 감기더니 맥을 잃고 땅에 떨어졌다.

"음!"

암기를 던져낸 살수들이 석요송의 기이한 검법에 놀라는 사이 석요송이 새처럼 날아 암벽을 등지고 내려섰다. 그러자 이제 석요송을 배후를 공격할 수 없게 된 살수들이 그의 앞에 다시 일정한 거리를 두고 도열했다.

차창!

모든 암기를 쏟아내었던지 살수들이 제각기 병기를 뽑아 들었다. 그런데 그들이 뽑아 든 병기가 또한 기이했다. 처음 석요송을 유인한 자는 검을 뽑아 들었고 나머지 사인은 각기 창과 도, 그리고 낫과 륜을 들고 있었다.

'강호에서 기병을 드는 경우는 오직 하나다. 고수이거나 삼류거나, 그러나 이들이 삼류일 리는 없지.'

석요송이 상대에 대한 경계심을 일으켰다. 강호에 나와 그가 상대했던 자들 중 흑사풍의 장로들이나 가섭몽 같은 무공의 고수들 없었던 것은 아니다. 그러나 이들은 그런 무공의 고수들과는 전혀 다른 의미에서 석요송을 위협하고 있었다. 그건 바로 생생한 살기의 기운으로 무장한 살수의 위협이었다.

석요송이 서너 걸음 뒤로 물러났다. 숭한 기운을 맞아 투기를 일으키는 것은 하수들이나 하는 일이다. 석요송이 서너 걸음 물러나자 다섯 명의 살수들이 만들어내는 살기가 기이하게도 한 풀 꺾였다.

그러자 살수들의 얼굴에 당혹한 기운이 어렸다. 그러나 그도 잠시 다섯 살수가 거의 동시에 석요송을 향해 날아들었다. 그리고 이내 다섯 개의 병기가 교묘하게 어우러진 공세가 끊임없이 이어지기 시작했다.

"무서운 자들이다."

새벽빛이 찾아든 숲에서 석요송과 다섯 살수의 싸움을 지켜보고 있던 왕춘이 나직하게 중얼거렸다. 그의 목소리에서 은은한 두려움이 느껴졌다.

"어디서 저런 자들이 나온 걸까? 보아하니 흑사풍의 무리는 아닌 것 같은데. 흐흐 이런 멍청한 늙은이를 보았나. 흑사풍의 무리였다면 이렇게 은밀히 요송을 유인할 이유가 없지. 그렇다면… 결국 금문의 문도라는 말인데… 이크!"

한순간 왕춘이 당황한 음성을 흘리며 훌쩍 신형을 띄워 올렸다. 그러자 그의 몸이 한 줄기 연기처럼 자신의 머리 위 무성하게 자란 나뭇가지 사이로 사라졌다.

"누구지?"

무성한 나뭇가지에 몸을 숨긴 왕춘이 석요송과 다섯 명의 살수가 아닌 그 북쪽 석벽 위로 시선을 돌렸다. 언제부터인지 모르지만, 석벽 위에 묵빛 장삼을 입은 자가 팔짱을 낀 채 석요송과 살수들의 싸움을 내려다보고 있었다.

다행스럽게도 장삼의 인물은 왕춘을 발견하지 못한 듯 보였다. 그의 시선은 흔들림 없이 장내의 싸움에 고정되어 있었다.

"음… 무척 젊어 보이는데……."

멀리서도 묵빛 장삼의 인물은 나이가 그리 많아 보이지 않았다. 그럼에도 그는 무거운 기운을 흘려내고 있었는데 몸을 숨긴 왕춘에게조차도 그 기운이 전해지는 것처럼 느껴졌다.

"아무튼 저자가 이 일을 계획한 자임은 분명하군."

쩡!

암벽 위의 인물에게 시선을 주고 있던 왕춘이 갑자기 터져 나온 벼락같은 굉음에 놀라 싸움이 벌어지는 곳으로 시선을 돌렸다. 그러자 살수 중 검을 쓰는 자의 검이 뎅겅 부러지며 어깨에서 피가 솟구치는 것이 보였다.

석요송은 검을 쓰는 자의 병기를 부러뜨리고 그의 어깨를 벤 후 재빨리 대여섯 걸음 뒤로 물러났다. 그러자 그가 있던 자리에 벼락처럼 다른 네 명의 병기가 떨어져 내렸다.

쿠쿠쿵!

병기들이 만들어 낸 기파들이 땅을 파고 바위를 깨뜨렸다. 동료의 피를 본 살수들은 더욱 날카롭고 거칠어지기 시작했다. 그러나 살수들의 흥분이 시작되자 석요송은 승기가 자신에게 넘어왔음을 깨달았다. 본시 살수란 직업이 거칠기는 하지만 반대로 살수가 가장 위험할 때는 그들의 심기가 가라앉아 있을 때다. 그러나 일단 살수가 흥분하기 시작하면 살수는 더 이상 살수가 아니었다, 그저 평범한 무인일 뿐.

찌리릿거리는 풀벌레 우는 소리가 일어나며 석요송의 손끝에서 투명한 진기들이 흘러나오기 시작했다. 검을 든 손 말고 왼손의 다섯 손가락에서 흘러나오는 지력들이 네 명의 살수를 향해 파고들었다. 그러자 살수들이 제각기 병기를 움직여 석요송의 지력을 막아냈다.

가벼운 충돌음이 병장기들 사이에서 일어났다. 그러나 가벼운 소리와 달리 석요송의 유뢰지에 담긴 힘은 천 근에 달해 살수들이 저마다 뒤로 물러났다. 그런 살수들을 향해 이번에는 석요송이 거침없이 뛰어들었다.

마치 양 떼들 사이에 뛰어든 늑대처럼, 송사리 사이를 누비는 잉어처럼 석요송이 살수들 사이에서 검을 휘두르기 시작했다.

그의 검 주변에 옥빛의 검기가 어른거렸고, 그 검기들이 허공을 휘저을 때마다 아름다운 빛줄기들이 살수들을 휘어 감았다. 아름답기는 하지만 치명적인 위험을 담은 검기들이 자신들을 향해 움직일 때마다 살수들은 대경하며 급히 병기를 들어 검기를 막았다. 그러나 석요송의 검기에 담긴 힘이 워낙 강했기에 살수들은 더 이상 합공의 효용을 발휘하지 못하고 사방으로 흩어져 석요송의 매서운 공세를 견뎌내야 하는 처지였다.

"부족함을 알았다면 병기를 내리시오!"

석요송의 입에서 차가운 음성이 흘러나왔다. 그러나 아직은 버틸만한지 살수들 중에 병장기를 버리는 사람은 없었다. 살수들이 물러나지 않자 석요송의 검이 더욱 날카로워졌다.

검기들이 화살처럼 빠르고 날카롭게 살수들의 사혈을 공격해 들어갔다. 그리고 급기야 다시 한 명의 부상자가 생겨났다.

팟!

"욱!"

본시 살수는 고통을 잘 참는 법이지만 륜을 쓰는 자의 입에서 참지 못한 신음성이 흘러나왔다.

그의 가슴 바로 옆으로 검상이 나 있었고, 그 검상으로부터 피가 솟구치고 있었다. 다행히 죽음은 면했지만 만약 일 촌만 더 옆에 석요송의 검이 격중했다면 심장이 상해 그 자리에서 즉사를 면치 못했을 부상이었다.

투툭!

가슴에 검상을 입은 살수가 급히 뒤로 물러나 상처를 지혈하기 시작했다. 석요송은 뒤로 물러난 자를 놓아두고 다시 나머지 사람들을 향해 도검을 뿌리기 시작했다.

이제 싸움의 양상은 완전히 석요송에게 기울어져 있었다. 석요송의 검은 갈수록 날카로워지는 반면 살수들의 움직임은 느리고 둔해졌다. 병기를 쓰는 법 역시 어지러워져 더 이상 석요송의 공세를 견뎌낼 것 같지 않았다.

촤악!

한순간 석요송의 검이 위에서 아래로 떨어져 내렸다. 그러자 검에서 뻗어 나간 검기가 살수 중 한 명의 허벅지를 베어냈다. 낫을 든 자였는데 그자의 입에서는 비명이 나오지 않았다. 대신 훌쩍 뒤로 물러나 뭉클거리며 피를 흘려내는 자신의 허벅지를 응시하더니 품속에서 단단한 줄을 꺼내 허벅지 위쪽을 묶어 지혈을 했다. 그리고는 다시 낫을 들어 싸움에 끼어들 채비를 하고 있는데 문득 암벽 위에서 한마디 날카로운 음성이 들려왔다.

"그만!"

암벽 위에서 들려온 목소리에 살수들이 뒤로 물러났다. 그리고는 병기를 거둔 후 고개를 돌려 암벽 위를 바라봤다. 암벽 위에 서 있던 묵빛 옷의 인물이 손을 들어 가볍게 한 번 휘저었다. 그러자 살수들이 거짓말처럼 그 자리에서 사라졌다.

석요송은 살수들을 쫓지 않았다. 주인이 나타났는데 사냥개를 쫓을 이유는 없었다. 석요송의 시선이 암벽 위 묵빛 인물에게로 향했다. 거리가 멀었지만, 그에게서 흘러나오는 패도적인 기운을 온몸으로 느낄 수 있었다.

'정말 강한 자다.'

석요송이 내심 상대의 기운에 감탄했다. 아마도 그가 지금껏 보았던 그 어떤 인물보다도 강한 자임이 분명했다. 그가 상대했던 다섯 살수들도 강했지만 그들의 강함과 암벽 위 인물의 강함은 근본부터가 다른 것이었다. 암벽 위 인물의 강함은 도검에서 나오는 것이 아니라 그의 기운, 타고난 그 기운으로부터 흘러나오는 것이었다.

"잘 보았소. 무척 감탄했소. 강호에 그대와 같은 젊은 고수가 있을 거라고는 생각지 못했소. 명불허전이오. 흑사풍을 단신으로 요리했다더니……."

암벽 위 인물이 입을 열었다. 그의 말을 들으며 석요송이 고개를 갸웃했다. 그의 목소리가 기이했기 때문이다. 마치 변성을 한 듯 하나의 말이 두어 번 들려왔다.

'음공을 익힌 자인가?'

강호에는 간혹 음을 무공의 경지로 수련하는 자들이 존재한다. 음이란 사람의 본능을 움직여 두려움을 느끼게 할 수 있는 도구이기에 음공을 수련한 자들은 항상 말을 할 때 목소리에 변화를 주어 상대의 심기를 흩트리곤 한다. 암벽 위 인물도 그와 비슷해 보였다.

"그대가 살수를 보낸 사람이오?"

"그렇소. 최근 들어 당신의 명성이 초원을 뒤흔든다기에 한 번 그 실력을 보고 싶었소."

"초원에서 온 사람이오?"

"그렇지는 않소. 그저 강호를 떠돌며 여행이나 하는 사람이오. 마침 이곳에 들렀다가 그대의 소문을 들었지."

감정이 느껴지지 않는 목소리로 대답했다.

"왜 수하들을 상하게 할 만큼 내 무공이 궁금했소?"

석요송이 다시 물었다.

"강호의 무인으로서 강한 자에 대한 호기심은 당연한 것 아니오?"

묵빛 인물이 퉁명스레 대답했다. 그러자 석요송이 잠시 침묵을 지키다가 불쑥 사내를 향해 물었다.

"나와 인연이 있소?"

순간 멀리서도 상대의 표정이 살짝 변하는 것이 보였다. 직후 그가 입을 열었다.

"글쎄… 지금까지는 몰라도 앞으로는……."

상대가 말꼬리를 흐렸다. 그리고는 거짓말처럼 그 자리에서 사라졌다. 석요송은 묵빛 인물의 움직임을 처음부터 끝까지 보고 있었지만, 그가 어느 곳으로 사라졌는지는 알아채지 못했다.

"천외천이라더니… 저자는 나보다 강할지도 모르겠군."

석요송이 나직하게 중얼거렸다. 그러자 문득 그의 뒤에서 왕춘의 목소리가 들려왔다.

"정말 그렇게 보이나?"

"보고 계셨군요."

석요송이 짐작했다는 듯 왕춘을 보며 말했다.

"이런 싸움은 쉽게 구경할 수 있는 게 아니지. 더군다나 노인은 젊은이보다 아침잠이 없거든."

"누군지 짐작이 가십니까?"

왕춘의 싱거운 변명보다 암벽 위 인물의 정체가 더 궁금한 석요송이었다. 그러자 왕춘이 고개를 저으며 대답했다.

"나도 모르겠네. 처음에는 금문의 문도가 아닐까 생각했었는데……."

"저도 처음에는 그리 생각했습니다만."

"지금은 아니란 말인가?"

"암벽 위에 있던 자의 기도를 살피니 과연 월촌에 그런 인물이 있었나 의심이 되는군요."

"월촌에 든 지 겨우 하루네."

"그렇긴 하지요."

"그리고 궐 장로도 월촌에 들어설 때 중요한 인물이 있는 듯 말하지 않았던가."

"그일까요?"

"그럴 가능성이 크지."

그러자 석요송이 나직하게 탄식을 흘리며 말했다.

"휴… 청도주는 참으로 욕심이 많은 사람이군요."

"무슨 소린가?"

"그런 인물이 있음에도 또한 나와 같은 사람을 필요로 하니 말입니다."

"음… 그렇게 대단한 인물이었던가?"

"저도 승부를 논할 수 없겠더군요."

"도대체 누굴까? 금문에 그런 젊은 고수가 있다는 소문을 듣지 못했는데……."

왕춘이 고개를 갸웃했다.

"곧 모습을 드러내겠지요. 그가 정말 금문의 사람이라면 말입니다. 날 시험했으니 필시 내게 관심이 있다는 말이겠지요."

"그건 그래. 흠… 곧 만나게 되겠지."

왕춘도 고개를 끄덕였다.

궐후가 석요송을 찾아온 것은 살수들과 한바탕 드잡이질을 한 그날 오후였다. 궐후와 월촌에 머물고 있는 금문의 고수들은 석요송이 새벽에 살수들과 겨뤘다는 것을 아는지 모르는지 그 일에 대해서는 전혀 아는 척을 하지 않았다.

"지낼 만한가?"

궐후가 문턱에 걸터앉으며 물었다. 이럴 때 보면 영락없는 산골 노인이지 절대 금문의 장로로 보이지 않았다.

"좋습니다."

석요송이 고개를 끄덕였다.

"자넨?"

궐후가 한쪽에 멀끔히 앉아 있는 왕춘을 보며 물었다. 그러자 왕춘이 금세 굽실거리며 대답했다.

"삼십오진이나 육진에 비할 수가 있나요."

"후후, 그렇긴 하지. 그런 곳에서 지냈으니 이곳은 무릉도원이나 다름없겠지. 아무튼… 내일 월춘을 떠날 걸세."

"그렇게 일찍 말입니까?"

왕춘의 서운한 기색으로 물었다.

"길이 바쁘네. 더군다나 품속에 기보가 있으니 시간을 낭비할 수는 없네. 그런데……."

궐후가 잠시 말을 흐렸다.

"달리 당부하실 말씀이라도……?"

석요송이 묻자 궐후가 고개를 끄덕였다.

"동행이 있을 걸세."

"……?"

일행에 동행을 들이고 말고를 굳이 석요송에게 전할 이유는 없었다. 이 일행에서 석요송은 여전히 이방인이 아니던가.

"좀 까다로운 손님이네. 마차를 타고 이동할 텐데… 그의 얼굴을 보긴 어려울 걸세. 하지만 그래도 혹시 모르니 행동을 조심해주시게."

궐후가 이런 부탁까지 할 사람이라면 정말 대단한 존재임이 분명했다.

"알겠습니다."

"좋아. 그럼 하루 더 편히 쉬게 내일 아침 일찍 떠날 테니 자기 전에 준비를 해두시게."

궐후가 툭툭 옷자락을 털고 자리에서 일어났다. 그러고는 곧은 발걸음으로 장내를 벗어났다.

"손님이라… 그것도 궐 장로가 직접 와서 주의를 줄 정도로 대단한 사람이라니 도대체 누굴까. 혹시……?"

왕춘이 석요송을 바라봤다.

"역시 어르신도 그를 생각하셨군요."

"그러게 말이야. 나도 그자라고 생각했네."

두 사람 모두 지난 새벽 숲에서 보았던 인물을 떠올린 것이다.

"생각보다 빨리 그를 보게 되겠군요."

"그런데 괜찮을까?"

"……?"

"자네가 그자의 수하들을 험하게 다루지 않았던가?"

왕춘의 말에 석요송이 미소를 지으며 대답했다.

"덕분에 제 목이 남아 있지 않습니까?"

"하긴 그들을 베지 않으면 자네가 죽었을 테지."

왕춘이 고개를 끄덕였다.

하루가 더 지나자 수십 일 간 쌓였던 몸의 피로는 모두 풀어졌다. 사람들은 생기를 되찾을 모습으로 월촌의 동쪽 입구에 모여들었다. 이번에는 월촌에 기거하는 자들, 농군이나 산꾼으로 변복한 자들의 모습도 몇 보였다.

그리고 한 대의 커다란 마차, 이런 산골 마을에 전혀 어울리지 않는 투박한 마차가 한 대 서 있었다. 마차 주변으로 다섯 명의 장년 사내가 말을 타고 호위하고 있었다.

"그자들은 아니지?"

왕춘이 고개를 석요송 쪽으로 숙이고 물었다.

"그자들은 어둠 속에서 움직이는 자들이지요."

석요송이 시선을 돌려 월촌 주변의 숲을 보며 말했다.

"물론 그렇기도 하거니와 자네의 도검에 몇이 상했으니 있어도 나설 입장은 아닐 거야. 흐흐."

"그런데 저 마차 본 적이 있군요."

"응? 어디서?"

"야천룽에 궐 장로께서 오셨을 때 동행했던 마찹니다. 물론 하루 정도 후에 떠났지만……."

"아, 듣고 보니 그렇군. 나도 늙었나? 왜 기억을 하지 못했지?"

왕춘이 자책하는 사이 사람들의 호위를 받으며 궐후와 우풍사 모길이 등장했다. 금문의 문도들이 일제히 두 사람을 향해 고개를 숙였다.

"모두 준비되었는가?"

"그렇습니다."

모길의 물음에 단적귀가 대답했다. 그러자 모길이 다시 입을 열었다.

"좋아. 출발한다. 사람들의 이목을 조심하라. 다음 목적지는 임황이다."

임황부는 대요의 상경으로 불리는 곳이다. 그곳에 도착하면 어려운 길은 거의 끝났다고 할 수 있었다. 물론 임황에서 청도까지는 제법 여러 날 걸리는 길이긴 하지만, 그나마 평탄한 관도를 따라 이동할 수 있었다.

뚜걱뚜걱!

말굽소리가 규칙적으로 들리면서 선두에선 자들이 출발했다. 그러자 한결 불어난 일행이 천천히 뱀의 모양으로 구부러진 산길을 따라 월촌을 떠나갔다.

*   *   *

홍안령 산맥의 동쪽편이 낮아지며 요동의 평지가 시작되려는 곳에 삼십여 명의 기이한 복장의 사람이 모여 있었다. 몸에는 검은색 혹은 회색 옷을 걸쳤고 머리에는 천을 둘둘 말아 만든 모자를 쓰고 있었다. 그들의 복색은 대막을 여행하는 자들의 모습과 흡사했다.

그들은 홍안령에서 나와 남동쪽으로 이어지는 길이 보이는 작은 산봉우리에 올라 있었는데 이미 여러 날 그곳에 머물렀는지 근처에 솥을 걸고 음식을 한 흔적과 노숙을 위한 천막들이 있었다.

어찌 보면 평화로운 산꾼들의 거처처럼 보이기도 하는 산봉

우리 천막들을 향해 한순간 두 필의 말이 비호처럼 달려 올라갔다. 그러자 산봉우리에 머물던 사내들이 일제히 두 필의 말을 타고 온 자들 주위로 모여들었다.

그들은 한동안 두 사내가 전하는 말을 듣더니 이내 숙영지를 정리하기 시작했다. 그리고 잠시 후 흔적도 없이 천막을 치운 그들이 일제히 말에 올라 산봉우리를 달려 내려갔다.

두두두!

"오셨습니까?"

삼십대 중반의 사내가 삼십여 명의 기마를 이끌고 오는 노인을 맞이했다.

"어디쯤이냐?"

노인이 물었다.

"반나절 거리입니다. 오늘 저녁 안으로 이곳을 지날 겁니다."

젊은이의 말에 노인이 주변을 돌아봤다. 그리고 고개를 끄덕이며 말했다.

"사냥을 하기엔 좋은 곳이구나."

"이미 지형을 자세히 살펴두었습니다. 그들이 빠져나갈 길은 없습니다. 그물은 완벽합니다."

"문제는 그물이 아니고 그 안에 들 맹수가 무척 사납다는 거지."

"스승님이 직접 오셨는데 그 누군들 그물을 뚫을 수 있겠습니까?"

사내의 말에 노인이 고개를 저으며 대답했다.

"섭몽, 그렇지가 않다. 난 이미 늙었단다."

노인이 대답했다.

第十章 금령(金嶺)

굽이진 길을 따라 산모퉁이를 돌자 너른 평원이 눈에 들어왔
다. 초록으로 물든 평원이 사람들의 마음을 유혹한다. 요동의
평야는 대막의 초원과는 다르다. 거칠기는 마찬가지지만 사막
과 이어진 대막의 평원에 비하면 사람이 살기에 한결 수월한 땅
이다.

"이제 길이 좀 수월하겠구만!"

평원을 본 왕춘이 입을 열었다. 사람은 평원에서는 산을, 산
에서는 평지를 그리워하게 마련인 모양이었다.

"산 아래 계곡에서 숙영한다."

모길의 목소리가 들려왔다. 그러자 금문의 문도들이 말을 몰
고 산에서 흘러나와 평원으로 접어드는 계곡으로 내려섰다. 그
리고는 서둘러 천막을 세우고 하룻밤 유숙할 준비를 하기 시작

했다.

석요송과 왕춘도 자신들이 잠들 천막을 서너 개의 나무기둥을 이용해 간단하게 만들었다. 그리고는 그 안에 짐을 던져놓고 서둘러 모닥불을 피웠다.

저녁은 이르게 찾아왔다. 산과 평원을 물들이던 석양이 검게 변하자 이내 세상은 어둠으로 물들기 시작했다. 그런데 찾아든 것이 어둠만이 아니었다. 갑자기 사방에서 횃불이 오르기 시작하더니 이내 한 줄기 광풍처럼 수십 필의 말이 금문도들이 숙영지를 꾸린 계곡 입구를 막기 시작했다.

갑작스러운 소란에 놀란 말들이 비명을 지르며 날뛰었다. 금문도들이 급히 움직여 말들을 진정시키지 않았다면 말들은 계곡을 벗어나 사방으로 흩어졌을 터였다.

문도들이 말들을 진정시키는 사이 모길과 궐후가 숙영지의 앞쪽으로 나섰다. 계곡의 입구 쪽만이 아니라 좌우의 산비탈 그리고 후미의 야산 위에도 횃불이 타오르고 있었다. 적이라면 완벽한 함정에 빠진 것이다.

"어디서 오신 분들이오?"

모길이 침착한 목소리로 계곡 입구를 막고 있는 자들에게 물었다. 그러자 그들 중 한 사람이 말을 몰아 앞으로 나섰다.

"다시 보는구려."

말 위의 사내가 모길에게 아는 척을 했다. 그러자 모길의 눈이 가늘어졌다. 안면이 있는 자다. 얼마 전 대막에서 흑사풍의 고수들을 이끌고 모길 자신과 대치했던 흑사풍 일대주 영파다.

"당신은……."

영파를 알아본 모길을 말꼬리를 흐렸다.

"의외이신 모양이구려?"

영파가 물었다.

"흑사풍의 일대주께서 이곳엔 어쩐 일이시오? 흑사풍이 홍안령을 넘었다는 것이 요동무림에 알려지면 후환이 좋지 않을 터인데……?"

"하하! 별걱정을 다하시오. 금문도 대막에 들어왔는데 흑사풍이라고 요동에 들어오지 말라는 법이 있소? 더군다나 우리는 오늘 밤이 지나면 다시 대막으로 돌아갈 것이니 그런 걱정은 하지 마시구려."

영파가 호탕한 기세로 말했다. 그런 영파의 모습을 보고 있는 모길의 얼굴이 어두워졌다. 적이 자신감을 가지고 말할 때는 믿는 구석이 있기 때문이었다.

"그래 무슨 일이오?"

모길이 영파의 표정을 살피며 물었다.

"우풍사께 볼일이 있어서 이렇게 찾아왔소."

"우리의 거래는 이미 끝난 것 아니오?"

"미안하게도 거래는 아직 끝나지 않았소."

"그게 무슨 소리요. 그대들은 고성을, 금문은 야천릉을 그렇게 결정한 것 아니었소?"

"물론 그렇소. 그런데… 그대들은 고성을 완전한 상태로 내준 게 아니더구려. 그래서 우리 흑사풍에서는 이 거래를 온전히 매듭짓기 위해 이곳에 왔소."

"그게 무슨 궤변이오? 우린 분명 고성을 흑사풍에 넘겼소."

"그러나 그 속에 있던 물건까지 넘긴 것은 아니지 않소? 여러 말 하지 맙시다. 물건을 주시오."

"무슨 물건 말이오?"

"설마 대금문의 우풍사께서 눈 가리고 아웅하겠다는 것이오? 혈사신보! 그 물건을 내어주시오. 애초에 그 물건은 우리 흑사풍의 것이었소. 그 물건을 내놓아야 우리의 거래는 온전히 끝나게 될 것이오."

영파가 경고하듯 말했다. 당장에라도 검을 뽑을 기세다. 그러나 모길은 영파의 거친 기세에도 끄떡하지 않았다. 대신 모길은 더 강한 반발로 영파를 상대했다.

"대막이 아닌 요동에서 흑사풍이 금문을 상대할 수 있을 것 같소?"

"오늘 단 하루라고 했소, 우리가 요동에 머무는 것은. 우린 오늘 밤 일을 끝내고 대막으로 돌아갈 것이오. 이후엔 금문이 아무리 강한 자들을 대막으로 보낸다 해도 우릴 상대할 수 없을 것이오. 대막은 넓고 우린 금문을 상대할 힘을 기를 때까지 숨어 지낼 인내심이 있소."

영파의 말에 모길이 살짝 눈살을 찌푸렸다. 그리고는 고개를 저으며 말했다.

"오늘 그대들은 아무것도 얻지 못할 것이오. 오히려 금문이라는 강호 최대의 적을 만들게 되겠지. 지금이라도 물러나시오. 그리하면 오늘 있었던 이 불미한 일은 잊겠소."

"물러날 길을 뭣 하러 왔겠소?"

"그대들은 이미 대막에서조차 실패를 했소. 그런데 이곳에서라고 달라질 것이 있겠소?"

"당연히 달라질 것이오. 왜냐하면, 우린 이곳에 아주 단단한 그물을 만들었고, 또… 대막에서 당신들이 뵙지 못한 분이 오셨기 때문이오."

영파의 말에 모길의 눈이 가늘어졌다. 영파가 이토록 믿을 정도의 인물이라면 보통 인물이 아닐 터였다. 그렇다면 짐작키 어려운 일도 아니다. 그가 왔을 것이다. 대막의 별, 대천성 금아불. 필시 그가 왔음이 분명했다.

"대천성께서 오셨겠구려."

모길의 말에 영파가 무겁게 고개를 끄덕였다.

"그렇소. 그분께서 오셨소. 그러니… 그만 물건을 내어놓으시구려."

"일단 그분을 봬야겠소."

모길의 말에 영파가 슬쩍 뒤를 돌아봤다. 그러자 다시 한 필의 말이 한 명의 노인을 태우고 앞으로 나왔다. 말 위의 노인에게서 흘러나오는 기운이 금문도들을 휘어 감자 자신도 모르게 뒤로 물러나는 자들도 생겨났다.

"대천성을 뵈오!"

노인이 앞으로 나서자 모길이 적임에도 불구하고 정중하게 포권을 해 인사를 했다. 그러자 노인이 가볍게 고개를 숙여 보이며 대답했다.

"금문의 우풍사께 과례를 받으니 몸 둘 바를 모르겠구려. 금아불이오. 아마 우린 처음 보는 것 같구려"

"그렇습니다. 처음이지요."

"허허, 이것 참! 사람의 인연이란 언제나 처음이 중요한 것인데… 초면이 이런 상황이라니 아쉽구려."

"저 역시 아쉽습니다. 부디 오늘의 만남이 선연으로 기억되도록 대천성께서 아량을 베푸시길 바랍니다."

"하하하! 그게 어디 내게 달린 일이겠소? 모두 금문의 결정에 달린 일이지. 그런데… 내가 알기로 금문의 궐 장로께서도 계시는 것 같은데……?"

금아불이 고개를 들어 모길의 어깨 너머 금문도들을 보며 말했다. 그러자 금문도들이 좌우로 갈리며 장로 궐후가 걸어 나왔다.

"오랜만입니다, 대천성!"

궐후가 앞으로 나오자마자 금아불에게 포권을 취해 보였다. 그러자 금아불 역시 말 위에서 내려와 궐후에게 마주 포권을 해 보였다.

"십오 년… 그즈음 된 것 같구려."

금아불이 말했다.

"그렇군요. 벌써 그렇게 되었군요."

"허허, 세월은 유수라더니 우리 두 사람도 이제 관속으로 들어갈 날이 얼마 남지 않았소이다."

금아불이 오랜 친구를 만난 것처럼 다감하게 말했다. 그러자 궐후가 고개를 끄덕이며 맞장구를 쳤다.

"그렇지요. 이젠 죽을 날이나 기다려야지요. 그래서 그런지 요즘 들어서는 세상사가 모두 재미가 없더군요. 그런데 대천성께서는 여전히 세상 일에 관심이 많으신 것 같군요."

혈사신보를 얻기 위해 홍안령을 넘어온 금아불의 행동을 꼬집어 한 말이었다. 궐후의 말에 금아불이 희미한 미소를 지으며 대답했다.

"나야 세상에 무슨 욕심이 남아 있겠소. 단지 후대를 위해 대막의 전설을 선물하고 싶은 것일 뿐!"

금아불의 말에 궐후가 살짝 안색을 굳혔다. 금아불의 말투로 보아 쉬이 물러날 것 같지 않기 때문이었다. 금아불이 누군가. 천하에서 가장 강한 자를 꼽으라면 능히 사람들 입에 오르내릴 인물 중 하나였다. 북천십이문의 한 자리를 차지하고 있는 흑사풍의 주인일 뿐 아니라, 그 자신도 천하를 통틀어 손에 꼽히는 고수였다. 그런 그가 독한 마음을 먹는다면 오늘의 난국을 풀어내기가 결코 쉽지 않을 터였다.

"대천성께선 금문의 도주님이 어떤 분이신지 모르십니까?"

궐후가 차가운 얼굴로 물었다. 그러자 금아불이 대답했다.

"내가 어찌 청도주의 무서움을 모르겠소. 그래서 난 오늘 이곳에서 궐 장로를 비롯한 금문의 사람들을 단 한 명도 해하고 싶지 않소. 만약 내가 독하게 손을 쓰게 된다면 아마도 난 죽을 때까지 청도주를 피해 서역으로 나가 있어야 할 거요. 나도 고향을 떠나기는 싫구려. 그러니……."

금아불은 전혀 물러날 생각이 없는 듯 보였다. 서역까지 몸을 피신할 생각이라면 반드시 혈사신보를 손에 넣겠다는 의미였다. 그러나 궐후 역시 혈사신보를 금아불에게 넘겨줄 생각은 없었다.

"대천성께서 그리 고집을 부리신다면 오늘 이곳의 일은 무척 험난할 수밖에 없을 것 같습니다."

"후… 그럼 어쩔 수 없구려. 부디 몸을 보중하시기 바라오. 모두 준비하지."

대천성 금아불이 고개를 돌리며 말하자 그의 뒤에 도열해 있던 흑사풍의 고수들이 일제히 도검을 빼 들었다. 비록 삼십여 명에 지나지 않지만 대천성 금아불이 데리고 온 자라면 결코 평범한 자들이 아닐 터였다.

그런데 그때였다. 갑자기 금문의 문도들 뒤쪽에서 한마디 음성이 들려왔다.

"잠깐만 기다리시오."

순간 금아불이 아미를 모으며 소리가 들린 곳을 바라봤다. 그리고는 신중한 어조로 입을 열었다.

"어떤 고인이 모습을 감추고 계시는지 이 금모는 무척 궁금하구려."

목소리에 실린 신비한 힘을 금세 알아챈 금아불이 일에 변수가 생길 것을 꺼리는 기색이 역력하다. 그러자 다시 예의 그 목소리가 들려왔다.

"대천성께서는 오늘 반드시 혈사신보를 취하실 생각이시오?"

궐후조차도 존대를 하는 마당에 목소리의 주인은 금아불을 향해 결코 존대를 하지 않았다. 그래서인지 금아불의 표정이 점점 차가워졌다.

"그렇소. 난 오늘 반드시 혈사신보를 취할 거요. 그런데… 난 본래 얼굴을 숨기고 말하는 사람과는 상대를 하지 않소. 그러니 나서지 않을 거면 난 그냥 하던 일을 해야겠소."

금아불의 말이 끝나자 갑자기 하나의 검은 그림자가 금문도들을 날아 넘어 장내에 내려섰다. 그 표홀한 신법이 사람들을 놀라게 하는 와중에 석요송과 왕춘도 횃불 아래 모습을 드러낸 자를 보고 놀라지 않을 수 없었다.

"그로군!"

왕춘이 나직하게 입을 열었다. 석요송이 대답없이 고개를 끄덕였다. 장내에 모습을 드러낸 자는 월촌에서의 새벽, 석요송과 살수들의 싸움을 지켜보던 바로 그였다.

횃불 아래 보는 그의 모습은 기이했다. 한쪽 눈과 볼을 은가면으로 가린 그의 모습은 신비하기도 하고 한편으로는 괴이하기도 했다. 그러나 가면에서 벗어난 다른 한쪽의 얼굴은 그야말로 전설의 기남자 송옥이나 반안에 못지않게 아름다운 모습을 하고 있었다. 만약 장내에 여인이 있었으면 그 반쪽의 얼굴만 보고도 단번에 마음을 빼앗기고 말았을 터였다.

"가면을 왜 썼지? 그때는 가면이 없었는데……?"

왕춘이 고개를 갸웃했다. 물론 가면으로 얼굴 반을 가린다고 해서 당시 보았던 묵빛 사내임을 모를 리는 없었다. 당시에도 그의 얼굴을 자세히 본 것은 아니지만 석요송와 왕춘이 기억하는 것은 그의 얼굴이 아니라 그의 옷차림과 그의 기도였기 때문이었다.

"마차를 타고 올 때도 얼굴을 비추지 않았지요."

"그렇긴 해. 그럼 또 왜 자네를 유인해 살수들과 싸우게 할 때는 얼굴을 보였던 것일까?

"기억하세요?"

"뭘?"

"그의 얼굴 말입니다."

"어… 그건… 물론 자세히는…….."

"그러니 그때도 얼굴을 드러낸 것은 아니지요."

"그렇게 되는 건가?"

"어쨌든 재밌게 되었군요. 그의 무공을 두 눈으로 보고 싶었는데, 흑사풍의 대천성이라면 그와 좋은 상대가 되겠지요."

"둘이 싸울까?"

"그가 나섰다는 것은 곧 싸우겠다는 의미 아닐까요?"

"하긴… 정말 궁금하군."

왕춘이 석요송의 말에 호기심을 드러내며 은가면의 사내에게 시선을 주었다.

"그대는 누구인가?"

금아불이 손을 들어 움직이려는 흑사풍 고수들을 막으며 물었다.

"금문의 사람이오."

"그걸 모르겠는가? 그대의 이름을 묻는 것이야."

금아불이 아랫사람 대하듯 물었다. 그러자 사내가 고개를 저으며 말했다.

"그건 말해줄 수 없소. 내 정체를 알려주려 했다면 이 가면을 왜 썼겠소?"

"음… 궐 장로!"

금아불이 문득 궐후를 불렀다.

"말씀하시지요."

궐후가 여전히 공손한 태도로 대답했다.

"이 사람이 그대를 대신할 수 있소?"

금문에서 궐후는 특별한 존재다. 금문십육사로 불리는 열여섯 장로 중 한 명이므로 이 가면의 사내가 그를 대신할 수 있다면 적어도 금문에서 손에 꼽을 수 있는 인물일 터였다.

"부족함이 없지요."

궐후의 대답에 금아불의 표정이 변했다. 궐후가 이렇게까지 인정하는 인물이라면 결코 평범할 수 없다.

"점점 궁금해지는군."

금아불이 중얼거리며 은가면의 사내를 날카롭게 살폈다. 그런 금아불의 시선을 스스럼없이 받아넘기며 은가면의 사내가 입을 열었다.

"혈사신보를 원한다고 했소?"

"그렇다네."

금아불이 대답했다.

"그 물건이 귀중한 것이라는 말은 들었소. 그러나 세상에 사람 목숨보다 중한 물건은 없소. 그러니 그 물건을 두고 양쪽이 존망을 건 싸움을 하는 것은 어리석은 일이오."

"그럼 혈사신보를 내어주면 될 것이 아닌가?"

"나로서야 내어줄 수도 있지만, 아직 금문에서 내 위치가 혈사신보의 거취를 결정할 만큼은 아니오."

"그럼 싸울 수밖에!"

금아불이 짐짓 퉁명스레 말했다. 그러자 은가면의 사내가 차분한 목소리로 대답했다.

"싸움을 하되 여러 사람 피 흘릴 필요가 있겠소?"

"무슨 소린가?"

"흑사풍의 고수 중 날 꺾는 자가 있다면 혈사신보를 내어 주리다."

"혈사신보의 거취를 결정할 수 없는 위치라고 하지 않았던가?"

"내가 패해 혈사신보를 내어 놓았다면 도주께서도 수긍하실 것이오."

"음… 그 정도는 되는 인물이다?"

"그렇소."

묵빛 사내가 고개를 끄덕였다. 그러자 금아불이 잠시 생각에 잠겼다가 고개를 끄덕였다.

"좋아. 그 제안을 받아들이지. 강호에선 강한 자가 기보를 차지하는 것은 당연한 일이니……."

"흑사풍 대천성의 검을 받게 되어 영광이오!"

묵빛 사내가 정중하게 포권을 해보였다. 그러자 금아불이 얼른 고개를 저었다.

"아니, 그대를 상대할 사람은 내가 아니야. 나도 나이가 있는데 어린 사람과 드잡이질을 할 수는 없지. 그런데… 혹 그대가 석요송이라는 그 젊은 고수인가?"

그러자 은가면의 사내가 고개를 저었다.

"아니오. 그는 저기 있소."

사내의 손길을 따라 금아불의 시선이 움직였다. 그러자 금문의 문도들과 섞이지 않고 서 있는 두 사람, 석요송과 왕춘이 보였다. 금아불이 깊은 시선으로 석요송을 응시했다. 석요송은 그런 금아불의 시선을 덤덤한 모습으로 받아들였다.

"음… 역시 오늘 혈사신보를 꼭 취해야겠어. 금문에는 이렇게 젊은 신룡들이 번갈아 출현하는데 우리 흑사풍은 아직 제대로 된 후기지수를 길러 내지 못하고 있으니. 섭몽!"

금아불의 부름에 흑사풍의 고수들 사이에서 가섭몽이 모습을 드러내더니 훌쩍 금아불의 뒤에 날아와 시립했다.

"부르셨습니까? 사부!"

석요송을 상대할 때는 저자의 부랑배처럼 거칠어 보이던 가섭몽이 금아불 앞에서는 조신하기 이를 데 없다.

"네가 다시 한 번 나서야겠다. 금문에서는 끊임없이 후기지수를 배출하는데 우린 흑사풍은 너밖에 내세울 사람이 없으니 안타깝구나."

"최선을 다하겠습니다."

"그것으론 안 되지. 목숨을 걸어라. 혈사신보를 취하지 않는 이상 네가 과연 저들을 능가할 수 있겠느냐? 이미 한 번 쓴맛을 보지 않았느냐?"

금아불이 눈앞의 묵색 옷 사내와 석요송을 가리키며 말했다. 그러자 가섭몽이 예의 그 능글거리는 미소를 흘리며 말했다.

"한 번의 실수는 병가의 상사라지 않으셨습니까?"

"그건 네가 너무 의기소침할까 한 말이고……."

"제가 본래 한 번 싸움에 졌다고 기가 죽을 사람은 아니지요."

"헛! 이제 보니 내가 쓸데없는 걱정을 했구나. 어쨌든 좋아. 나서라. 그를 꺾고 혈사신보를 취해라. 그래야만 대막이, 천하가 네 발아래 무릎을 꿇을 것이니!"

"알겠습니다, 스승님!"

가섭몽이 깊게 고개를 숙여 보이고는 거침없이 금아불을 지나쳐 은색 가면에 묵빛 옷을 입은 사내 앞으로 나섰다.

"가섭몽이오."

가섭몽이 사내를 보며 말하자 묵빛 옷의 사내가 가섭몽을 한 차례 훑어 보고는 냉정하게 말했다.

"그대는 내 상대가 아니다."

순간 가섭몽의 눈에 노기와 함께 살기가 돌았다.

"물론 금문에 대단한 고수들이 많다고는 하나 내 도(刀)도 그리 가볍지는 않다."

상대의 무례를 무례로 대하는 가섭몽이다.

"그대가 그에게 패했다는 것은 날 감당할 수 없다는 의미다."

묵빛 옷의 사내가 멀찍이 떨어져 있는 석요송을 보며 말했다. 그러자 가섭몽의 표정이 무거워졌다.

"설마 당신이 그와 겨루어 이득을 보았단 말인가?"

"우리가 겨룬 일은 없으나 그에게 손해를 볼 나도 아니지."

"흥, 그렇다면 더 거론할 일이 아니군. 도검은 결국 섞어봐야 그 결과를 아는 것이다."

가섭몽의 대답에 묵빛 옷의 사내가 금아불을 보며 말했다.

"진정 이 사람으로 하여금 날 상대하게 할 생각이오?"

"그렇네. 좋은 상대가 될 걸세."

"아쉽구려."

"뭐가 말인가?"

"오늘 당신이 아끼는 제자를 잃게 될 터이니 말이오."

순간 금아불과 가섭몽의 표정이 함께 변했다. 마음에 생채기를 입은 자들의 노기가 가감없이 드러났다.

"도검을 든 자의 죽음은 주인과 때가 따로 없지. 오늘 섭몽이 아닌 그대가 죽을 수도 있음이야."

"아마도 그런 일은 없을 거요. 그보다… 잠시 나 좀 봅시다."

갑자기 은가면의 사내가 석요송을 불렀다. 그러자 석요송이 천천히 걸음을 옮겨 금문도들의 앞으로 나섰다. 그러자 사내가 석요송을 보며 말했다.

"난 비무를 할 때 누군가가 날 방해하는 것을 몹시 싫어하오. 그래서 누군가 우리의 비무를 지켜줄 사람이 필요한데 아무래도 그대에게 부탁하는 것이 좋을 것 같아서 말이오."

뜬금없는 사내의 말에 기이하게도 석요송이 스스럼없이 고개를 끄덕였다.

"그럽시다."

석요송의 대답에 사내가 만족한 웃음을 지으며 말했다.

"고맙구려. 아마도 장내에서 이 비무를 온전히 지켜낼 사람은 오직 그대뿐일 것이오."

"과찬 고맙소."

"하하하, 과찬이라니… 내 눈으로 그대의 실력을 이미 확인했건만……."

사내는 지난날 월촌에서 석요송을 공격한 살수들의 뒤에 자신이 있음을 굳이 숨기지 않았다. 석요송 역시 그 사실을 알고 있으면서도 순순히 사내의 부탁을 수락했으니 둘 모두 그 속마음을 짐작키 어려웠다.

아무튼, 그렇게 석요송을 불러내 비무를 지키게 한 사내가 시선을 다시 가섭몽에게 돌렸다. 그리고는 한 줄기 비웃음을 담은 표정으로 말했다.

"그대는 이 비무가 무척 위험하다는 것을 알고 있소. 나의 비무는 이 사람과의 비무와는 전혀 다를 것이오."

사내가 석요송을 가리키며 말했다. 가섭몽 역시 석요송이 모습을 드러내는 순간부터 눈에 강렬한 투기를 담고 있었으므로 서릿발 같은 목소리로 대답했다.

"나도 예전 그를 상대할 때와는 다른 사람이니 그대 역시 조심해야 할 것이다."

"후후 그렇소? 당시 제법 중한 부상을 입었다던데 부상에서 회복하느라 영약이라도 복용한 모양이구려. 아무튼, 좋소. 누구 목숨이 질긴지 어디 하늘의 운명을 시험해 봅시다."

스르릉!

문득 묵빛 옷 사내가 도를 빼 들었다. 마치 수천 년 묵은 이무기가 승천하기 위해 심연에서 빠져나온 듯 도가 그의 손에서 낮고 무겁게 울었다. 그러자 가섭몽 역시 어깨에 메고 있던 도갑에서 도를 빼 들었다. 전제적으로 나선을 그리는 그의 도가 햇

불을 받아 번뜩였다.

병기를 꺼내 든 두 사람이 서로를 향해 서너 걸음 앞으로 나아갔다. 그리고 묵빛 옷 사내는 도를 이마 앞에, 가섭몽은 어깨 위에 올렸다. 둘 모두 강력한 도법을 구사하기 위한 기수식이었다.

묵빛 옷 사내와 가섭몽은 그 자세 그대로 서로 응시하며 반 각 정도의 시간을 흘려보냈다. 비록 두 사람이 몸은 움직이지 않고 있었지만 둘 사이에는 수많은 일이 일어나고 있었다. 서로에게 흘려보내는 진기는 산을 무너뜨릴 듯 강렬했다. 도 끝이 한 치만 움직여도 태풍처럼 강렬한 기운들이 상대를 엄습했다.

그러나 그 침묵의 대치 속에서 두 사람이 교환하는 무형의 초식들을 읽어낼 수 있는 사람은 장내에 그리 많지 않았다. 그래서 금문과 흑사풍 고수들이 서서히 지루함을 느끼려는 찰나 은빛 가면의 사내가 먼저 움직였다.

팟!

은빛 가면의 사내가 묵빛 옷을 휘날리며 반장 정도 허공으로 도약했다. 순간 그의 몸이 마치 누가 끌어들이기라도 하듯 가섭몽을 향해 닥쳐들었다.

가섭몽이 한 걸음을 옆으로 신형을 옮겼다. 그러자 그의 몸이 순식간에 허깨비처럼 삼 장여를 왼쪽으로 이동했다. 그야말로 신기에 가까운 보법이다. 그러자 은빛 가면의 사내는 마치 가섭몽의 움직임을 예상하고 있었다는 듯 머리 위로 치켜세운 도를 사선으로 내리그었다.

웅!

사내의 도에서 강력한 파공음이 일어났다. 순간 그의 도에서 무거운 묵빛 도기가 만들어지더니 천둥 치는 소리와 함께 가섭몽을 덮쳐갔다.

꽈릉!

도기가 만들어내는 소리가 땅이 흔들고 초목을 울렸다. 가섭몽의 눈이 한순간 흔들렸다. 그러면서도 지지 않고 사내를 향해 자신의 도를 휘둘렀다.

우웅!

가섭몽의 도 역시 강렬한 도기를 만들어내며 무거운 파공음을 일으켰다. 그리고 두 개의 도기가 허공에서 충돌했다.

콰앙!

도기와 도기가 격돌하면서 강력한 파열음이 만들어졌다.

"엇!"

"음!"

두 사람이 일으킨 도풍에 몇몇 사람들이 놀란 신음성을 토해냈다. 그러나 사람들의 놀람에도 불구하고 두 사람은 도기의 회오리 속에서 서로의 목숨을 노리며 치열한 생존의 싸움을 벌이기 시작했다.

'너무 강해.'

석요송은 가섭몽을 상대하는 묵빛 옷 사내의 무공을 보면서 가슴 한쪽이 서늘해져 오는 것을 느꼈다. 월촌에서 보았을 때부터 그가 자신을 능가할 수도 있다고 생각했었지만, 가섭몽을 상대하는 사내의 무공은 그가 생각했던 것보다 훨씬 강하고 패도

적이었다.

그런데 어쩌면 석요송이 느끼는 이 위압감은 그의 무공 때문이 아닌지도 몰랐다. 사내의 몸에서 흘러나오는 기운, 자신 앞에 서 있는 모든 것을 파괴할 것 같은 그 패도적인 본신의 기운이 무공에 앞서 석요송으로 하여금 사내를 두렵게 느끼도록 만들고 있는 것일 수도 있었다.

'생김새와는 너무 다르구나.'

반쪽이 드러난 사내의 얼굴은 쉽게 볼 수 없는 미남이다. 뭇 여성의 마음을 흔들 만큼 부드러운 얼굴을 한 사내에게서 이런 패도적인 기운이 흘러나올 것이라고는 전혀 예상하지 못한 석요송이었다.

그건 석요송뿐만 아니라 비무를 지켜보고 있는 장내의 모든 사람이 느끼는 것이었다. 특히나 흑사풍의 대천성 금아불의 표정은 시간이 지날수록 어두워졌다. 두 사람이 격돌하는 초식의 숫자가 늘어나자 서서히 무공의 우위가 드러나기 시작했기 때문이었다.

범인의 상상을 뛰어넘는 강력한 패기 앞에 거친 황야를 살아온 가섭몽조차 뒤로 밀리고 있었다. 사내의 무공은 강력하면서도 섬세해서 그 도법에 빈틈을 찾기 힘들었다.

반면 사내의 패기에 밀린 가섭몽의 도법은 어느 순간부터 흔들리고 있었다. 가섭몽이 자신의 독문무공인 묵풍암도를 시전했지만 이미 사내의 패기에 밀린 그의 도법은 사내에게 큰 위협이 되지는 못했다.

카카캉!

사내가 거칠게 가섭몽의 도를 세 번 가격했다. 그러자 조금씩 뒤로 밀려나던 가섭몽의 신형이 휘청거리더니 이내 사오 장 뒤로 비틀거리며 물러났다. 그런 가섭몽을 향해 사내가 쭉 도를 뻗어냈다. 그러자 그의 도에서 흘러나온 묵빛 도기가 허공을 격하고 날아가 가섭몽의 가슴에 꽂혀 들었다.

"잇!"

가섭몽의 입에서 자신도 모르는 사이에 억눌린 신음성이 흘러나왔다. 동시에 사내의 몸이 풍차처럼 회전하면서 번개처럼 도를 휘둘렀다.

카캉!

가섭몽의 도가 가까스로 사내의 도기를 막아냈다. 치명적인 공격은 피했지만, 그 때문에 중심을 잃은 가섭몽의 몸은 여지없이 땅 위를 나뒹굴었다.

강호의 고수가 땅을 뒹군다는 것은 그야말로 수치스럽기 짝이 없는 일이다. 그러나 지금 가섭몽은 체면을 생각할 때가 아니었다. 가섭몽이 몸을 일으킬 엄두를 내지 못하고 서너 번 더 땅을 굴렀다. 그 위로 사내의 도기가 매섭게 떨어져 내렸다. 자칫하면 사내의 도기에 가섭몽의 몸이 두 동강 날 수도 있는 상황이었다.

그 순간 금아불이 움직였다. 위험을 느낀 것은 가섭몽뿐 아니라 그의 스승이자 혹사풍의 대천성인 금아불도 마찬가지였던 것이다. 그는 자신의 눈앞에서 제자의 몸이 두 동강 나는 것을 지켜볼 수가 없었다.

"그만!"

금아불의 입에서 한마디 외침이 흘러나오더니 한순간 그의 도가 사내를 향해 뻗어 나갔다.

쐐액!

금아불의 도에서 만들어진 도기가 빛처럼 쇄도해 사내의 옆구리를 파고들었다. 사내로서는 가섭몽에 대한 공세를 거두고 금아불의 도를 피해야 하는 상황, 그러나 사내는 금아불의 공세에 아랑곳하지 않고 가섭몽을 향해 도를 내려쳤다.

콰룽!

"윽!"

급히 몸을 튼 가섭몽이 신음성을 흘렸다. 어느새 그의 한쪽 팔이 피를 뿌리면서 허공으로 날아오르고 있었다.

"놈!"

자신의 기습에도 도를 거두지 않고 가섭몽의 팔을 자른 사내를 향해 금아불이 노성을 토해내며 도를 찔러 넣었다. 그런데 금아불이 일으킨 도기가 여지없이 사내의 옆구리를 꿰뚫고 들어가려는 찰나, 갑자기 벼락처럼 한 줄기 빛이 닥쳐와 금아불의 도기를 파훼했다.

콰룽!

금아불의 도기가 사내 바로 앞에서 흩어지며 강렬한 파열음을 만들어냈다.

"이… 놈!"

금아불이 입으로 노성을 토해하면서 재빨리 뒤로 물러나 자신의 검기를 파훼한 자를 향해 돌아섰다. 석요송이 그런 금아불과 묵빛 옷 사내 사이로 내려서며 검을 들어 금아불을 겨누었다.

한순간에 일어난 폭풍 같은 도검의 교환에 장내의 고수들이 모두 숨을 죽인 채 네 사람을 살폈다. 비무의 결과는 분명했다. 완벽한 가섭몽의 패배, 거기에 더해 약속을 어기고 비무에 뛰어든 금아불까지 패퇴를 했으니 흑사풍으로서는 낭패일 수밖에 없는 상황이었다.

"아무래도 비무는 내가 이긴 것 같구려."

묵빛 사내가 금아불과 가섭몽을 번갈아보며 말했다. 그러자 가섭몽이 혈광을 번뜩이며 소리쳤다.

"이놈, 아직 끝나지 않았다!"

가섭몽이 잘린 팔을 재빨리 지혈하고 왼손으로 도를 집어 들었다. 그러자 금아불이 가섭몽을 제지했다.

"물러나거라."

"스승님!"

"스승이 아니라 대천성으로서의 명이다!"

금아불의 차가운 말에 가섭몽이 입술을 깨물며 뒤로 물러났다. 그러자 금아불이 묵빛 옷 사내를 보며 말했다.

"과연 오늘의 승부는 우리 흑사풍이 손해를 본 것 같군."

"역시 흑사풍의 대천성이시오. 패배를 순순히 인정할 줄 아니……."

"정말 무서운 무공이었다. 그대도… 그리고 자네도!"

금아불의 마지막 시선이 석요송에게 머물렀다. 그러자 석요송이 가볍게 고개를 끄덕여 보이고는 훌쩍 뒤로 물러났다. 자신이 낄 자리가 아니라는 듯한 태도였다. 석요송이 물러나자 금아불이 나직한 탄성을 흘렸다.

"아, 정녕 이 시대는 금문의 시대인가?"

금아불의 말에 묵빛 옷의 사내가 빙그레 미소를 지었다.

"그리 인정하신다면 대막으로 물러나 서역으로 가시오."

"서역으로?"

"향후 금문의 힘은 적어도 고비의 동쪽에는 미칠 것이오."

"으음… 경고를 하는 것인가?"

"경고가 아니라 충고요. 혹, 금문의 그늘로 들어오겠다면 당연히 환영하겠지만 대천성께서는 절대 그럴 분이 아닌 것 같소이다만…….."

"하하하, 오늘 처음 본 사람이 어찌 내 마음을 그리 잘 읽어내는가?"

"어떤 사람은 단지 찰나의 순간에도 그 본성을 알아볼 수 있는 법이 아니겠소?"

"그만한 눈을 가지고 있다?"

금아불의 물음에 사내는 더 이상 대답을 하지 않았다. 그러자 뒤로 물러나 있던 궐후가 앞으로 나서며 말했다.

"대천성! 오늘 이곳에서 흑사풍이 목숨을 걸고 그 물건을 취하려 한다면 우리 금문의 문도들도 많이 상할 것입니다. 하지만 그럼에도 대천성께서 그 물건을 취하기는 어려울 겁니다. 이 두… 사람의 무공을 보셨으면 제가 하는 말의 의미를 아실 겁니다. 부디 흑사풍의 뿌리를 파괴하는 실수를 범하지 마시길!"

경고와 충고가 뒤섞인 궐후의 말에 금아불이 살짝 아미를 좁혔다. 그 역시 석요송과 묵빛 옷 사내의 무공을 본 이상 이 싸움에서 자신들에게 승산이 없다는 것을 누구보다 잘 알고 있었다.

그러나 이대로 물러나기에는 혈사신보의 유혹이 너무 컸다.

금아불이 쉽게 결정을 내리지 못하고 망설이자 흑사풍의 고수들 사이에서 한 명의 노인이 금아불 곁으로 다가왔다.

"대천성, 물러나야 합니다."

"이제(二弟), 그리 보시는가?"

"섭몽의 상세도 살펴야 합니다. 그리고 자칫하다가는 이곳에서……"

노인이 차마 흑사풍이 전멸할 수도 있다는 말을 하지는 못했다. 그러나 그가 말하지 않았다고 해서 그가 하려는 말을 모를 금아불이 아니었다. 금아불이 안타까운 눈으로 하늘을 올려다봤다. 어두운 하늘에 별이 성글다.

"후욱! 아직은 때가 아니던가!"

금아불이 탄식을 흘렸다. 그리고는 결심을 굳힌 듯 궐후를 보며 말했다.

"좋소. 우린 그만 물러가겠소. 대신!"

"말씀하시지요."

"흑사풍과 금문의 일은 오늘로 매듭지은 것으로 합시다."

대천성 금아불이 후환을 두려워하고 있었다. 묵빛 사내와 석요송의 무공도 무공이려니와 혈사신보를 포기하자 청도주 금온에 대한 두려움이 새삼스레 떠오른 모양이었다.

"도주께 그리 말씀드리지요."

"흑사풍은 서역으로 갈 것이오."

"그럴 필요까지야. 도주님은 걱정마시지요. 내가 잘 말씀드리겠습니다."

궐후의 말에 금아불이 고개를 저었다.

"아니오. 오늘 보니 금문의 성세가 천하를 뒤덮을 날이 머지 않은 듯하오. 요동에 가까이 남아 있다가는 큰 화를 당할지도 모르겠다는 생각이 드는구려."

금아불이 은가면의 사내를 슬쩍 바라보며 말했다.

"도주님을 한번 만나보시는 것은 어떨지요."

궐후가 다시 권했다.

"하하하, 되었소. 나도 이제 죽을 날이 얼마 남지 않았소. 평생을 대막을 호령하며 살아온 내가 이제 와서 다른 사람 밑에 고개를 숙이고 들어갈 수야 없지 않겠소? 차라리 떠나느니만 못하다오."

"그리 생각하신다면 어쩔 수 없지요."

궐후가 머리를 조아렸다. 패자를 대하는 태도치고는 정중하기 이를 데 없다.

"그럼 우린 그만 물러가겠소. 포위를 걷어라!"

금아불의 명이 어둠을 뚫고 사방으로 퍼져 나갔다. 그러자 금문 문도들의 숙영지를 에워싸고 있던 횃불들이 하나둘 꺼지더니 이내 어둠 속에서 말발굽 소리가 들려오기 시작했다.

"그럼 금문의 무운을 빌겠소."

금아불이 작별 인사를 했다.

"평안하십시오."

"하하하, 편히 죽도록 애써보리다. 가자!"

금아불이 한 줄기 웃음을 터뜨리고는 이내 말에 오른 후 어둠 속으로 사라졌다. 금아불이 떠나자 흑사풍의 고수들도 씻은 듯이 사라졌다. 어둠이 다시 세상을 덮었고 침묵이 어둠과 더불어 찾아왔다.

석요송은 자신을 응시하는 눈길에 시선을 돌렸다. 그러자 은가면을 한 사내가 뚫어지게 석요송을 바라보고 있었다. 그는 석요송과 눈이 마주치자 낮은 목소리로 입을 열었다.

"우린… 할 이야기가 있을 것 같구려."

사내의 말에 석요송 말없이 고개를 끄덕였다.

"함께 좀 걸읍시다."

사내가 다시 말을 하고는 먼저 걸음을 옮기기 시작했다. 그러자 석요송도 지체하지 않고 사내의 뒤를 따랐다. 장내에서 두 사람이 멀어지자 왕춘이 급히 궐후 옆으로 다가서며 조심스럽게 물었다.

"도대체 저 사람은 누구입니까?"

"곧 알게 될 걸세."

궐후가 대답을 회피하고는 가볍게 한숨을 내쉰 후 차갑게 명을 내렸다.

"경비를 더욱 강화하라. 번을 서는 사람을 제외하고는 휴식을 취하라!"

궐후의 명에 금문도들이 분주하게 움직이기 시작했다.

사내는 석요송을 계곡 위쪽 맑은 물이 흘러 모인 작은 못으로 이끌었다. 사내의 걸음은 무척 가벼워서 땅을 밟거나 바위를 밟아도 소리가 나지 않았다.

못에 도착한 사내가 말없이 은빛 가면에 가려진 자신의 얼굴을 못에 비춰 보았다. 그렇게 한동안 달빛 드리운 못에 자신의 얼굴을 비춰보던 사내가 문득 고개를 돌려 석요송에게 물었다.

"내가 누군지 아시오?"

석요송이 대답없이 고개를 저었다.

"짐작은 하고 있소?"

사내가 다시 물었다.

"어쩌면… 아마도……."

석요송이 입을 열었다. 그러자 사내가 고개를 끄덕이더니 손을 들어 얼굴 반쪽을 가린 가면을 벗었다. 순간 석요송은 눈부심을 느꼈다. 은빛 가면에 숨겨져 있던 사내의 얼굴은 세상 그 어떤 사람보다도 아름다웠다. 어쩌면 고고한 별빛 때문인지도 몰랐다. 못에 반사된 별빛이 사내를 좀 더 신비롭게 만들고 있는 듯도 했다. 사내는 자신의 진면목에 놀라는 석요송을 뚫어지게 응시하다가 나직하게 입을 열었다.

"당신의 짐작이 맞소. 내가 바로 인검(人劍)의 주인이오."

『북천십이로』 3권에 계속…

NOMEN

노멘

이영균 장편 소설

억울한 누명으로 인한 감옥살이 1년.
직장, 친구, 애인도… 모두 떠나 버렸다.

911테러 이후, 극비리에 진행된 프로젝트.
그리고 그 결과물, 슈퍼컴퓨터 HAL8999

대한민국의 평범한 청년 동법과
인류가 만든 최고의 컴퓨터에서 깨어난 존재의 만남.

Nomen est omen 이름이 곧 운명!

인류의 미래를 가르는 사건은
이 우연한 만남으로부터 시작되었다.

Book Publishing CHUNGEORAM

유행이 아닌 자유추구 -
WWW.chungeoram.com

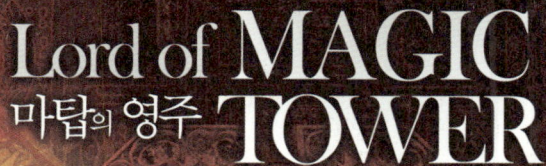

Lord of MAGIC TOWER
마탑의 영주

유왕 퓨전 판타지 소설

최대 장르 사이트 문피아 선호작 베스트!
작가 유왕이 그려내고,
청어람이 펼쳐내는 신마법의 세계!

『마탑의 영주』

마법이 사라지고,
드래곤은 환상 속의 신화가 되어버린 세계.
누구도 그 흔적을 알지 못하는 세계.

'마법이 사라졌다고? 누가 그래? 내가 있는데!'

위대한 마법사이자 마지막 마법사인
스승의 진전을 이은 카르!
황폐해진 영지를 되찾고, 마법사들의 꿈인 마탑을 세워라!
세상에 오직 하나뿐인 새로운 마법의 시대를 여는
독보가 펼쳐진다!

Book Publishing CHUNGEORAM

유행이 아닌 자유추구 -
WWW.chungeoram.com

TURNING POINT

FUSION FANTASTIC STORY

터닝 포인트

홀로선별 장편 소설

**영빈!
동정의 몸이 되어
20년 전으로 회귀하다!!**

나이 서른아홉 모든 것을 잃고 한강 다리 위에 올랐다.
검푸르게 넘실거리는 깊은 물을 대면한 순간.

운.명.은 이루어졌다!

정령의 힘으로 결의한 지금
새로운 인생의 전환점을 넘어 미래가 펼쳐진다!

『터닝 포인트』

홀로선별 작가의 새로운 도전이 펼쳐진다!

Book Publishing CHUNGEORAM

유행이아닌자유추구 -
WWW.chungeoram.com